Ici tombent les filles

Stephene Gillieux

Ici tombent les filles

roman

PHÉBUS

www.editionsphebus.fr

ISBN : 978-2-7529-1504-7

À la fratrie qui a inspiré cette histoire.
À mon père.

« Il est bien peu de monstres qui méritent la peur que nous en avons. »

André Gide, *Les Nouvelles Nourritures*

« Le ver qui a vécu toute sa vie dans le poivre croit qu'il n'est pas au monde de fruit plus doux que le poivre. »

Maryse Choisy, *Un mois chez les filles*

PROLOGUE

C'est une renarde jeune encore, mais suffisamment aguerrie pour chasser seule le lièvre, l'écureuil et le campagnol sur la Butte. Au fond de sa pupille verticale luit la ruse de sa race, et un éclat singulier, qui tient à sa personnalité indépendante et curieuse. Elle aime observer les humains qui habitent là, cherchant en vain une leçon à apprendre de leurs rites, de leurs échanges brefs, de leur voix qui ne couvre que trois octaves, de leur façon de vivre en horde. Née il y a quelques années, au-dessus du mélézin, où la prairie commence et les terriers creusent la roche, la jeune femelle s'est aventurée plus bas au fil des ans. Dans la pinède, et finalement, à la lisière de la clairière, où elle se tient maintenant, la queue soyeuse, dense, rangée contre son flanc. C'est un spécimen roux comme on en trouve en abondance dans presque toutes les régions de ce monde, appartenant à l'espèce qui a survécu. Les autres, renards à longues ou à petites oreilles, gris, insulaires, de Magellan, pâles, de la pampa, de Patagonie, polaires, de Rüppell, des sables, des savanes, des steppes, du Tibet, ont tous disparu.

Le grand dérèglement les a effacés des nomenclatures. Ne reste que l'espèce vulgaire. La sienne.

Le bipède qu'elle observe est sorti de nuit. Il se tient près de leur tanière. Il n'a pas de queue et dans sa main, sous la lune, le métal étincelle. Elle s'avance, s'assied, plante ses pattes droites, plus sombres que le pelage clair de son poitrail. La fraîcheur du sol de la clairière refroidit ses coussinets. Ses glandes anales marquent cet endroit nouveau de la Butte, un petit bout de leur territoire. Ce bipède-là est souvent dehors, à suivre les traces du chef de meute. Il apprend à chasser derrière l'homme plus grand, plus fort, plus autoritaire que les autres. Il a le même âge qu'elle. Loin du temps de la portée, mais pas tout à fait arrivé à l'âge où il faut s'accoupler pour creuser son propre terrier. Elle non plus n'est pas encore tourmentée par les exigences de la reproduction.

Le garçon s'arrête net, la hache pendue au bout de son bras. Il esquisse quelques pas dans la clairière, puis ralentit. Les vibrisses en alerte, la renarde s'approche à son tour, et se pose. Il répète son manège. L'odeur d'ammoniaque de sa sueur assaille son museau. À sa façon d'humain, il se montre sans doute curieux, veut jouer peut-être. Alors, elle lance un cri de contact, s'annonce, le salue. En guise de réponse, il n'émet aucun son, écarte simplement les lèvres qu'il a roses, comme l'intestin de la souris. Dévoile des dents élimées. La femelle réduit la distance encore, relève ses commissures sombres, exhibe ses canines, ses incisives, ses molaires, également aiguisées. Elle capte chaque onde dans l'air grâce à ses oreilles mobiles tandis que le garçon se déplace, lève le pied maintenant, se croyant invisible. Il veut jouer, à présent que les présentations sont faites, la certitude s'ancre en elle.

Sous la lune, des bonds joyeux la propulsent, de droite et de gauche. Il s'est figé, mais son iris se meut dans ses drôles d'orbites. La renarde ne s'arrête pas, décrit un cercle vif autour de lui, dans un sens, puis dans l'autre. Sa course est une invitation. Et soudain, le garçon plonge, s'abat sur elle. De lointains souvenirs de roulades entre renardeaux lui reviennent. Elle s'apprête à chahuter avec lui aussi. Mais il affermit sa prise, ferme son museau étroit de sa seule main gauche, et serre, toujours écrasé sur elle. Il ne joue pas.

Sa mâchoire craque, brisée sous le choc. Une souffrance inconnue d'elle, électrise son être entier, en alerte, mais trop tard.

La hache s'abat, d'abord sur la queue soyeuse, qui se sépare du corps fuselé. Le feu s'allume à l'intérieur, des milliers de brasiers lui arrachent des glapissements, déformés au sortir de sa gueule cassée.

La hache s'abat, tranche la patte sombre, poisseuse de sang. Fend le ventre doux jusqu'à l'utérus neuf. Atteint les vertèbres derrière. Le monde se fait lointain soudain, preuve que quelque chose d'inédit approche. La mort qu'elle anticipe avec l'instinct des bêtes.

La hache s'abat une dernière fois. Elle ne voit pas où. La douleur bientôt cesse. Elle ne sent plus rien quand enfin, sa tête se détache pour de bon du corps.

Dag a trois ans quand le père décide de quitter la ville. Ils étouffent dans l'appartement perché tout en haut de la tour de métal. Souvent, elle descend avec sa sœur Pihla jusqu'au hall d'entrée. Il y fait frais. Presque moins de trente-cinq degrés les bons jours. Assises, elles sentent sur leurs cuisses la tiédeur du carrelage. Il n'y a plus d'hiver dans la cité. Le béton l'a transformée en piège à chaleur. Dag a connu cela, pourtant elle n'a plus aujourd'hui aucun souvenir de cette vie à l'intérieur, dans un air artificiel. De l'impossibilité de sortir, six mois sur douze. Des rues qui brûlent les pieds et sentent le caoutchouc fondu des pneus. Des trottoirs qu'on emprunte, le flanc collé aux bâtiments, pour profiter de l'ombre. À douze ans, on ne se rappelle pas les brumes de sa petite enfance. Aujourd'hui, le passé de Dag est empli des images du domaine où elle a grandi. La Butte la constitue, elle est son territoire, son dehors et son dedans. Là-haut, l'air circule toujours. Et même s'il se fige, brûlant et trouble, monte des sous-bois la respiration des pins, frémissement dans la fournaise. Le père décide donc de quitter la ville, Dag a trois ans, sa sœur Pihla quatre, et la mère est grosse d'un nouvel enfant.

Pour la famille de la Butte, mettre au monde une fille ou un garçon ne dessine pas l'avenir de la même façon. Quand Dag est née, un fils est mort. Pihla le lui raconte souvent : Dag n'était pas seule dans le ventre maternel. Elle partageait l'utérus avec un jumeau. Un fils qui n'a pas survécu, expulsé, inerte et bleu dans sa gangue blanchâtre. Pour tous, c'est Dag qui l'a tué. Même Pihla, pourtant sa plus sûre alliée, semble le croire. En inversant ainsi le cours du destin, en tuant le fils attendu, Dag a gagné dès sa naissance une certaine aura, marquée de la lumière mauvaise de la sorcière, celle par qui, six générations auparavant, est arrivée la malédiction. La crainte superstitieuse qu'elle lui inspire a conduit le père à donner à sa fille le prénom promis au fils. Il paye son dû à la sorcière, apaise son courroux dont pourraient naître, même depuis l'au-delà, d'autres tours cruels. Dag est l'unique fille de la lignée à porter un prénom de garçon. Un prénom de garçon mort. Dans le temps d'avant la vie, quand ils étaient encore la chair de la mère, Dag a incorporé un peu de la nature du frère. Peut-être qu'en échange, elle a cédé aux puissances des limbes une part d'elle-même. Mais de cela non plus, elle ne se souvient pas.

Les premiers souvenirs de Dag remontent à sa rencontre avec la Butte. Ils sentent la résine, la litière du sous-bois, le romarin, et résonnent des cris gais de Pihla. La famille s'est frayée un passage jusqu'à la cabane de berger de l'arrière-grand-père. Abandonnée à la végétation depuis une génération, elle s'est intégrée au paysage. Des fougères hautes cachent les fenêtres closes, la pierre moussue de ses murs se confond avec la falaise contre laquelle elle s'adosse. Sur les tuiles du toit, une couche épaisse d'humus a libéré une prairie miniature. La forêt fermée leur barre la route. Aux abords de la bâtisse, on devine la clairière où elle se tenait jadis, à présent envahie de jeunes pins. Le père n'est pas inquiet. Ces bois lui appartiennent et dessinent un large périmètre autour de la maison. Il envisage déjà d'abattre les arbres pour faire respirer la structure, apporter la lumière. Il dégagera un chemin jusqu'au parking en contrebas, d'où ils sont partis à pied.

Pihla et Dag, ravies de jouer aux aventurières, ouvrent la marche, armées de leurs bâtons. Elles écartent la broussaille, frappent les chardons, étouffent des rires sous les arches silencieuses des pins. La mère, essoufflée et maussade, tient son ventre énorme. Elle avance sur le tapis d'aiguilles en direction de la cabane, cherchant à éviter la griffure des branches les plus basses. « Tu veux me faire vivre ici », dit-elle, prenant sans doute la mesure de ce que cet exil implique. Mais c'est vrai qu'il fait bon à l'ombre des pins. Ils ont l'impression de respirer, enfin. Et le père s'anime, ses bras tracent dans l'air les courbes de la future maison qu'il leur construira. Il a postulé comme garde forestier et la commune a accepté. La famille s'installe donc dans la cabane de l'arrière-grand-père.

Du plus loin qu'elle s'en souvienne, Dag a toujours servi le père, la mère, puis Finn. Sa vie de service a commencé avec sa vie sur la Butte, selon les règles qu'applique le père qui les tient lui-même de l'aïeul Luis. Les sœurs connaissent ces règles sans qu'il ait eu besoin de les exposer. Elles ne s'insurgent pas contre cet état de fait. Depuis leur plus jeune âge, elles sont une main-d'œuvre à domicile. Dag ignore qu'un père peut espérer autre chose pour ses filles et s'attacher à elles de la même façon qu'à ses fils. Son père à elle lui apparaît comme une donnée nécessaire à son existence. Il est celui qui connaît la langue de la montagne, construit et chasse. La mère de son côté anticipe, planifie, dirige. Elle agit peu, se laisse servir. En échange, elle a prolongé la lignée. D'elle sont sortis Mette et Finn. Pareille aux reines chez les termites ou les fourmis que Dag observe dans la clairière, la mère est au centre, mais sa mission n'a pas l'exubérance de celle du père. Sa réclusion et sa réprobation sont une autre donnée nécessaire sur la Butte.

Quand Dag est née, dans les circonstances qu'on sait, l'humeur de la mère s'est assombrie. Dag ne l'a jamais connue gaie, mais aux dires du père et de Pihla, sa naissance, le mauvais coup qu'elle lui a fait de vivre à la place du fils, n'a pas arrangé son état. L'infirmière a laissé des somnifères pour faire disparaître dans le sommeil le souvenir du jumeau. Il faut à la mère un courage colossal, un courage de reine termite, pour habiller Dag, la laver, la nourrir, alors qu'elle ne supporte pas la vision du bébé rouge et hurlant. Parfois, ses forces la quittent au point qu'elle ne tient plus debout, et elle prend les médicaments. C'est à cette époque peut-être qu'elle se met à rêver, seule dans sa chambre, à une autre réalité. Elle a souvent dit à Dag par la suite qu'elle aurait dû la noyer dans l'évier, la jeter par la fenêtre, ou l'enterrer dans la forêt. Elle a résisté tant bien que mal aux impulsions qui l'ont traversée pour ne pas réveiller la sorcière et ses intentions malveillantes. Au prix de son silence, de son absence, de la désertion affective, Dag est restée en vie.

Servir, pour Dag, c'est justifier sa place dans la lignée, la famille, la fratrie. Servir, c'est mériter cette place, payer son dû. Luis, l'arrière-grand-père, a décidé que les filles des générations à venir seraient ainsi employées. Et en effet, la vie de service les distrait du sort qui leur est réservé. Elle permet à chacun d'accomplir son œuvre. Il y a beaucoup à faire sur la Butte. Tenir la maison, s'occuper des repas, de la lessive, du potager, dépecer le gibier, vider le poisson, le sécher. L'aînée, par tradition, commande à la cohorte des sœurs. Elle prend ses ordres de la mère, et distribue les corvées. Au début, elles ne sont que deux. Pihla aimant diriger, et elle, Dag, qui préfère désobéir.

Peu après leur arrivée sur la Butte, Dag assiste avec l'aînée à l'accouchement de la mère. Dans le dos de l'infirmière, montée tout exprès jusqu'à la clairière, elle voit une autre sœur les rejoindre, d'abord accrochée au corps maternel, puis lâchée à la même vie qu'elles, la corde visqueuse qui la retenait à l'intérieur sûr, sectionnée et repliée en un nœud, comme une preuve. La mère jette au nourrisson un regard fatigué, le temps de vérifier que l'enfant est une fille. Ensuite elle la nomme. La troisième sœur de leur fratrie s'appelle Mette. Un an plus tard, quand vient le terme d'une nouvelle grossesse, la tornade a coupé la Butte du reste du monde. Pihla et Dag restent près de la mère parce qu'il n'y a personne d'autre. Dag garde des souvenirs confus de la scène qui se mêlent à d'autres épisodes de sa vie, au dépeçage des bêtes, aux coulées de boue des saisons de tempête, aux cadavres en bouillie parsemant la clairière après les pluies de roche. Elle se rappelle en revanche précisément l'excroissance de chair entre les cuisses ridées du bébé qui réveille l'intérêt sur le visage maternel. Celui-là se prénommera Finn, il n'est pas de la même espèce qu'elles. Il est né garçon.

Elle comprend alors que leur fratrie, la sixième depuis la sorcière, est maintenant au complet. Après Finn, il n'y aura plus d'enfant. La mère semble presque heureuse, elle ne les rabroue plus à toute heure du jour. À cette époque-là, elle est encore debout, vaillante, distribuant ses directives aux côtés de Pihla. Parfois, Dag les entend se parler. Elles échangent des consignes pour plier, vider, ranger, laver, pétrir, éplucher, chauffer. Ces mots secs et efficaces que Dag surprend viennent lui serrer le cœur. La façon dont la mère les dit surtout, en regardant Pihla droit dans les yeux, en lui offrant entièrement sa confiance, est une preuve d'amour qu'elle refuse obstinément à la cadette. La mère ne porte jamais le regard sur Dag, fixe seulement un point au-dessus ou à travers elle. Et quand elle lui adresse la parole, c'est toujours comme si elle ne lui était pas adressée vraiment. L'arrivée de Finn contente aussi le père, installe sur son visage perpétuellement inquiet un air de sérénité bienvenu. Pour la famille de la Butte commence une période de relative insouciance. Le père rehausse la charpente de la maison, construit un étage en soupente où il juche une mezzanine et une chambre pour Finn, ouverte sur la clairière. Dag et les sœurs couchent là où elles s'endorment.

Sur le sol de la salle commune, devant la cheminée, sous la table. Elles se savent de passage.

Mais elles grandissent, deviennent plus visibles, encombrent. Pour honorer le fils, le père veut une maison accordée à sa tranquillité retrouvée, et il s'agace de les trouver étalées à même le sol quand il se lève. Cela réveille sa mauvaise humeur, fait pleuvoir les ordres comme jamais. Un jour, sans consulter la mère, il s'attelle à la tâche, assemble les planches en panneaux, perce une ouverture supplémentaire dans le mur de la cuisine. Il ne prévoit pas de fenêtre dans cette pièce. Il veut juste un espace pour les soustraire à leurs regards. Les filles ont la place d'y poser leur matelas. Mette dort contre le corps chaud de Pihla. Dag, un peu à l'écart, à droite de la porte.

Dans cette salle qu'elles ont baptisée le dortoir, elles se reposent, mangent, se tiennent compagnie. Elles s'appellent aussi, éprouvent le plaisir coupable d'entendre leurs prénoms. Ils sont un legs, le seul hommage que la mère ait rendu à sa famille scandinave dont Dag ne connaît rien. Pourtant, bien que nommées, les filles ne sont jamais appelées. La mère ne prononce pas leurs prénoms. Quand elle a besoin d'elles, elle se débrouille pour se faire obéir. De leur côté, les filles s'arrangent pour comprendre. Le père, quant à lui, siffle. Son prénom, pour Dag, sans doute à cause du jumeau mort, est une promesse de dignité qui lui est réservée pour plus tard, le jour où elle la méritera. Une fois qu'elle aura prouvé sa valeur de garçon, pense-t-elle. Entre sœurs pourtant, dans le dortoir, elles se font le don de leurs prénoms. C'est comme offrir sa confiance à l'autre, avant qu'il ne la gagne. Même dans le dortoir, elles parlent peu entre elles, habituées au silence des échanges, au langage efficace du service réductible à quelques mots, un doigt pointé, un sourcil levé. Elles n'ont pas besoin de grands discours pour être heureuses ensemble. Plus que le père ou la mère, songe souvent Dag. La mère perpétuellement irritée qui traque la poussière à longueur de journée, cherche à refouler l'air de la forêt et le vent de la montagne derrière les volets fermés, les rideaux tirés, tourne le dos quand il est question de chasse et de gibier, et ne trouve plus le sommeil qu'avec les somnifères. Le père qui a pris ses quartiers sur la mezzanine jouxtant la chambre du fils.

C'est à l'école que Dag finit par percevoir combien sa famille est différente. Les autres filles semblent pouvoir parler à leurs parents librement. Cela la surprend beaucoup au début, puis elle s'y habitue. L'école est un lieu où des règles spécifiques s'appliquent. Madame D. les encourage à s'adresser directement à elle quand il leur vient une question. Dag le fait rarement, effrayée par le son de sa propre voix en public. Les enfants, surtout les petits, embrassent leurs parents, les serrent dans leurs bras, et les parents se laissent étreindre, souvent même rendent les étreintes. À ce sujet, toutes les trois sont d'accord. Aucune n'aimerait être touchée de la sorte. La seule idée d'un rapprochement entre elles et le père les révulse. Elles pensent ne pas en avoir besoin, elles qui ressentent la caresse de leurs prénoms comme la plus intense des tendresses.

Son prénom dit par Madame D. procure à Dag une brûlure vive qui fait mal et plaisir à la fois. C'est une surprise et un émoi tels qu'ils suffisent, à eux seuls, à créer chez elle la passion de l'école. Elle y aime tout. Le français, les chiffres, l'histoire, la vie de la montagne, des plantes et des bêtes. Apprendre, savoir, et vouloir apprendre encore pour toujours plus savoir. Mais surtout, elle aime sentir le poids de sa parole. À l'école, elle s'entend penser.

Les enfants du village les tiennent à l'écart. Aucune ne se fait d'amis, pas plus que Finn d'ailleurs. On observe à la dérobée ce teint trop hâlé par le soleil pris toute l'année, les mains, coudes et genoux calleux, la blouse simple qu'elles portent hiver comme été. Leur phrasé haché les distingue aussi. Les mots viennent plus facilement aux gamins de la vallée, ils se nouent sans effort en bavardage. Pour les sœurs, un verbe suffit. Lave, mange, donne. Sur la Butte, elles n'en disent pas beaucoup plus à la fois. Parfois Dag entend, pendant les récréations, ces histoires sur la sorcière dont descendrait leur famille. Les autres en parlent sans savoir, mais cela ne lui déplaît pas d'appartenir à la légende. Surtout, ses camarades lui font l'effet d'être incapables. Les garçons ne savent ni chasser ni conduire. Les filles ignorent comment on vide le poisson, pleurnichent après être tombées, se plaignent d'avoir froid ou chaud, rechignent au moindre effort… Le comble c'est qu'on les sert, comme si elles n'étaient pas en état de servir.

Finn est né sur la Butte, dans la chambre de la mère où il n'ose pas entrer, sur le lit qu'elle ne partage plus avec le père, recouvert des draps qu'il voit parfois sécher dans la clairière. À ce moment-là, celui de sa naissance, la mère était sûrement fière de lui, pense-t-il. Aujourd'hui il doute d'être le fils qu'il faut. La mère ne s'intéresse pas à lui. À huit ans, il se devine déjà décevant. La chambre maternelle est le domaine réservé de l'aînée. Pihla détient le privilège d'ourdir avec elle les plans pour la maison, le ravitaillement, les lessives, les repas, les horaires. La logistique secrète qui exclut Finn et le rend oisif. Il imagine entre Pihla et la mère la proximité qui lui manque. Cette grande sœur, parce qu'elle dépasse d'une tête tous les élèves de l'école et découpe les bêtes sans faillir, projette une ombre menaçante sur son statut de fils. Finn est le seul garçon de la fratrie. En tant que tel, il est le garant de la préservation du nom et de l'avenir de la lignée, le père le lui a expliqué.

Le matin, quand le soleil n'est pas encore levé, et qu'ils doivent prendre le chemin de l'école, Finn a peur. Son cœur s'emballe alors que les silhouettes noires des arbres allongent leurs rameaux vers eux. Ils laissent en amont un ciel dégagé pour pénétrer le brouillard accroché aux sapins et aux hêtres, là où les troncs se resserrent, où dans les sous-bois plus humides, aulne vert et sorbier des oiseleurs profitent du demi-jour. Le sentier escarpé qui descend la Butte n'est pas toujours praticable, rétréci l'été par des arbustes piquants, glissant et emboué après les pluies de déluge, enseveli sous les congères les lendemains de tempête. Les sœurs s'en accommodent mieux que lui. Mette sautille au-dessus des racines. Dag a pris l'habitude d'incursions hors du chemin, on la voit disparaître dans la brume, s'enfoncer dans les bois, reparaître en aval, des herbes plein les poches de sa blouse. Finn suit Pihla qui fend le brouillard. Le bruit régulier du pas de l'aînée le tranquillise. Lui se tord la cheville, pressé d'échapper aux sous-bois ténébreux. La forêt est du côté des sœurs, pense-t-il. De l'inquiétant et intime pouvoir des sœurs.

Le père lui a parlé de la sorcière. Elle a vécu bien avant sa naissance, quand les premiers ancêtres se sont installés sur la Butte, fuyant un pays qui aujourd'hui n'existe plus. Elle a semé le malheur sur des générations, qui ont vu les moutons mourir sous les pluies de grêle, le bois pourrir, la terre s'assécher. Les fils ne survivaient que pour souffrir la famine et le désespoir. L'ombre de cette lointaine aïeule effraie encore le père. Le malheur pourrait revenir, la sorcière resurgir. Elle aura forcément alors les traits d'une sœur. Finn sait qu'il doit se méfier d'elles, des filles et de la forêt. Il sait aussi que bientôt, quand son pied pourra atteindre la pédale, il devra savoir manœuvrer le pick-up garé sur le parking. Il ouvrira la marche à la place de l'aînée, il conduira les filles à l'école. Secrètement, il espère ne pas grandir, rester toute sa vie dans les pas rassurants de Pihla, la sœur qu'il admire et déteste, car elle est tout ce qu'il n'est pas. Étrangement, dans cette famille où le sort des sœurs apparaît peu enviable, Finn regrette parfois de n'être pas né fille. Peut-être parce qu'elles lui refusent leur compagnie, qu'elles semblent décider de tout à la maison, qu'elles sont ensemble alors qu'il est seul. Peut-être aussi parce que la chasse l'indispose comme l'orage, la tempête, les eaux noires du torrent chargé de boue en aval, les crêtes acérées du Mont qu'on devine depuis le lac.

Finn ne se sent bien qu'à l'atelier. Quand la nuit des émotions troubles le visitent, il se rassure en s'imaginant dans les effluves de son refuge saturé de sciure. Sur le rebord de sa fenêtre prolongé par une large étagère sont disposés les cubes de bois qu'il s'entraîne à sculpter. Un camion, comme il en a vu sur le parking, lorsque les ouvriers de l'usine chargent les troncs. Un sapin. Une marmotte aux oreilles trop rabotées. À l'atelier, depuis peu, lui échoue le minutieux ouvrage de menuiserie. Finn est affecté au ponçage et à la finition des pièces chantournées. Ses doigts fins entrent dans les petites cavités, se saisissent des embouts avec la délicatesse qui fait défaut au père.

L'atelier ferme la clairière à l'ouest, près du chemin qui mène au Mont. Les soirs d'été, son plancher sous la lumière tombante prend la couleur du miel, alors que la maison déjà est devenue froide comme la pierre. Le père, en plus de sa mission de garde forestier, travaille le bois pour la commune. Ce métier-là, il l'a appris à la ville. Il y disparaît parfois, plusieurs jours de suite, pour se réapprovisionner, se procurer le matériel nécessaire aux réparations ou à l'entretien de l'éolienne, prospecter de nouveaux clients. Jamais il n'emmène le fils avec lui, et Finn voit là une preuve supplémentaire qu'il ne vaut pas mieux qu'une fille. Ou que Pihla vaut mieux que lui. Il se demande si la vie en ville serait plus clémente pour lui, s'il se ferait des amis à l'école avec lesquels jouer. Sur la Butte, les sœurs sont trop occupées pour s'amuser. Et les rares fois où il s'approche d'elles, elles se taisent et s'éloignent. Il pourrait leur commander d'obéir, mais son regard ne foudroie pas et sa voix ne tranche rien.

Seul le père a ce pouvoir brutal et ses histoires remplissent la nuit de cauchemars. Il a pris l'habitude de s'épancher dans la chambre de Finn, s'assied sur son lit, et lui parle en s'adressant au vide. Il raconte ses souvenirs de la Butte, où il a vécu enfant des étés enchantés auprès de l'arrière-grand-père Luis. À cette époque-là, il est encore innocent. Préservé de la chute. Ce sont les mots du père, qui reviennent à Finn, dans la forêt, à table, dans la classe de Madame D., avant de s'endormir surtout. Le fils a appris à redouter ces moments. Il ne veut pas de cette proximité, il ne veut pas entendre le sang, les femmes, la hache. Il ferme ses oreilles, mais son imagination le déborde en pleine nuit, alors qu'il a relâché sa vigilance. Il hurle, se réveille. Parfois le père le rejoint. Et les confidences recommencent.

Ne voit-il pas comme Finn se fige quand il s'assied à ses côtés ? Ne voit-il pas l'effroi ? Il espère partager avec lui son amour des sommets sauvages, lui faire sentir ce qu'il appelle leur destinée commune. La Butte exalte le père, Finn le sent bien, il ne peut pas rivaliser. Mais ces histoires d'ancêtres vengeurs et de sorcière lui rendent le domaine plus hostile encore. La montagne n'est pas si grandiose, pense-t-il, si le sang de la malédiction coule sur ses versants.

Contrairement à la mère qui a gardé de sa vie en ville l'idée que l'extérieur est toxique, et qui reste enfermée, le père passe son temps dehors. Finn le suit, car il n'a rien d'autre à faire. Le père circule dans les sous-bois, se repaît de l'odeur de champignon et d'humus, surveille la prolifération de la grande gentiane en aval, la progression de l'aulnaie dans les zones humides, inspecte l'écorce des mélèzes en amont, à la recherche de boursouflures qui pourraient signaler une attaque de scolytes sur des arbres affaiblis. Quand ils émergent enfin du dédale des troncs, ils rejoignent l'atelier, où Finn caresse les planches découpées, et respire, reconnaissant, les essences du bois nu.

C'est en pensant aux sacrifices nécessaires à venir que le père a décidé de quitter la ville, de revenir sur la Butte de ses ancêtres. Il n'imaginait pas vivre comme son père Gabriel, a-t-il confié à Finn, opérer les rituels dans l'atmosphère confinée de leur appartement, sans horizon auquel adresser sa douleur et son désespoir, contraint de se cacher, de se comporter en criminel. Ils ne sont pas des criminels, assène-t-il souvent. Pas plus que les pères des autres générations il n'a le choix. Et Finn aussi, plus tard, une fois qu'il sera père à son tour, ne pourra se dérober. C'est la sorcière qui leur impose le crime en héritage. Il faut l'accepter, dit le père, accrocher sa peine à celle des lignées précédentes dans le décor majestueux de la montagne, y déposer ses actes qui se feront plus légers peut-être à porter. Finn ignore de quels actes il s'agit.

Le père les évoque comme si Finn savait. Il raconte encore la rencontre avec la mère, l'alliance passée entre eux. En l'épousant, elle laisse tout derrière elle. La Norvège, en dépit des digues construites depuis quelques décennies, ne résiste plus aux submersions, et la zone côtière où elle habitait a disparu. Les ancêtres du père ont quitté le Costa Rica pour les mêmes raisons, quatre générations avant la naissance du père. Il a hérité de là-bas les histoires transmises par Luis et Soledad, ses arrières-grands-parents. À propos des enfants à sacrifier, il a tout dit à sa compagne avant que les filles ne viennent au monde. Le fléau. La sorcière. Elle a accepté. Maintenant, la mère, le père et lui, Finn, sont unis dans la malédiction.

C'est à la mère que Finn pose ses questions, au début, quand les confidences du père commencent. Il voudrait comprendre cette histoire dans laquelle il se trouve embarqué. Qu'a fait la sorcière pour effrayer le père ainsi ? À quel genre de malheur sont-ils promis s'ils n'obéissent pas au rituel ? Mais elle ne répond pas, se contente de le couver d'un regard de douleur. Et Finn s'accommode doucement de ce silence qui voile l'horreur. Aujourd'hui, il ne pose plus de questions. Il est d'accord pour être maudit, il éprouve cela dans sa chair, lorsque les enfants de l'école se moquent, que les sœurs le rejettent, que l'ombre du gibier aperçu dans la forêt le tétanise, que l'aînée le dépèce et qu'il a envie de vomir. Il est coupable de n'être pas celui qu'il faudrait, mais il a accepté le fardeau à porter en partage, bien qu'il se sente très seul avec le poids de sa lignée. Dorénavant, quand il est question de la malédiction familiale, le père, la mère et lui croient se comprendre sans mots. Ils ont muettement convenu que les sœurs méritaient leur sort, par exemple. Le monde pour eux, comme pour toutes les générations depuis la sorcière, doit être ordonné selon le même principe destructeur.

Cette loi ancestrale est accordée aux secousses brusques du climat depuis le grand dérèglement, à la rigueur de l'hiver et à la violence des étés montagnards. Aux spasmes des saisons, au froid radical, à la chaleur accablante. Sans s'annoncer, les tempêtes se lèvent dans de vertigineux appels d'air, ensevelissent la clairière sous les débris arrachés à la forêt, la glace, la roche ou des congères de plusieurs mètres, interdisant d'abord toute sortie. Puis condamnant à reconstruire les charpentes défoncées, l'éolienne brisée, le potager ravagé. Mais pires sont la canicule et les vents desséchant la terre, qui anéantissent les espoirs du printemps, les promesses de floraison, d'une récolte assurée. Il y a surtout les semaines de pluie sans fin, le ciment compact du ciel, l'humidité collante jusqu'entre les draps des lits, la boue partout qui fait s'affaisser même les plus hauts pins de la Butte. Au fil du temps, les pelouses ont gagné du terrain sur la forêt, car les arbres sur un sol polytraumatisé ne tiennent plus. Elles sont d'ailleurs devenues prairies, ont remplacé les pâturages d'été abandonnés.

Finn est né un jour de tempête. Le jour de sa naissance, la montagne protestait.

Il se pense trop faible pour mériter le privilège d'être garçon dans sa fratrie. Le plus souvent, il n'y arrive pas, ne comprend pas, s'effraie d'un avenir qui ne semble pas écrit pour lui. Il ne mesure pas en quoi sa condition est atypique. À l'école, il perçoit bien que les traditions familiales, et la place qu'elles réservent aux filles, sont en décalage avec ce que vivent les autres enfants de son âge. Mais il a appris à étouffer toutes les questions.

Finn fréquente l'école avec ses aînées depuis qu'il a trois ans. Il trouve reposant le minuscule royaume tenu par Madame D., l'unique enseignante des lieux. Il n'a pas à s'y conduire en garçon, il est un élève, comme ceux réunis dans les trois classes qu'abrite le même bâtiment en longueur. Des bénévoles aident quand les petits pleurent et que l'enseignante s'occupe des plus âgés. L'unique établissement du village accueille les enfants de trois à seize ans. Pihla, Dag, Mette et Finn y apprennent à lire, à compter, mais aussi la géographie et l'histoire de leurs ancêtres, avant le grand dérèglement. Finn la trouve assez peu exotique, elle ressemble tant à la sienne. Celle d'un monde où les hommes croient encore que la nature les punit d'avoir profité d'elle.

Les premières années, jusqu'à ce que Pihla soit en âge de s'en charger, c'est la mère qui les conduit à l'école. C'est elle qui les raccompagne sur la Butte le soir. Elle a trop à faire dans la maison pour se porter bénévole ainsi que lui propose Madame D. À cette époque, Pihla n'est pas encore jugée apte à diriger les sœurs. Mais le jour de ses huit ans, on lui annonce ses nouvelles responsabilités. Pihla commande depuis qu'elle a huit ans. L'âge de Finn aujourd'hui. Il aimerait que la mère marque le coup, qu'elle lui fasse à lui aussi un grand honneur. Qu'à cette occasion elle lui confie qu'il sera désormais chargé de prendre soin du domaine, de conduire les sœurs à l'école, de décider de ce qui va se passer et comment. Finn aimerait être intronisé. Il a le sentiment de ne pas faire partie du petit monde de la Butte. Mais il se trompe encore sur le secret qui lui échappe.

Pendant la journée, la mère se maintient occupée, se laisse déborder par un flot de micro-tâches toujours renouvelées. Partout, elle voit la saleté de la Butte, la forêt poussiéreuse, le désordre de la clairière, la montagne hostile dont la menace se rapproche. Elle s'acharne à les refouler derrière le seuil de chez elle. Elle récure le plan de travail, la cheminée, les marches de l'escalier, le sol, elle brique les tomettes, s'assied parfois au-dessus d'un carreau et le frotte sans relâche jusqu'à décolorer la terre. Finn est à l'école avec les sœurs, le père s'occupe dans les bois. La mère reste seule à la maison. Cette maison est son arche, un cadeau du père pour elle. Pourtant, lorsqu'elle s'y retrouve sans compagnie, sans témoins, elle doit lui paraître bien sombre. Peut-être a-t-elle l'impression comme Finn que la Butte se moque, géante de pierre et d'herbe, démesurée et flamboyante. La montagne appartient au père. Ni au fils ni à la mère qui rappelle souvent qu'elle est une femme des plaines, des villes. Alors elle tire les rideaux à la petite fenêtre de sa chambre, elle ferme les volets, calfeutre la porte, retire les draps pour leur arracher l'odeur de la pinède. Quand les sœurs reviennent, la mère laisse l'aînée prendre la relève. Ranger, laver, cuisiner. À chaque sœur, Pihla attribue une responsabilité spécifique. Elle passe devant Finn sans le voir.

Lui aussi, même si cela ne compte pour rien, en rentrant de l'école, s'active aux côtés des filles. Il balaye le sol, pose la vaisselle séchée dans les placards construits par le père, accroche les volets battants à la fenêtre de la mère. Jamais pourtant il ne pénètre sa chambre. Depuis le seuil, il observe Pihla, et finit par grimper sur la mezzanine pour retrouver ses cubes de bois.

Dag ne croit pas aux sorcières. Elle ne prête pas foi aux ragots du village qui leur arrivent par les enfants de l'école, ragots selon lesquels une lointaine aïeule aurait ensorcelé la Butte. On lui attribue même certaines tempêtes trop violentes pour être naturelles. « C'est la sorcière de la Butte », répètent les gamins. « C'est elle qui décide qui vit ou meurt là-haut. » Une ritournelle dans la cour de récréation. Des mots auxquels on suppose un pouvoir, qu'on énonce sans savoir ce qu'on dit. Le seul pouvoir qui vaille, aux yeux de Dag, est celui de la montagne. Les tempêtes soumettent, le gibier nourrit, la forêt donne le bois dont le père a fait leur dortoir, le lac le poisson qu'elles font sécher pour l'hiver. La montagne est comme n'importe quelle divinité. On ne questionne pas ses humeurs, on ne défie pas ses hauteurs. On y vit tels la marmotte ou le renard, en s'abandonnant à sa protection.

Dag ne croit pas à son aïeule sorcière. Mais Pihla a eu treize ans, et quelque chose dans la rumeur de l'école est devenu vrai.

Ce jour-là, elles sont toutes les deux, Pihla et Dag, en haut de l'épicéa, au-dessus de la tourbière. Le père y a construit une cabane pour Finn. Vite délaissé par le fils, trop peureux pour s'y aventurer, le lieu leur sert désormais de repaire. Ouvert de trois fenêtres, perché à quatre mètres de hauteur, leur refuge offre une vue stupéfiante sur le Mont et les neiges éternelles.

On y distingue aussi le lac, tache verte sur les pelouses pelées. C'est un de ces après-midis de vacances caniculaires. Quand l'école est fermée, les occupations des sœurs à la maison leur laissent du temps libre. Elles sont parties cueillir des myrtilles au bord du torrent. La cabane est sur le chemin, alors elles en profitent pour faire une pause près des cimes.

L'ascension à la corde les a essoufflées et elles s'appliquent à calmer les battements de leurs cœurs en silence. Dag, assise contre le mur, regarde dans le dos de Pihla ses épaules et ses hanches saillir et tendre sa blouse. Accoudée au montant de la fenêtre nord, l'aînée atteint maintenant presque les planches du plafond. Elle ressemble à ces jeunes hêtres dans les trouées de la forêt, qui avalent la lumière avec avidité et se dressent vifs, droits et fiers, sans prudence aucune, plus haut que les vieux chênes. Dag n'a qu'une année de moins que Pihla, et tout les oppose physiquement. Derrière l'aînée, elle reprend son souffle et admire les mollets pleins et dorés, l'alignement parfait de la cheville et du genou, le bassin carré où s'attachent les muscles puissants des cuisses. Elle, Dag, est chétive et tordue, poussant bas, à l'instar des pins crochets exposés au vent.

Et soudain une anomalie dans ce tableau athlétique accroche son attention. Sur la cuisse de l'aînée perle une sueur étrange, d'abord un point rouge sombre, semblable à la tête d'un pyrrhidium, puis une coulée fine qui s'étire et serpente jusqu'à sa cheville. Elle s'écrie : « Pihla, ta jambe ! Tu saignes ! » La sœur répond sèchement qu'elle a dû se blesser en courant vers la cabane, ou le long de la corde rêche. Dag sait bien que Pihla n'aime pas qu'on la croie faible. Pourtant, l'aînée se retourne, tente d'essuyer le sang qui ne cesse de couler. Elle remonte son short, cherchant la plaie sur le haut de la cuisse, le bas de son ventre. Ne constatant rien, elle se résout à glisser une main dans son short, la ressort écarlate. Aussitôt elle blêmit. Dag s'affole, exige de savoir ce qui arrive à Pihla.

– Ce n'est rien, Dag. Je n'ai pas mal. Cours à la maison et récupère les vieux chiffons que je range derrière la cheminée. Allez !

Au ton contrôlé de l'aînée, Dag devine que ce n'est pas rien. Peut-être que Pihla est en train de se vider de son sang, comme les bêtes qu'on lui apporte sous l'appentis avant qu'elle ne les dépèce. Elle est encore vivante, mais pour combien de temps ? La cadette s'est déjà faufilée jusqu'au sous-bois. Elle aperçoit la tête de sa sœur par l'ouverture de la trappe qui se penche et l'appelle.

– N'en parle à personne ! Si on t'interroge, tu diras que je t'ai demandé d'autres sacs pour la cueillette…

Dag a entendu. Elle file à travers bois pendant que le sang continue de couler entre les jambes de l'aînée. Dans la cabane, Pihla ôte son short et attend. Pour ne pas tacher les planches, elle décide de demeurer immobile. Les crampes qui lui tordent le bas-ventre l'incitent à rester stoïque. Ce n'est pas la première fois qu'elle saigne de cet endroit, mais jamais en abondance. Tout au plus, le sang brunissait sa culotte, séchait, et tout était fini. Rien de comparable avec ce ruisseau qui sourd de l'intérieur d'elle-même, et dont le débit suit un cours capricieux, s'arrêtant quelques minutes pour reprendre de plus belle.

À la maison, Mette est de corvée de lessive. Elle étend le linge entre le piquet et le fil tendu à la façade. Finn, assis dans le potager, arrache les betteraves crapaudines et les pommes de terre. D'ordinaire, s'atteler au jardin est la prérogative de Dag. C'est une des rares corvées qui ne la rebute pas. Elle comprend les caprices du sol et la lenteur obstinée de certains légumes. Elle sait mieux que toutes dorloter les semis à l'abri pour qu'ils prennent facilement sur le sol dur et acide de la clairière. Elle connaît les espèces rustiques adaptées à l'altitude, qui poussent vite, et qu'on peut cueillir avant que la canicule, le déluge ou la tempête ne gâche la récolte. Mais tout à l'heure, l'aînée a annoncé qu'elle allait chercher des myrtilles, et Dag a voulu la suivre. Finn s'est proposé de la relever. Le frère ne devrait pas s'acharner à faire comme s'il était une sœur, songe Dag. Le père finira par mal le prendre.

Normalement, Pihla aurait dû rester auprès de la mère, mais à quoi bon se tenir à portée de voix et d'ordre si on l'envoie faire et refaire les mêmes gestes inutiles ? Elle n'en peut plus de décaper la paillasse immaculée de la cuisine. Elle a laissé la mère s'acharner. A prévenu qu'elle allait aux myrtilles. Pihla est bien la seule d'elles trois qui brave ses ordres, s'offrant parfois le luxe de lui désobéir quand le père n'est pas dans les parages. C'est le cas aujourd'hui. Il est au lac.

Au moment où Dag émerge du sous-bois, Mette et Finn se sont détournés pour plier le linge sur la table de pierre de l'appentis. La sœur se faufile dans la maison, contourne la mère et son seau, jette l'excuse fournie par Pihla, « je viens chercher des sacs pour les myrtilles », fourre les chiffons sous sa blouse, ressort sans un bruit, et court sur le chemin.

Elle trouve Pihla affalée contre le mur de leur cabane, les yeux mi-clos. Quand Dag est née, Pihla était déjà solidement campée à l'horizon. L'idée que l'aînée puisse mourir est inenvisageable pour la cadette. Que deviendrait-elle seule, avec la mère et le père ? Mette est trop petite pour bien servir. Et Finn n'est pas des leurs. Dag saisit Pihla par les épaules, approche son visage du sien.

– Qu'est-ce que tu as, Pihla ?

– Rien de grave, ne t'inquiète pas, Dag. Allons au torrent, comme prévu.

Dag finit par descendre le long de la corde et bondit à travers le dédale de troncs. Lorsque l'aînée arrive sur la berge, sa sœur s'ébroue déjà, éclaboussant la surface claire. À cet endroit, les tourbillons de la cascade ont creusé une piscine naturelle. Elle est si peu profonde en été qu'on y a pied. Moins appliquée que Pihla ou Mette aux corvées quotidiennes, Dag est habile pour se tenir en équilibre dans l'eau, grimper aux arbres, sculpter des formes au couteau à partir des chutes de bois volées à l'atelier du père, ou même avec de simples branches tombées des pins. Elle sait presque nager, ce dont Pihla, qui sait pourtant tout faire, ne peut se vanter. Sans relâche, Dag s'entraîne l'été dans ce bassin. Aujourd'hui, elle n'est pas tout à fait à sa pratique. Elle ne quitte pas l'aînée des yeux, attentive au moindre indice qui annoncerait sa mort prochaine, comme quand elles guettent dans l'épaisseur du ciel l'arrivée d'une tempête, sachant que leurs efforts ne suffiront pas à la prédire. Plus loin, Pihla frotte sa culotte et son short sous l'eau vive. Dag la voit récupérer le couteau qu'elle a posé sur le bord, déchirer des bandes dans le tissu, les plier et les superposer au fond du sous-vêtement.

Ce soir-là, en revenant, les sacs lourds de myrtilles au bout des bras, Dag remarque pour la première fois les rectangles de coton qui sèchent sur le fil. Tandis que Pihla s'occupe de la confiture avec les fruits ramassés, elle prépare le repas de Finn et du père au cas où il rentrerait, puis apporte le sien à la mère qui dînera dans sa chambre. Elle pose le plateau sur sa table et reste à l'écart, regarde la mère se lever, s'asseoir. Rien ne lui vient, elle ignore comment aborder le sujet sur un versant pratique. Il n'est pas dans les habitudes de Dag de se confier à elle. Mais c'est encore moins dans celles de Pihla, pense-t-elle, et si elle meurt à cause du sang, la mère aussi sera bien embêtée. Elle a besoin de l'aînée au quotidien.

– La mère ?

Elle ne se retourne pas, mais ne lui demande pas de partir. Dag poursuit :

– À quoi servent les rectangles de coton qui sèchent sur le fil ?

La mère ne répond pas, mais à la qualité de son silence, Dag sent qu'elle a capté son attention. Prenant le risque de l'agacer, elle continue :

– Pihla s'est fabriqué les mêmes aujourd'hui pour… pour mettre dans sa culotte. Elle saigne du dedans. Peut-être qu'elle a une maladie… Et qu'à cause de la maladie, elle ne pourra plus servir.

Alors seulement, la mère se retourne et observe sa fille. Dag lit sur son visage un intérêt nouveau. Et même si la circonstance est tragique, l'importance qu'elle lui accorde soudain lui cause un émoi inédit.

– Va chercher l'aînée !

Dag se précipite dans la cuisine, et revient avec Pihla. La mère se lève, s'approche de sa plus grande fille, la scrute de haut en bas. Elle soulève sa blouse, avance ses mains pâles, lui tâte les seins qui ne sont encore que deux bourgeons, les hanches, baisse son short, puis sa culotte. Au regard furieux que lui jette Pihla, Dag regrette à présent d'avoir cherché de l'aide. Pihla recule d'un pas, réajuste ses vêtements, alors que la mère rend son verdict.

– Ce n'est rien. Tu pourras toujours servir.

Pendant un an, le sang coule chaque mois, et Pihla utilise les rectangles de coton que Dag et elle confectionnent avec les chiffons usés. Dans le linge à laver, Dag sait maintenant distinguer ceux de la sœur de ceux de la mère, car celle-ci saigne également. Pihla doit avoir hérité d'elle la maladie qui n'en est pas une, songe Dag. Tout a changé sur la Butte depuis la défaillance de Pihla. Une défaillance, une tare, un mal mesquin qui ne fait pas mourir, mais qui diminue tout de même, a fait vaciller pour Dag cette figure inaltérable, dont l'autorité ne se questionnait pas. Mette et Finn aussi voient bien qu'à intervalles réguliers, la même maladie s'abat sur Pihla et la cloue au lit trois jours d'affilée. Leur aînée devient méconnaissable. Elle, si solide, ne tient plus debout. Elle, si énergique, reste allongée des heures. Le sang vient redéfinir les rôles et les perspectives pour chacun.

Dag est ainsi contrainte de remplacer Pihla pour toutes les corvées, quand la faiblesse la terrasse. Elle se repose beaucoup sur Finn, qui ne demande pas mieux que de prendre le relais auprès de la mère. Et si le père le lui reproche, ce n'est pas le problème de Dag.

Toute cette année, Dag en veut à l'aînée de n'être plus aussi fiable qu'avant. Les corvées dont elle écope rognent sur le temps qu'elle aime passer dans les bois et au bord du torrent. Pihla elle-même s'en veut beaucoup d'être ravagée par cette explosion. Et puis, se plaindre lui est insupportable. Alors elle arrache à Dag la promesse de n'en parler à personne, le sang c'est un secret entre elles. Dag, Pihla, et la mère, puisqu'il faut bien l'inclure.

Un soir, après qu'elles ont terminé la corvée des repas, et attendent, alignées en bout de table, l'autorisation de se retirer, le père retient Pihla. Dag colle l'oreille à la porte du dortoir. Le père explique qu'ils vont s'entraîner pour la montagne, et qu'un jour Pihla sera prête. Alors, elle pourra monter avec eux, Finn et lui. L'aînée exulte en rejoignant son matelas. Elle patiente, le temps que Mette soit parfaitement endormie, puis raconte à Dag le grand honneur qui lui est fait, sa certitude que le père veut la récompenser pour son service rendu, l'occasion qui lui est donnée d'être remarquée de lui, de conquérir son estime.

– Tu pars quand ? chuchote Dag.

– Quand je serai prête. Avant, je dois m'entraîner à l'expédition.

S'entraîner à quoi ? se demande la cadette. À chasser ? Les chevreuils et les cerfs se trouvent dans la forêt, pas sur la roche nue. Jusqu'à présent, Pihla n'a jamais dépecé un chamois, car le père et Finn n'en ont jamais rapporté. Sur le Mont, à près de trois mille mètres, on ne trouve que la marmotte ou le chamois.

Pendant que Dag vaque à ses corvées nouvelles aux côtés de la mère, Pihla commence donc son entraînement. Le soir, rompue de fatigue, l'aînée est si exaltée que Dag finit par y croire aussi. Pihla va être initiée à une autre vie. Parce qu'elle est la plus méritante et la plus forte d'elles trois, elle est promise à un sort décisif dont elles ne savent rien. Cette perspective rend l'aînée plus acharnée encore à la tâche. Quand l'arrivée du sang s'annonce par les spasmes, elle l'ignore. Elle reste debout pour pratiquer les exercices qui la préparent. Dag parfois les suit de loin, Finn, Pihla et le père. Elle s'enfonce derrière eux sans se faire voir. Invisible sous la ramure des cornouillers du sous-bois, tapie dans les hautes herbes de la prairie, elle observe et apprend. Pihla monte et démonte la toile de tente. Pihla cuit un repas avec le réchaud, sous la pluie ou face au vent. Pihla remplit et vide l'énorme sac à dos. Pihla rampe sur une piste, le ventre collé au sol, les coudes dans la mousse, déchiffrant les indices, crotte séchée, touffe de poils accrochée aux bruyères, pierre renversée. Pihla bondit et cavale.

Maintenant, tous les matins, l'aînée court sur le chemin de l'école. Dag, Mette et Finn, qui ne peuvent pas suivre, se débrouillent seuls. Au retour, Pihla coupe par le sentier des vignes, avale la pente, ne s'arrête pas. Elle va au-delà de l'entraînement imposé par le père, s'interdit tout délit de fragilité, contraint son corps jusqu'aux limites. La mère reste cependant intraitable. Parfois, elle refuse que Dag s'occupe du ménage. Elle accuse la cadette de salir, de ne valoir pas mieux que la mauvaise graine du chemin, de le faire exprès. Elle entre dans des colères froides pour une trace de doigt, une tache invisible. Elle exige de parler à l'aînée. Alors Dag va chercher Pihla. Dans la chambre, la mère pointe la négligence, rappelle à la fille ses devoirs. Pihla se rengorge.

– Je ne peux plus m'occuper de la maison avec toi. Je dois m'entraîner à présent. Le père a besoin de moi !

L'aînée ne veut plus ménager la mère. Elles cuisinent pour elle, rangent et lavent pour elle, bêchent et sèment pour elle, accourent au moindre cri. Elles sont les seules à lui obéir en réalité. Car que fait le père ? Que fait Finn ? Pour être prises au sérieux, elles doivent cesser de se comporter en êtres faibles, leur assène Pihla dans le dortoir.

La mère rit. Les deux filles retiennent un hoquet de surprise. Elles n'ont jamais entendu la mère rire. Le souffle passe dans sa gorge comme une brève rafale. Puis s'arrête.

– Tu crois donc que le père a besoin de toi ?

Bien sûr que le père a besoin d'elle, dit Pihla à Dag. Il ne l'a pas vraiment exprimé, mais l'aînée le devine. Ils sont ensemble tous les jours maintenant. Tout en s'appliquant à s'entraîner, Pihla a eu le temps de l'observer. Elle en est convaincue, ils sont semblables. Il sourit peu, il prend la vie au sérieux. Il ne parle pas pour ne rien dire. Il est avare de son attention comme de ses paroles. Mais de temps en temps, son regard s'arrête sur elle. Et dans ces moments-là, Pihla voit bien qu'elle compte. Elle ne veut pas que la mère gâche tout, alors elle demande à Dag de faire ce qu'il faut. Le lendemain, la cadette double la dose de somnifères.

L'expédition au Mont sera une initiation pour Finn aussi. Il a neuf ans maintenant, et il doit assumer sa part de la malédiction, lui a dit le père. Depuis un an, l'entraînement de la sœur a commencé. Lorsqu'il prendra fin, ils l'emmèneront sur la montagne, et le fils fera ce qu'il doit faire. Quoi ? a demandé Finn. Il le saura au moment opportun. Les fils de la lignée l'ont toujours su. Le rituel, c'est comme le sang dans leurs veines. La voix du père quand il a prononcé cela a filé dans un murmure, et son regard s'est perdu. Il s'est enfin reposé sur le fils, et depuis, Finn s'accroche à la lueur de fierté qui un instant y a brillé.

Ils partiront au printemps, quand le temps le permettra. Mais peut-on encore parler de saisons ? Depuis le grand dérèglement, les années passent en alternances brutales de tempêtes d'hiver et de tempêtes d'été. Parfois aussi le climat se suspend en un *statu quo*, de longues sécheresses où le ciel ondule comme un horizon de mirages. Le père, lui, continue de croire au printemps. Et c'est vrai, la terre, leur bois, la forêt autour, la prairie et le lac, le torrent qui descend du Mont jusqu'au village, tout va se réveiller. La nature face au grand dérèglement persévère dans ses efforts de renouvellement. Pour Finn, la victoire de la lumière sur le froid signifie le retour de la chasse qu'il déteste. La dernière fois, il a refusé de suivre le père qui prend invariablement le chemin du Mont quand le dégel a libéré chevreuils, cerfs, renards et lièvres. Il revient avec les bêtes encore tièdes, et Pihla est chargée de les préparer. Finn, à défaut d'avoir participé, aide le père à les porter sous l'appentis et à les suspendre au crochet.

À côté du potager, l'appentis prolonge le toit de la maison de la Butte. Sur une table de pierre reposent les outils, hache, couteaux à dépecer, à désosser, couperets, scies... Pihla procède toujours de la même façon. Elle ouvre les abdomens, vide les viscères fumants du haut vers le bas. Avec une lame plus aiguisée, qu'elle glisse entre la peau et la viande, elle dénude le corps. Puis, elle passe à la découpe. Elle scie le long des colonnes vertébrales, sépare chaque patte, isole sur la table les côtes et les filets. Comme de nombreuses tâches, la préparation du gibier revient à l'aînée des filles. Finn se force à rester à proximité, même si l'odeur le révulse, même si la vue du corps éventré réveille la terreur de ses cauchemars.

Quand la sœur a terminé les découpes, Finn les dépose dans le bunker où se trouve le grand congélateur. Pihla recule pour libérer sous ses pieds l'espace de la trappe, et Finn l'ouvre avec la clé confiée par le père. Il emprunte prudemment l'escalier de pierre. La famille utilise l'abri souterrain construit par leur premier ancêtre sur la Butte comme garde-manger. Ils y stockent le gibier l'hiver, les réserves d'eau, les bidons d'essence, les batteries qu'alimentent l'éolienne et les panneaux solaires fixés sur le toit et la roche. Seuls les hommes y descendent. Les filles, uniquement lorsqu'elles y sont autorisées, s'il leur faut prêter main-forte. L'odeur de la viande sur les doigts, Finn tâtonne pour trouver l'interrupteur, et la lumière de l'ampoule disperse soudain les ombres qu'il redoute.

Il lui semble que rien ne peut ébranler Pihla. Elle découpe les bêtes sans émoi. Elle aimerait leur loger une balle dans le cœur, sûrement. Finn la surprend souvent à rôder près du cabanon où se trouve le râtelier. Plusieurs fois, elle lui a demandé de lui montrer. Pas plus que la chasse, le fils n'aime les fusils, et puis il n'a pas le droit de les lui faire essayer. Conduire le pick-up, manier les armes à feu, traquer les cerfs sont interdits aux sœurs. Depuis que l'entraînement a commencé, il a vu l'intérêt du père croître pour cette sœur qui sait tout faire. Contrairement à lui, elle met du cœur à la tâche. Elle rampe dans la boue, court dans le vent des crêtes, plante des piquets à mains nues, monte une tente de nuit. Lui, Finn, surveille. La fatigue paralyse ses muscles, son nez coule, ses yeux piquent, la main sur la carabine qui ne sert à rien ne se décrispe plus à cause du froid. Mais derrière, le père attend, et il doit y avoir quelque chose à comprendre du spectacle. Plus l'échéance de l'expédition approche, plus la jalousie du frère à l'égard de l'aînée grossit. Le père pousse les épreuves auxquelles il soumet Pihla toujours plus loin, sans que Finn saisisse pourquoi. Il n'a jamais connu le père aussi exalté.

Avant le départ pour le Mont, le père décide qu'ils emmèneront la sœur au lac. Ils ont laissé Pihla ouvrir la marche sur le sentier enneigé qui grimpe dans la forêt. Le père suit. Finn, derrière lui, s'accroche pour maintenir le rythme, garder sa place, empêcher l'étrange duo que forment le père et Pihla de se refermer sur lui-même.

La sœur porte son sac sur le dos. Son souffle régulier produit de la vapeur d'eau dans l'air glacé. Sous sa polaire, ses muscles ondulent, renforcés par l'effort intensif de l'entraînement. Finn appréhende la nouvelle épreuve que le père réserve à l'aînée, il a l'impression que c'est lui qu'on veut tester, que peut-être l'attend au lac une répétition du rite du Mont. Pihla galope devant, absorbée par la performance à fournir, le regard planté dans le sol. Finn se laisse distancer, bientôt seul dans le paysage de glace, de neige et d'eau qu'ils traversent, éblouissant de blancheur et de transparence. Au sortir du mélézin, la pelouse alpine s'est transformée en océan iridescent. Les sommets, les pins, le soleil mêlent leurs reflets sur la neige qui paraît incrustée de sel. Au loin, le lac est à peine visible. Sa surface lisse, balayée par le vent, piège les cimes dans un miroir opale.

Face à l'étendue d'eau gelée, Pihla attend. Elle ne pose aucune question. Le père ôte son sac, s'assied dessus. Il regarde le ciel dégagé. Puis il se tourne vers la sœur et désigne la berge du menton. « Il faut le traverser », dit-il. Là encore, elle ne demande pas pourquoi. Pourtant, elle hésite, au bord de la glace. Finn s'est assis à son tour. L'exercice ne l'amuse pas beaucoup. Ce n'est pas encore la saison des truites, et de toute façon, ils ne sont pas venus pour pêcher. Il ne comprend pas, d'ailleurs, ce qu'ils fabriquent ici exactement. Le père lui a dit que cela faisait partie intégrante de l'entraînement. Mais la sœur est bien assez entraînée à son goût. Pourquoi ne pas attendre le jour de l'excursion ?

Pourquoi prendre le risque d'un accident avant l'ascension du Mont ? Si la sœur meurt noyée, est-ce que le malheur se déchaînera sur la famille ? Toutes les confidences sinistres sur le sang, les femmes et la malédiction se mélangent dans la tête de Finn qui s'apprête à interroger le père, mais ce dernier l'arrête d'un geste. Il sourit, chose rare, lui montre l'aînée.

Son sac à dos abandonné au bord, Pihla s'avance sur la glace du lac, crampons aux pieds. La température de l'eau est d'environ trois degrés, légèrement moins qu'à l'extérieur. Au centre, là où la surface se teinte de bleu marine, elle est solide et épaisse. Près des berges, la couleur varie du blanc au gris et la croûte se fragilise : à cette épaisseur, le pied s'y enfonce. Cela, Pihla le comprend intuitivement. En une grande enjambée, elle atteint une zone blanche. La dalle émet des sons étranges, comme les garçons de l'école qui, dans la cour de récré, imitent le bruit de balles qui fusent.

Le père suit toujours l'aînée des yeux. Elle a progressé vers l'autre rive jusqu'à la limite du bleu et du blanc, puis s'est arrêtée. Il se lève pour longer le rivage tandis que la masse gelée se dilate et se contracte, produisant des vibrations sonores dont l'oreille humaine perçoit d'abord les hautes fréquences. Le père connaît ce chant singulier propre aux eaux prisonnières. Finn s'est redressé, en même temps que la sœur s'est figée. Il faudrait qu'elle fasse demi-tour, c'est l'unique moyen d'en réchapper, songe-t-il. Mais il n'est pas là pour contrecarrer les desseins du père. Alors il crie à Pihla de revenir, dans sa tête seulement. Elle ne l'écoute pas car il la voit esquisser un pas, entend le craquement sinistre se répercuter à travers les strates. Elle fait un deuxième pas, et soudain sa silhouette s'affaisse. Son corps a traversé la glace.

Finn est tétanisé. L'ombre de Pihla cogne contre la surface dure. Combien de temps peut-elle tenir, combien de temps passé depuis qu'elle a coulé ? Il se rapproche du lac, fixe l'endroit où elle a disparu, les éclats translucides oscillant sur l'onde sombre. Un poing jaillit. Des bras surgissent, battent l'air, fendent l'eau et griffent le givre avant de se cramponner enfin. Mais la sœur échoue à se hisser sur le rebord solide. D'ici il la voit trembler, le menton et les coudes en appui à l'extérieur, le reste du corps immergé. Ses dents claquent. Elle regarde le père qui la regarde aussi, debout sur la rive, souriant. Et puis la sœur glisse à nouveau, et Finn la devine qui s'enfonce lentement. Pihla ne bouge plus. Alors seulement, le père marche sur la glace, plonge la main dans l'eau, trouve les cheveux de l'aînée et tire d'un coup sec. Allongé près du trou, il roule avec elle vers la partie fiable du lac.

Ils s'activent autour de la sœur. Un massage cardiaque la fait revenir à elle. Puis Finn dégote dans le sac les vêtements de rechange qu'elle a eu l'idée d'apporter. À grand-peine, il la déshabille et enfile sur ses membres tremblants un pull et un pantalon, l'enveloppe avec la couverture de survie. Il attend ensuite les ordres du père qui a cessé de sourire, est maintenant parfaitement égal à lui-même. Il dit : « On rentre. »

L'expérience du lac a fait naître en Finn une inquiétude sourde. Depuis, il est tourmenté par la vision récurrente du père campé sur la glace, les pieds au sec, les bras croisés sur le torse, et sur son visage ce sourire impénétrable. La sœur si forte plongée dans l'eau gelée. Son sauvetage retardé. Est-ce le genre d'épreuve que lui réserve le Mont ? Devra-t-il porter Pihla au bord de la mort, et l'en faire revenir ?

Comment savoir quand intervenir ? Où finit la vie et où commence la mort ?

Sur la Butte, Finn ne reconnaît plus l'aînée. Pihla ne s'irrite plus de sa présence, semble complètement absorbée en elle-même. Son autorité rêche ne s'exerce plus. Ni auprès de lui ni auprès des sœurs. Elle l'ignore tout à fait maintenant, et Finn préférait encore son mépris. Alors il s'efforce de réveiller son intérêt pour lui. Il relève seul les pièges qu'ils ont posés ensemble dans la forêt en aval pour attraper les lièvres. Il lui apporte les bêtes, demande à les préparer lui-même. Elle y consent, mais il ne perçoit plus rien dans son regard, devenu aussi trouble que la glace bleue du lac.

Les cauchemars de Finn s'enrichissent d'un nouveau scénario. Au-dessus de lui, une surface opaline est voilée par une eau épaisse. Il cherche le long de la paroi une ouverture absente, se débat, pousse sur ses pieds qui ne répondent plus. L'accélération subite de son cœur le fait se redresser brusquement sur le bord du matelas. Le calme profond de la maison indique le milieu de la nuit. Finn se dirige à tâtons vers la porte, passe devant le père qui ronfle sur la mezzanine, descend l'escalier, foule le sol froid de la salle commune et sort.

L'espace ouvert de la clairière, aussitôt, l'apaise. Il s'étend sur l'herbe détrempée, contemple l'ombre de la forêt en contrebas, ses contours d'argent dessinés par la lune. À la lisière de la pinède, il distingue un mouvement furtif, des miroitements. Lentement, Finn recule jusqu'à l'appentis, se saisit de la hache, retourne à son poste d'observation. Plus bas, l'animal est maintenant à découvert, assis sur un talus. Sans se relever, Finn s'approche, s'arrête à nouveau, la hache fermement plaquée contre son ventre. D'ici, il reconnaît, à la forme touffue de la queue, aux oreilles hautes, au museau pointu, un renard. La bête est venue le mettre au défi de se montrer digne. Elle est venue lui dire qu'il a peut-être échoué sur le lac, mais qu'il ne devra pas faillir lors de l'excursion au Mont. En lui dort encore l'homme qu'il doit devenir pour être digne du père. Il ne reste plus que lui maintenant que Pihla a disparu, démasquée dans sa faiblesse, réduite à son fantôme.

Le renard descend du talus et s'avance, se pose à quelques mètres de Finn. Si près que le garçon voit luire sur ses vibrisses des traces de rosée. Il se relève, et l'animal ne fuit pas. Finn brandit la hache au-dessus de sa tête, mais cela ne l'effraie pas.

Finn esquisse encore quelques pas vers lui. En réponse, le prédateur se lève, retrousse ses commissures sombres, exhibe ses canines, ses incisives, ses molaires, toutes aiguisées. Ses oreilles mobiles s'agitent. Il bondit à gauche, à droite, décrit un cercle vif autour de lui, dans un sens, puis dans l'autre. C'est une provocation, une invitation, un encouragement. Alors Finn plonge, se jette sur la bête. Elle se débat, se contorsionne, pousse des cris enfin. Il affermit sa prise, ferme son museau étroit de sa seule main gauche, et serre, le corps toujours écrasé sur elle. La mâchoire craque. Des glapissements gutturaux sortent de la gueule cassée. Méthodiquement, comme le ferait Pihla devant l'appentis, Finn abat la hache. D'abord sur la queue soyeuse. Puis sur les pattes sombres et le ventre doux. Sur le cou enfin, jusqu'aux vertèbres, qui s'ouvrent tel du bois sec.

La montagne se retourne contre ceux qui l'habitent, sans distinction de sève ou de sang. Ceux qui se sont réfugiés en ville ont dressé des barrages dérisoires à l'abri desquels ils se sentent protégés. Les insectes les plus organisés les ont rejoints et ont muté dans la moiteur des sous-sols bétonnés. Par vagues remontent de la terre des armées de charançons ravageurs, des hordes de surmulots, toujours plus adaptés. Croire en la montagne est un pari risqué. C'est pourtant celui qu'a fait Dag.

En elle, l'héritage de la sorcière s'est incarné. La foi dans les forces de la Butte et ses hauteurs rocailleuses, d'abord. La collusion avec les plantes ensuite en compagnie desquelles Dag se sent vivante. La crainte qu'elle inspire au père, enfin, depuis sa venue au monde et le crime du jumeau. Sous la pinède, le sol redevenu vert s'est couvert d'arbustes et d'herbacées. Le grand dérèglement a permis la floraison précoce des rhododendrons, des genévriers et des bruyères. Dag anticipe les récoltes prochaines qu'elle mettra à sécher dans la cabane, imagine de nouvelles associations avec l'oxalis des bois pour ses tisanes. Elle fait des incursions le long du chemin, dans les trouées herbeuses où elle déniche déjà du trèfle rouge et des airelles. Mais les fusains à larges feuilles ne sont pas encore en fleurs. Il faudra qu'elle revienne.

Dag cherche surtout les plantes qui soignent, depuis que Pihla a la maladie du sang. Elle a mémorisé les propriétés de la flore médicinale qu'elle peut trouver dans les sous-bois, le long du torrent, ou près de la tourbière. Pendant les temps de récréation, Madame D. la laisse consulter un manuel jauni de botanique, dans lequel sont répertoriés les végétaux de la région, ceux qui guérissent, et ceux qui tuent. Elle l'a tant de fois manipulé qu'il garde les marques de ses pauses, de ses intérêts et de ses obsessions. La page dédiée au fusain s'ouvre d'emblée quand on prend le livre en main. Dag sait que ses fruits sont toxiques pour l'homme. Étonnamment, pas pour les oiseaux. Elle y voit une preuve supplémentaire de la puissance de la forêt sous la protection de laquelle elle se place. Un matin qu'elle lisait, au fond de la classe, l'enseignante est venue la trouver, et lui a proposé d'emporter le manuel chez elle. Dag a aussitôt glissé le précieux cadeau dans son cartable. Le souvenir de sa présence sous la chaise a fait, tout le long de la journée, s'accélérer son cœur de joie. Elle a déposé le livre dans la cabane, où Pihla n'a plus le temps de monter, à côté des amas de feuilles qui sèchent. Dès qu'elle le peut, elle l'ouvre et tente d'apprivoiser la langue des plantes. C'est un peu celle de la montagne, qui voue au pire les plus jolis des mots. Étamine, calice, sépale, corolle, ombelle, bourgeons. Paresthésies, dermites aiguës, paralysies, convulsions, hallucinations, coma. Le pouvoir toxique de certaines fleurs, que le manuel signale par le dessin d'une tête de mort, ne cesse de la fasciner.

Depuis que Pihla a la maladie du sang, Dag lui prépare des tisanes de millepertuis, de sauge et d'achillée mille-feuille. Aucun de ces ingrédients ne fait mourir, elle a bien vérifié. Ils peuvent aider pour les maux qu'a décrits Pihla, les crampes musculaires, la faiblesse. Malgré cela, Pihla refuse de boire, car elle n'est pas malade, a autre chose à faire, avec l'entraînement et l'excursion au Mont comme ultime horizon.

Ce jour-là, Dag a pris le relais sur la Butte, seule avec la mère et Mette. Jouer l'aînée lui pèse, le rôle va beaucoup mieux à Pihla. Mais la sœur est partie au lac, avec le père et Finn. À cause d'elle, Dag est privée de cabane, contrainte de se charger des tâches domestiques, forcée de supporter la mauvaise humeur de la mère. Les corvées s'enchaînent, et Dag fulmine, maudissant la sœur d'être la plus forte d'entre elles, pestant contre l'entraînement, le père, ses lubies et le Mont dont tout le monde parle, mais qu'elle n'a jamais exploré. Trop haut, trop loin, respectable comme un gardien vénérable qui protège la Butte. Il ne lui est jamais venu l'idée de s'y aventurer. En fin d'après-midi, alors qu'elle sort de l'atelier où elle a fini de balayer, elle voit le père et Finn descendre le sentier du Mont. Pihla, qui traîne loin derrière eux, n'en finit pas de s'approcher, point métallique doré sous sa cape de survie. Elle s'écroule en apercevant Dag. Toute colère s'efface et la cadette se précipite, soutient l'aînée jusqu'au dortoir. Elle vide son sac sur le sol, en extirpe les vêtements trempés, cherche à savoir.

– Pihla, qu'est-ce qui est arrivé ?

Pihla ne répond pas.

– Je peux faire quelque chose ? demande Dag.

La sœur s'est couchée. En pleine après-midi. Elle fixe le plafond.

– Que veux-tu que je fasse ? répète Dag.

Pihla se tourne vers elle, l'immobilité de ses traits effraie la cadette.

– Je ne sais pas.

Les jours suivants, la démarche de l'aînée est devenue mécanique. Son regard, vide. Elle passe devant Dag sans la gratifier de sa réprobation habituelle, pas même un haussement d'épaules, un bruit de bouche agacé. Pihla ne la renvoie pas à une corvée urgente, elle semble s'être absentée d'elle-même. Dag ne connaît pas de plante pour ce mal-là.

Pihla ne s'occupe plus de rien. Dag continue à assumer les tâches qui reviennent normalement à sa sœur, assistée de Mette, dont l'aide est précieuse pour les repas. L'aînée est obnubilée par son entraînement et son départ prochain au Mont. Rien n'existe en dehors de cette perspective. Le soir, elle n'attend plus que Mette soit endormie pour ressasser à voix basse, comment monter la tente en fonction du vent, empaqueter le sac pour sortir le plus rapidement possible la nourriture, quel couteau emporter, quels vêtements préparer, comment ne pas rompre la glace, marcher sur le bleu, prendre des gants aussi, dans la commode de la mère il y en a, elle en est certaine… Elle chuchote sans discontinuer, entend à peine les questions inquiètes de Dag. Pihla d'ordinaire avare de ses paroles, jetées en quelques ordres au cours d'une même journée, discourt comme elle pense.

– Ils t'ont dit ce que vous allez faire au Mont ?

– Il faudra que mes deux pulls soient propres et secs. Assure-toi que ce soit toujours le cas. Ils peuvent venir maintenant, ce soir, cette nuit. Je n'emporterai pas ma blouse. Si je tombe dans l'eau, je pourrai me changer. Je prendrai une couverture de survie dans le cabanon. Le père en a tout un tas. Tu vas m'aider à préparer mon matériel. Dag, tu m'écoutes ?

– Oui. Je vais t'aider à préparer ton matériel.

– Je prendrai aussi de la viande séchée au cas où. On la cachera sous mon matelas en attendant, avec le reste.

– Est-ce que vous allez chasser ?

– Ils peuvent venir n'importe quand. Je dois être prête, tu comprends. Dag, tu comprends ?

– Oui.

L'aînée ne se déshabille plus pour la nuit. Elle enfile un pull, remplit son sac à dos tous les soirs, et se couche en récitant pour elle-même des consignes, jusqu'à ce que le sommeil la prenne. Sa nouvelle obsession ne trompe pas ses cadettes qui perçoivent bien derrière le zèle de Pihla une frayeur. Elle a contaminé Mette qui cherche vainement auprès de Dag les repères perdus. Mais Dag ne sait pas consoler Mette, elle la repousse quand elle vient se coller à elle la nuit. La benjamine l'agace, elle la trouve trop petite, trop bête, plus préoccupée de trouver son reflet dans les vitres de la fenêtre que de l'assister dans ses collectes de plantes. Pihla au moins était de bonne compagnie pour grimper aux arbres, jouer aux guerrières, faire la course dans la prairie ou monter à la corde. Mais cela, c'était avant. Avant le lac. Et encore avant, quand est arrivée la maladie du sang.

Dag n'a plus de temps pour elle. Après l'école, elle ne coupe pas par le sous-bois, se dépêche de rentrer. Elle laisse Mette préparer le repas, et se met au service de la mère. Dans la chambre, tout le contenu de l'armoire se retrouve sur le sol. Il faut épousseter les étagères jusque dans les coins, replier le linge, entasser les piles à nouveau, puis balayer, relever le lit et battre le matelas. Traquer la poussière même quand il n'y en a plus. Dag se force à ne pas écouter les remontrances de la mère qui exige qu'elle recommence, se plaint de sa lenteur, demande où est l'aînée, passe des lamentations à l'emportement, s'exaspère de la maladresse de sa fille, de sa maigreur, de sa tête de fouine, réclame l'aînée encore. Dag ignore que c'est l'idée même de la mort que la mère expulse d'elle en livrant la guerre à l'usure et à la poussière. La cadette s'exécute, et quand elle s'est suffisamment défoulée en récriminations, la mère se calme. Alors Dag laisse tomber le ménage, et sort dans la clairière. En fin d'après-midi, le soleil s'enfonce dans la vallée voisine et les ombres des pins poussent sur l'herbe jusqu'à la façade de la maison. Dag saute du sombre au clair. Le sol rayé de lumière se voile et se révèle à demi, exhibe ses trésors. Près de la lisière, elle découvre la carcasse d'un animal, découpé proprement. Suffisamment aguerrie pour détecter le travail de la hache, elle constate que les membres ne sont pas déchirés, mais tranchés net. Il n'y a plus de la bête que la peau sèche, les poils et les os.

Dag s'accroupit. Ce devait être un renard, songe-t-elle. Et maintenant, qu'est-ce que c'est ? Que reste-t-il de nous dans un cadavre ? Tout habitée par ces questions, Dag se dirige vers l'appentis où elle récupère la pelle et le seau. Elle sait où elle va l'enterrer. Dans le cimetière des filles. C'est ainsi que le père appelle le tertre surplombant le potager, près du sentier qui descend au village. Il y a là une dizaine de pierres tombales sans noms, certaines réduites à un rocher debout, à moitié enfoui. Et des croix de bois, que le père replante après les tempêtes. C'est un cimetière ancien, qui renferme les secrets des ancêtres. Les filles n'ont normalement pas le droit d'y pénétrer, mais l'entraînement occupe encore le père en amont, et la mère ne sort pas dans la clairière. Dag creuse au fond de la parcelle, elle dépose le renard, s'attache à rassembler les restes pour constituer un semblant de corps. Puis elle recouvre de terre, tasse. Dispose sur l'emplacement des pommes de pin en guise de stèle.

Le crépuscule a effacé les ombres, le sol exhale un souffle froid. Dag rentre. Il faut qu'elle retourne au service car le père et Finn vont bientôt revenir de l'entraînement.

Ils viennent chercher Pihla une nuit. L'hiver finit tout juste, et de fins ruisseaux parcourent la clairière libérée de la neige. Il doit être quatre ou cinq heures. Ils éclairent le dortoir et la lampe de Finn éblouit soudain Dag. Elle s'accoude sur son matelas, suit le faisceau qui se dirige vers la place de l'aînée. Comme Finn, elle sursaute. Le père pousse un juron étouffé. Pihla est debout, son sac sur le dos, ses chaussures aux pieds. Elle a enfilé son pull, porte les gants que Dag a pris dans la commode de la mère. Finn se reprend vite. Il chuchote :

– On y va maintenant. Le père dit que tu es prête.

Pihla avance, les forçant à s'écarter. Cela fait des mois que l'aînée attend, des mois qu'elle anticipe à haute voix, le soir dans le dortoir, son départ futur. D'un pas déterminé, elle traverse la salle commune.

Dag se lève aussi, emportant avec elle sa couverture. Dehors, la nuit est noire, on ne distingue aucun sommet depuis la clairière. Elle frissonne et passe mentalement en revue le contenu du sac de la sœur, comme elle l'a fait tant de fois en écoutant Pihla. Elle se félicite de la prudence de l'aînée, qui a pensé à tout, même aux crampons, car ce départ alors que le dégel commence à peine augure bien des difficultés.

Le père lève le menton vers Finn, qui tend une lampe frontale à la sœur. Elle a un bonnet, un sac sur le dos, des crampons aux pieds, des gants. Elle est prête. Elle est prête. Dag se le répète, pétrifiée sur le seuil. Alors qu'ils s'engagent sur le chemin du Mont, au fond d'elle, une protestation se forme. « Attendez ! » crie-t-elle. Mais Pihla, concentrée déjà sur le périple à venir, disparaît sur le sentier. Finn se retourne, et lui rend son regard effrayé.

L'ascension commence avant l'aube. Ils empruntent le chemin qui monte entre les pins noirs puis les pins à crochets, derrière la maison. Plus ils s'éloignent de la clairière, plus le silence s'opacifie. L'obscurité compacte, les paquets de neige sur les branches qui isolent le sous-bois du ciel, le craquement du sol sous les pas, les trouées blafardes que font leurs lampes sur le sol, les habits de nuit de cette forêt d'hiver soustraient Finn à la réalité de ce qu'il vit. Il a la sensation d'évoluer dans un rêve. Par moments il se voit marcher, depuis les yeux ronds de la chouette perchée sur les ramures. Il voit la silhouette du père sur le sentier, élancée et solide. Derrière avance l'aînée, ses bras assurant l'équilibre, ses pieds dans le halo de la lampe qui gravissent les marches formées par les racines. Puis il se voit lui, trop petit pour la charge sur son dos, progressant selon le rythme erratique imposé par les cahots de sa respiration. La pénombre dessine à sa suite des poursuivants inquiétants, êtres de brume, de branches et de glace. Depuis les yeux de la chouette, pourtant, il constate qu'il n'y a que lui.

Dans le mélézin, ils éteignent les lampes frontales, les rangent. À l'ouest, le ciel s'éclaire, et cette clarté encore pâle suffit pour avancer. Quand ils débouchent sur les pelouses, le soleil se lève, nappant la ligne des montagnes d'une vaporeuse couche d'or. Au-dessus d'eux, les cimes restent sombres, et les nuages rougeoient. Le fœhn souffle et plaque sur leurs corps une pluie fine mêlée de glace. Pihla, tout en marchant, ouvre son sac, en retire un masque de ski. Elle est mieux équipée que lui pour affronter le sentier qui serpente dans la prairie blanche. Finn enfonce le visage dans son col et rabat sa capuche. Seuls ses yeux sont exposés aux rafales. Aux abords du lac, son cœur s'accélère. Pihla tourne à peine la tête, concentrée sur son souffle, sa foulée toujours égale. Ils ne s'arrêtent pas.

Sur le chemin des crêtes, le père se fige, se désintéressant soudain de Pihla. La sœur, imperturbable, passe devant. Finn s'absorbe dans la cadence mécanique de son pas. Talon pointe, pointe talon, les pierres affleurantes pour seul horizon. Il traîne derrière le père qui s'est immobilisé, l'attend au lieu de l'oublier, de le laisser tranquille. Quand Finn le rejoint, il se remet en route à ses côtés. Il lui adresse un sourire entendu et le fils reconnaît sur son visage l'air fiévreux qu'il avait au lac. Finn ne pose pas de questions, trop effrayé de se retrouver coincé avec les réponses, ici, dans cette prison de neige et de glace.

Il se demande pourtant à quoi il doit s'attendre. Leur trio est plus chargé que pour une partie de chasse. Finn a son fusil sur le dos, mais il sait qu'ils ne vont pas traquer le gibier. En plus du matériel habituel, ils ont emporté une tente pour la sœur, dans laquelle il dormira aussi, et il y a la hache contre la hanche du père, dont la présence prend toute la place à présent. Finn préfère ignorer à quel usage elle est destinée. Ils ne vont pas couper du bois, ce n'est pas prévu. Il connaît parfaitement le calendrier d'exploitation. Il a appris à identifier les arbres à abattre. Depuis qu'il est petit, il circule avec le père dans la forêt. Comme lui, il sera garde forestier. La perspective l'enchante bien moins que celle de devenir menuisier. Finn convoque les images réconfortantes de l'atelier, l'odeur familière des planches chauffées par les frictions. Car il refuse la pensée de la hache, si près. Ne pas y penser. Ne pas laisser l'idée s'installer. Mais les mots du père arrivent.

« Tu vas accomplir le rituel pour la première fois », annonce-t-il, forçant sa voix dans le vent. C'est un honneur et un poids, aussi. Marta, sa propre sœur, poursuit le père, avait treize ans, et lui dix, quand il s'est trouvé en âge de suivre le protocole. Il se souvient, ils habitaient alors en ville. « Mais toi, tu as la chance d'habiter la terre des ancêtres. »

La Butte, c'est leur héritage, se répète Finn. Il doit renouer avec la tradition interrompue par le père du père. Ce grand-père qu'il n'a jamais connu, parti trouver refuge en ville. Mais on n'échappe pas si facilement à sa destinée. Et Finn aujourd'hui habite ici. Dans le décor de la montagne, l'acte du fils sera noble. Pour le père, la hache avait ébréché la baignoire, le cou ne s'était pas rompu, il avait dû insister. Il est revenu sur la Butte pour Finn. En prévision du geste que celui-ci va devoir exécuter à son tour. Avec l'édifice vertigineux de la montagne, les escarpements de glace, les arêtes tranchantes du calcaire, les torrents de pierre, l'appel mystérieux du chantoir, ce sera beau. Les images dans la tête de Finn affluent, charriées par la rivière puante de mots, il ne sait plus s'il pense ou si le père parle. Il n'entend plus tout, mais il en entend suffisamment pour se mettre à frissonner. Au-dessus d'eux, nulle chouette à l'intérieur de laquelle s'échapper, les frondaisons du mélézin ont depuis longtemps disparu, il n'y a plus que le ciel couleur de montagne, couleur d'affreux présage.

Enfin, le père se tait. Au détour des lacets que trace le sentier sur la pente, là où les neiges ont fondu, crocus, soldanelles et gentianes se pressent de fleurir. Ils devaient camper sur les crêtes, mais les conditions ne le permettent pas. Le vent souffle trop fort. Ils sont contraints de revenir sur leurs pas, et d'obliquer à l'est, pour trouver une zone à bivouac abritée. Le père explore une étendue de neige adossée à une roche qui semble lui convenir. Les mains en porte-voix, il siffle vers l'aînée, pointe du doigt l'endroit à son attention.

Pihla dresse leur campement. Elle enchaîne les gestes appris avec maîtrise, a terminé rapidement. La tente du père est prête. Celle de Finn est encore dans son sac à dos. La densité de l'objet contre son corps est si rassurante qu'il rechigne à s'en débarrasser. La sœur se tient maintenant devant lui, attendant qu'il se décide. Elle doit préparer leur couchage aussi, car ils dormiront tous les deux. Finn ne parvient pas à s'extraire de la paralysie qui l'a saisi, pourtant Pihla ne manifeste pas l'impatience habituelle. Elle lui semble étrangement incertaine. Tout en surveillant le père derrière la roche au bout de l'esplanade neigeuse, elle s'approche de lui, si près qu'il peut voir dans son œil danser les questions. Elle n'en pose qu'une.

– Finn, pourquoi le père a pris la hache ?

Alors Finn décroche son sac, lui ordonne de se remettre au travail, essaie de retrouver l'assurance que doit avoir un fils le jour de son initiation. Mais la sœur insiste.

– Tu sais comme moi que ce n'est pas pour chasser ni pour couper du bois. Qu'est-ce qu'on fait là, Finn ?

– Tais-toi ! Monte la tente, je te dis !

– Finn, qu'est-ce que le père va faire avec la hache ?

C'est comme si la sœur en savait plus que lui. Elle a raison de s'intéresser à l'instrument capital, celui qui a servi pour Marta, la sœur du père, égorgée dans la baignoire de la ville. Est-ce la même ? Est-il possible que les fils en héritent du premier père, depuis des générations ? Les pensées sous le crâne de Finn refusent de s'enchaîner les unes aux autres, elles cessent de prendre sens. Le ciel est bas et gris. Il leur reste peu de temps avant l'averse de neige. Fébrile, il rejoint le père et demande s'il est obligé. Et sous le regard que le père lui adresse, Finn laisse aller sa dernière illusion.

Allongé sur le dos, il écoute les rafales battre la toile. La sœur, à côté de lui, semble dormir. Peut-être est-ce une feinte, car depuis leur départ, elle est sur ses gardes, il le sent. Mais Pihla est devenue pour le fils une donnée abstraite, partie prenante d'un problème à résoudre d'urgence. L'adrénaline fait pulser le sang dans ses tempes. Par un curieux retournement logique, alors que les mots du père et les images abjectes flottent entre eux, Finn en vient à se dire que oui, accomplir le rituel serait un soulagement. Avec lui disparaîtrait son problème. Enfin calme, il s'endort.

Il est réveillé par les cris du père. Le fusil, à l'avant de la tente n'est plus là, les chaussures à crampons de l'aînée non plus. Et puis, Finn prend conscience qu'il manque aussi le corps de la sœur allongé à ses côtés. Pihla s'est enfuie et le père donne de grands coups de pied dans la neige tombée cette nuit. La tempête déforme les traits de son visage.

Le fils lève le camp à la hâte. Au-dessus d'eux, l'espace s'allume, partant d'un embrasement derrière les falaises à l'est. Un incendie ? L'aube, seulement. Le spectacle d'un ciel fantasque dont les métamorphoses ne s'anticipent plus. Que la foudre s'abatte maintenant, que le vent l'emporte, que la terre l'engloutisse, songe Finn. Cela mettrait un terme à ce cauchemar. Mais c'est une belle journée qui s'annonce, sans un nuage. Pourquoi la montagne lui obéirait-elle ?

Ils la suivent depuis trois heures. Le soleil s'est levé. L'air est clair, aucune brume ne voile l'horizon. Si la sœur était sur la pelouse, ils l'auraient déjà trouvée. Le père fait le pari qu'elle est partie à l'ouest. C'est ce qu'il aurait fait, lui aussi. À l'est, les falaises sont impraticables. Et puis, il est certain qu'elle ne serait pas revenue vers la clairière, sachant ce qui l'attendait. Sur ce versant de la montagne, la pente est salement escarpée. Aucun chemin n'ouvre la voie. Ils décident de se séparer pour ratisser plus efficacement le terrain. Au bout d'un moment, ils remontent, reprennent l'exploration à partir d'un nouveau point. Jusqu'à ce que Finn appelle. « Là ! » Le père se précipite. Un bout de tissu vert, accroché à une crépide naine, témoigne du passage ici de l'aînée. Ils inspectent les environs. L'éboulis s'étend sur une cinquantaine de mètres. Puis, de la neige à nouveau, à la lisière des pins, longeant le lit du torrent. Finn reconnaît l'endroit, même si ce n'est pas leur forêt, il l'a déjà exploré avec le père, à la recherche de bois de sapin, résineux qui pousse mieux sur les versants ombragés.

Ils descendent prudemment vers les arbres, scrutant les alentours à chaque pas. Un coup de feu retentit soudain, stoppant net le père dans son élan. Finn accourt, s'inquiète. « Tu es blessé ? » Son bras saigne, mais c'est à peine une égratignure. Il ignore Finn et fonce dans la pente, franchissant les derniers mètres qui les séparent des pins avec l'énergie de la fureur. Lui cavale derrière, les pierres roulent sous ses chaussures.

Pihla est là, allongée, le fusil sur l'épaule, comme si elle avait tiré toute sa vie. Le père marque un moment d'hésitation. Puis il remarque le garrot de fortune qui enserre sa cuisse, le tissu mouillé de sang du pantalon. Elle lève les yeux sur la silhouette massive qui la domine à présent.

– Si tu veux me tuer, tue-moi maintenant !

Le père ne répond pas, lui arrache son arme, la donne à Finn. Puis, il la soulève par la taille, la cale contre son flanc, et d'un coup de hanche la hisse sur son épaule.

Ils rebroussent donc chemin, s'apprêtent à refaire, à rebours, le trajet de la matinée, à remonter la pente escarpée jusqu'au campement des crêtes. Finn est épuisé. Surtout, il ne comprend pas l'entêtement du père. Pourquoi s'obstiner à grimper au Mont ? N'auraient-ils pas pu en finir avec le fusil, en bas, dans le ravin ? Or le père est résolu à atteindre cet endroit précis face au gouffre qu'il appelle le chantoir. Pour Finn, un mont en vaut un autre, mais c'est sans doute parce qu'il n'y connaît rien, qu'il n'a pas encore accompli le rituel.

Si seulement le temps était stable. Mais avant le dégel, l'expédition ne peut manquer d'être périlleuse. Ils ne sont pas à l'abri d'une avalanche ou d'une tempête soudaine qui les piégera sur les hauteurs. Même avec un bras blessé et le corps inerte de la sœur sur le dos, le père avance d'un pas décidé. Finn ne peut s'empêcher d'être admiratif. Voilà un homme parfaitement accordé au décor monumental, à la rudesse des éléments, à l'âpreté du paysage. Lui, Finn, rêve d'une maison en bois, avec un poêle au milieu. Il rêve d'une petite place dans ce monde-là, construit par l'homme pour l'homme. Pas de cette immensité, au cœur de la forêt, sur la montagne, qui n'est faite que pour la roche, les bêtes et les arbres. À nouveau, il tremble. La pente est trop abrupte dans ce sens et les rafales les déséquilibrent.

Le replat de la pelouse aux abords du lac est encore plus exposé. Avancer contre le vent devient difficile. Il se met à neiger quand le père longe la rive sans s'arrêter et entreprend l'ascension vers le Mont. Plus ils prennent de l'altitude, plus les flocons se font fins et pulvérulents. Les bourrasques les brassent au sol pour former des dunes à l'est, et des corniches sur la ligne de crête. Finn lève la tête vers le chargement du père. Le corps de la sœur disparaît maintenant sous une couche immaculée. Il y a fort à parier que le père ne s'arrêtera plus jusqu'en haut.

Le temps passe dans le chahut de l'air qui siffle et tourne et balaye. C'est le père qui signale à Finn qu'ils sont arrivés. La visibilité est nulle, le fils distingue tout juste sa silhouette à un mètre de lui. Le ciel et la terre paraissent confondus en une blancheur à la fois lumineuse et opaque. Le père lâche la sœur et Finn entend à peine le bruit de sa chute sur la neige tassée. Elle se tortille, réveillée par la douleur, finit par se redresser. Ils sont maintenant tous les trois debout, fantômes dans le brouillard.

Soudain, une rafale dégage un espace d'une netteté irréelle. Le Mont à l'ouest s'affaisse en une falaise calcaire, creusant un gouffre sans fond, étroit et sinueux. Le chantoir. Les mots du père reviennent à Finn, comme une mélodie ancienne qu'il aurait toujours connue. Pihla recule. Il s'avance, force la voix pour couvrir le tumulte, mais elle ne réagit pas. Penchée vers lui, tellement plus grande, elle ne voit pas venir son geste. Alors le vent s'engouffre derrière lui, soufflant dans son dos le chant malin de la malédiction. « Le gibier, là ! » hurle-t-il. Elle suit son doigt du regard. Et il la pousse dans le vide.

Les loups sont descendus sur la Butte. Ce n'est pas bon signe, pense Dag. Ils craignent plus fort qu'eux, qui viendrait du haut de la montagne où ils ont leur habitat. Une catastrophe prochaine qui les contraindrait à fuir les sommets, à s'approcher des hommes. Derrière le cimetière des filles, il y en a un. Il est tapi dans le sous-bois, et darde ses pupilles rondes sur elle. Pas sur Finn, pas sur Mette, ni même sur le père occupé à reboucher la fosse. C'est elle qu'il regarde, comme s'il savait qu'elle peut comprendre. Elle qui enterre son lointain cousin le renard et soigne avec les plantes.

Le père lâche la pelle, s'essuie le front, et vient les rejoindre. Tous sont alignés devant un monticule. La mère a oublié ses obsessions habituelles, la poussière, la saleté, le désordre. Derrière eux la porte de la salle est grande ouverte sur la clairière, son atmosphère chargée d'aiguilles et de pollen, mais la mère a abandonné sa surveillance. Dag lui trouve un air perdu et digne. Elle ressemble au fantôme qu'était devenue l'aînée après l'excursion au lac. À côté d'elle, Finn se tient raide et Mette triture sa blouse. Le cadavre de Pihla repose là. Le père et Finn l'y ont traîné ce matin. Près de sa tombe fraîchement creusée, dorment aussi la dépouille démembrée du renard, et celles des inconnus de la famille. Des *inconnues*, songe Dag. D'autres sœurs comme la sienne qui sont tombées dans la montagne ? L'herbe a poussé sur la terre aplanie, entre les pierres tombales.

La mère prend la parole, lasse. Il y a toujours dans sa voix le poids de tout ce qu'il faut soulever pour s'extraire du silence.

– Quelqu'un veut dire quelque chose ?

Et comme personne n'ose, Finn, sur un signe du père, s'empare de la pelle et comble le trou jusqu'à ce que la surface humide soit bombée. Avec le père, il hisse la pierre presque plane qui vient sceller l'endroit. Puis, il plante la croix, fabriquée grossièrement avec deux branches de noisetier. Aucun nom ne signale le territoire de Pihla. Même morte, elle n'est pas nommée.

Dag ne pleure pas. Jamais auparavant elle n'a été confrontée au décès d'un proche. Le décès de Pihla pour elle n'a pas de sens encore. L'absence de son aînée n'a pas de corps. Elle en prendra avec le temps, dans les espaces où Pihla était avec elle, et où elle a maintenant disparu. Mette se tortille, l'enterrement la sort de ses habitudes, et comme tout événement extraordinaire, il est excitant à vivre. Dag ne comprend pas. Les questions se bousculent derrière son front. Sa sœur était promise à un grand avenir, partie à l'aventure avec les hommes, pas partie pour toujours. Elle repense au sang, à cette plaie interne dont elle a été le premier témoin. Elle songe que la blessure s'est peut-être rouverte, et que c'est pour ça que Pihla est morte. Ce n'est pas ce qu'a dit le père la veille.

Après le départ du trio vers le Mont, Dag a attendu. La nuit du deuxième jour, elle est encore de faction dans le dortoir. Mette s'est blottie contre elle, et elle n'a pas eu le cœur de la repousser. Guettant les bruits nocturnes, elle fixe le matelas vide de l'aînée. À plusieurs reprises, elle croit reconnaître dans la fuite d'un campagnol ou le vol d'une chauve-souris le pas du père, de Finn ou celui de sa sœur. Et puis, ce sont enfin eux qui reviennent. Dag se lève, basculant doucement la benjamine, colle l'oreille à la cloison. Ils sont toujours dans la clairière. Elle entend leurs chuchotements. Le père s'énerve, répète sèchement : « Pose le corps dans le cabanon, sur la bâche » et « Va chercher le bidon dans le bunker ! » La porte du cabanon claque. Dag, impatiente, s'agite. Elle anticipe le moment où Pihla lui racontera son périple, elle l'imagine changée par l'expérience mystérieuse. Mais longtemps après que le père et Finn sont montés, la maison reste obstinément silencieuse. Dag sort du dortoir, appelle, se hasarde dehors. Pihla n'est nulle part.

Quelques heures plus tard au petit-déjeuner, les sœurs ont été conviées à la table où sont installés le père, la mère, et Finn. Mette vient de servir les assiettes de pain, de fromage et de viande séchée. Le père les retient avant qu'elles ne se retirent pour manger à l'écart. Plantées en bout de table, Dag et Mette n'osent pas un mouvement. Ce n'est pas courant qu'il leur adresse la parole. Elles s'imaginent qu'il va leur dire où est l'aînée, car elle n'est pas reparue avec eux dans la nuit.

Le regard du père porte loin à travers les sœurs. Il prend ce ton fatigué qu'il adopte toujours quand il est contraint de parler à ses filles.

– Votre sœur est morte. Elle ne reviendra pas.

La mère laisse s'étirer le silence glacé qui a suivi l'annonce. Puis elle retrouve les mots, enchaîne, comme pressée de clore l'affaire. Elle désigne Dag du doigt, menton tendu vers un point au-dessus d'elle.

– C'est toi qui la remplaceras pour les corvées. Tu relaieras mes consignes auprès de…

Elle jauge Mette brièvement avant de leur fait signe de filer. Alors que la benjamine amorce le mouvement, Dag, restée en arrière, s'adresse au père :

– Elle est morte comment ?

Finn ouvre la bouche. Le père l'arrête d'un geste.

– C'était un accident, elle a glissé de la falaise.

Dag a besoin de savoir, est-ce que Pihla a crié ? Est-ce qu'elle a eu peur ? Comment était son corps quand ils l'ont retrouvé ? Si elle s'était trouvée sur le Mont avec la sœur, se reproche-t-elle, Pihla n'aurait pas glissé. Elle aurait dû partir avec eux. Mais on ne s'oppose pas au père. Dag aussi peut s'entraîner. Mine de rien, tout en rangeant l'atelier, en étendant le linge, en préparant le gibier à la place de l'aînée, elle a observé. Elle a appris à distance les gestes que Pihla a accomplis, pendant un an, pour monter une tente, empaqueter le matériel, cuire le repas. Il n'y a rien là de compliqué, pense-t-elle.

Ils ont enterré Pihla il y a plusieurs mois, et c'est une journée comme une autre, saturée d'une chaleur moite. Le père et Finn sont partis pêcher au lac. La mère est descendue au village. Dag n'est pas fâchée de la voir s'absenter. Elle sait que la visite chez l'infirmière pour ses médicaments prendra l'après-midi. C'est l'un des uniques efforts qu'elle produit encore. Depuis la mort de Pihla, la mère ne se lève plus. Elle a tout à fait perdu son combat contre la poussière, revenue en fine couche sur le sol de la salle. Dag doit dorénavant la nourrir au lit, la laver, prendre les directives à son chevet. Les somnifères qui ont servi à oublier le jumeau dans le sommeil lui sont maintenant distribués à toute heure du jour. Pour effacer l'absence de Pihla peut-être qui leur pèse à tous. Mais parfois, il semble à Dag que c'est d'elle et de son influence mauvaise que la mère se détourne, de la sorcière en elle qui respirerait par ses bronches et contre laquelle, de plus en plus souvent, la mère peste tout bas.

Les filles sont donc seules à la maison. Et Dag est la maîtresse des lieux. Ce constat la gonfle du sens de son importance. Elle décide que Mette préparera le pain pour la semaine. La benjamine ne fait pas d'histoires, elle a deviné que Dag va encore s'échapper, et cela lui convient bien.

Laissant la petite à la cuisine, Dag s'engouffre dans le bois, et se met à courir sur le sentier. Elle détale, évitant de justesse les branches et les racines, aussi vite qu'elle le peut. C'est la mise en scène d'une fuite impensable, ou une répétition peut-être. Sa course prend fin près de la tourbière. Au pied du grand épicéa où est nichée leur cabane. Dag s'accroche à la corde, et sans pause, avale les nœuds pour épuiser ses dernières forces. Par les fenêtres ouvertes de leur palais s'engouffre un monde si vaste qu'il élargit les possibles. Elle renifle, refoulant les larmes qui ont fini par venir. Elle a treize ans, dort seule dans son lit, sait cuisiner, presque nager, chasser les rongeurs au lance-pierre, sculpter le bois avec son couteau, reconnaître les plantes, les graines et les fleurs, et toutes les espèces toxiques répertoriées. Rien de mauvais ne peut lui arriver.

Par la fenêtre à l'est, Dag aperçoit la clairière de la Butte, avant les falaises. L'éolienne aux pales immobiles dans l'atmosphère lourde et ralentie, devant l'appentis. Un souffle brûlant est remonté de la plaine en suivant les pentes, s'est ajouté à la réverbération des roches exposées au sud. Le ciel, de plus en plus bas, de plus en plus gris, compresse la chaleur dans l'air qui semble moins respirable et s'est chargé de gros cumulus. D'ici quelques heures, ils formeront une masse de cumulonimbus et déclencheront l'orage.

En contrebas, la maison et l'atelier semblent deux carrés dérisoires et Mette, un trait frêle sur le rectangle d'herbe du potager. Prise d'une bouffée de culpabilité, Dag s'apprête à redescendre quand elle remarque soudain, tout en bas, une silhouette claire. Le perturbateur qui a surgi au bord de l'étang ne doit pas avoir plus de treize ans. Il a les mêmes cheveux blonds qu'elle, la même allure grêle, les articulations saillantes à l'endroit des coudes et des genoux. Il pourrait être elle, vu d'en haut, elle en garçon. Son jumeau. Il s'avance tout habillé sur la tourbière. À ce jeu-là, Dag est reine. Elle sait marcher sur l'eau. Il faut aller vite pour peser le moins possible. Mais le garçon s'enfonce au bout de deux pas, la tourbière l'avale sans préavis, les sphaignes glissent autour de son corps qui s'embourbe.

Le garçon patauge pendant un moment avant que Dag ne se décide à le rejoindre. Elle glisse prestement le long de la corde. Les orteils enfouis dans la mousse, elle ôte son tee-shirt et son short. Elle tend le bras, et tire vers elle le garçon. Ils s'extirpent tous les deux hors de l'étang et s'asseyent sur le bord.

– Je m'appelle Amir, dit le garçon.

– Dag. Je ne t'ai jamais vu à l'école. Tu es d'ici ?

– Non, je viens pour les vacances. Je suis au camping avec mon père. Au-dessus des vignes.

Le camping des vignes se trouve en aval du torrent. Il arrive qu'il soit fermé pendant des mois, parfois des années de suite, à cause des crues qui ne se résorbent pas après les pluies diluviennes. Le chemin qui part de la maison longe la tourbière puis plonge dans la forêt à nouveau et se sépare en deux. À gauche, le camping, à droite, le sentier des vignes jusqu'au lotissement. Quand Dag revient de l'école à pied, elle passe alors par là.

Dag arrache des tiges de carex et entreprend de les nouer. Elle en tend quelques-unes au garçon.

– Tu m'aides ?

– Qu'est-ce que tu fais ?

– Un collier de fleurs pour ma sœur. Tu cueilles les laîches, là. Tu fais une natte… Comme ça.

Amir imite Dag en silence. Il lui donne la tresse qu'il vient de terminer. Elle la relie à celles qu'elle a confectionnées, et forme une couronne. Tout en y piquant les linaigrettes blanches, qui poussent sur les sphaignes, Dag observe Amir. Elle se demande si son père ressemble au sien, s'il lui a appris à conduire, s'il a des sœurs pour le servir. Il porte des habits de la ville, trop de couches superposées, trop de pièces inutiles, dont ces chaussettes qui sèchent sur le bord, à côté des chaussures de randonnée. Quand les sœurs ont besoin de chaussures, elles les enfilent directement. Dag note sa carrure menue, ses traits fins, ses cheveux coiffés. Ils font la même taille. Il n'est pas si différent d'elle, tout garçon qu'il soit. La pensée saugrenue la traverse encore qu'elle pourrait être lui, qu'elle devrait être lui.

– C'est joli, dit Amir. Ta sœur va être contente.

– Je ne sais pas. Elle est morte dans la montagne. Tu as des sœurs, toi ?

– Non… Elle est morte comment ta sœur ?

– Le père a dit qu'elle avait glissé de la falaise.

Dans le silence qui s'installe entre Amir et elle s'engouffre une supplication muette. En secret, Dag espère que le garçon niera la mort de Pihla. Ce n'est pas possible, l'aînée ne peut pas avoir glissé, cela ne lui ressemble pas. Mais il dit simplement : « Je suis désolé. »

Au-dessus d'eux, vers les cimes, les nuages se sont regroupés verticalement. L'eau de l'étang se ride sous une rafale. La couronne de fleurs s'envole entre les pins.

– L'orage arrive, dit Dag, il faut sortir de la forêt !

Elle se lève, ramasse la couronne et s'élance vers le sentier des vignes, en aval. Elle sait qu'il peut se transformer instantanément en torrent de boue, emportant les arbres dont les racines ne trouvent plus d'accroche dans le sol. Elle sait que la foudre peut frapper sans prévenir et enflammer la pinède. Elle sait qu'elle n'est rien face à cette démesure soudaine, et qu'elle aura peut-être besoin de chance pour survivre. L'averse s'abat d'un seul coup, comme un rideau de fer. Des gouttes grosses et lourdes qui font pleuvoir les aiguilles tranchantes sur ses joues, ses bras. Elle s'accroupit là où le sentier s'élargit en créant une place boueuse. L'air se met à vibrer et bourdonner tel un essaim d'abeilles, et un coup de fusil claque dans une explosion lumineuse, propulsant jusqu'à elle des morceaux d'écorce.

L'eau forme une rivière rouge entre ses jambes, épaissie par la terre du sous-bois, charriant vers l'aval des aiguilles, des débris de fourmilière, des charançons sur le dos, des oiseaux arrachés à leur vol par la foudre, des mousses et des baies. Géante aux pieds nus campée sur la Butte, Dag veille, l'immensité déchaînée au-dessus d'elle, tout un monde miniature en détresse au-dessous. Puis la menace s'éloigne, elle le sent à la qualité de l'air, de nouveau prévisible, à l'ordre revenu dans le mouvement des pins et le ruissellement régulier de la pluie. Dag se relève, frissonne, cherche le garçon. Mais il a disparu. A-t-elle rêvé sa présence ? Elle l'appelle, lance son prénom dans le sous-bois. Près de la tourbière, elle trouve les chaussures, et les chaussettes trempées.

À peine a-t-elle franchi la clairière que Mette l'interpelle. La mère la demande, depuis plus d'une heure déjà elle réclame l'aînée, ne veut rien savoir quand la benjamine tente de l'apaiser. Il faut changer les draps qui lui tiennent trop chaud. Dag sort des placards fabriqués par le père une parure de coton propre, retire le linge du lit, le plie et le range. La mère est à demi allongée, le dos contre le mur. Dag reste une ou deux secondes en arrêt devant l'ossature grêle qui affleure sous la chemise de nuit, tout entière avalée par son ombre.

– Eh bien, vas-y, couvre-moi !

Dag déploie le tissu, le borde. Ce corps lui est étranger, elle n'y reconnaît rien du sien. Il la dégoûte un peu aussi. Elle a maintenant terminé et attend la suite. La mère soupire.

– Finn dormira dans le dortoir ce soir. Il fait trop chaud en haut. Tu descendras son lit et le prépareras.

Dag reste interdite.

– Il va dormir avec nous ?

– Idiote ! Toi et ta sœur, vous dormirez dehors. Où vous voulez, mais dehors.

– Et les loups ?

La mère ne répond pas. Elle se tourne vers le mur.

La nuit est opaque, sans lune. Mette a installé son matelas contre l'enceinte de la maison, derrière le potager. Dag s'est étendue près du bois. Elle s'est aménagé une surface plane où elle a posé ses couvertures pour s'isoler de l'humidité du sol. À côté d'elle, le couteau avec lequel elle sculpte, pour faire fuir les loups. L'atmosphère est encore brûlante. Dag ne parvient pas à trouver le sommeil. Elle scrute l'obscurité vide de ciel, vide d'étoiles. Il n'y a que cet air noir et touffu qui bouche les yeux. Elle sursaute au hululement de la chouette, au froissement d'un bosquet. Elle a envie d'appeler Pihla, puis se souvient qu'elle est morte. Cette pensée accentue la pression sur son sternum, l'impression que ses inspirations refusent de gonfler ses poumons. Elle déplace son matelas afin de s'éloigner du bois, le pose près du potager. Mais là non plus, la nuit ne la laisse pas tranquille. Il lui manque la lumière de la lune, le scintillement des soleils distants. Le cimetière des filles est à portée de pas, au même niveau qu'elle, avec le corps de sa sœur dessous. Dag pense aux chaussures du garçon, à l'abri dans la cabane. Alors, n'y tenant plus, elle se lève et prend doucement le chemin de la tourbière.

Madame D. n'a pas toujours vécu au village, même si elle y est née. Avant, elle habitait en ville. Elle s'est accoutumée à son existence ici, dans la maison de son père. À sa mort, elle a repeint les murs, ouvert l'espace au rez-de-chaussée. C'est chez elle maintenant. Elle a sa place parmi les gens d'ici qui la considèrent comme l'une des leurs. Aujourd'hui, l'enseignante ne quitte plus la vallée. Le grand dérèglement est venu tout compliquer. Sortir, prendre la voiture, c'est s'exposer à une possible catastrophe, un éboulement sur la route, un orage soudain, une averse de grêle, des pluies violentes qui la piégeraient dans la boue. Madame D. limite les déplacements. Elle n'a ni enfant ni famille. Lorsqu'on est seule, à défaut d'avoir peur pour ses enfants, on a peur pour soi. Sa voiture repose sous une bâche dans le garage attenant. Elle se réapprovisionne à l'épicerie. Pour le reste, quand elle a besoin, elle compte sur les voisins, toujours prêts à lui rendre service. Et puis, le souvenir de son ancienne vie reste trop douloureux encore.

Lorsqu'ils ont décidé d'ouvrir une classe ici pour les enfants du village et des environs, Madame D. a pris le poste. Elle tremblait qu'on exige d'elle des références, un certificat d'aptitude à exercer, quelque document du genre qui aurait révélé son imposture. Mais ils n'ont rien demandé. Elle a consulté son père, comme elle en a l'habitude depuis sa mort. La visite au cimetière est l'occasion pour elle d'une promenade hebdomadaire. Depuis la fenêtre de la cuisine, elle aperçoit presque le mur d'enceinte et les hauts caveaux familiaux. Son père dort à deux battements d'ailes. Mais pour parvenir jusqu'à lui, il faut longer la route en lacets, haleter dans la montée, attendre que les pulsations de son cœur cessent de frapper sa poitrine, que le feu dans sa gorge s'éteigne. Oublier sa condition d'asthmatique. Puis s'asseoir sur le marbre et, les jours de tourment, se raconter. Quand ils lui ont offert le poste, elle a confié à son père l'espoir qui se réveillait. Elle pourrait accepter cette proposition inattendue, retrouver un métier, redevenir l'enseignante que tous respectaient. Oui, elle pourrait, ils ignoraient tout, ne se méfiaient pas. Mais elle doutait alors. Accepter, cela signifiait continuer de mentir, cacher son honteux secret. Prendre le risque aussi, que tout recommence. Son père n'a jamais beaucoup parlé. Il n'est pas plus bavard dans la mort, mais sait se faire entendre si la situation l'exige. Une brise soudaine, ce soir-là, a emporté le bouquet que Madame D. vient de déposer sur la stèle. Son père balaye ses tergiversations. Elle a donc fait taire ses scrupules, et dit oui. Elle est devenue l'institutrice du village, régnant seule depuis ce jour sur l'instruction des élèves de la vallée.

La fratrie de la Butte, elle la connaît depuis qu'elle fréquente l'école. Cela fait plus de dix ans maintenant. La famille s'est installée en amont du bois, avant la montagne. Petite, Madame D. s'aventurait parfois jusque-là avec les enfants du village, l'endroit servant de décor rêvé à leurs jeux. Le terrain était privé, mais rendu à la vie sauvage depuis le départ des derniers propriétaires. Pendant longtemps, personne n'a habité là-haut. Dans son souvenir, il n'y avait d'ailleurs rien d'autre au-dessus de la forêt qu'un abri de berger, et les prairies délaissées depuis la fin des pâturages. Les gens déjà évoquaient les exploitants du lieu avec superstition. Circulait la rumeur d'une malédiction. Le genre de choses qu'on a toujours entendu dans les villages. Encore aujourd'hui, dans la cour de l'école, les gamins alimentent la légende. Ils disent que les filles de la Butte descendent d'une sorcière. Madame D. a fait ses recherches. Mue par la curiosité, elle est allée interroger le maire, a fouillé les registres. La famille actuelle occupe le domaine appartenant aux aïeuls, d'anciens bergers ayant trouvé refuge au moment des migrations climatiques. Ils seraient venus du Costa Rica pour cultiver la vigne qui, ici, n'aurait jamais pris, se seraient rabattus sur l'élevage ovin. Il n'y a plus de moutons sur la Butte. Le père est garde forestier pour les quelques communes de la vallée. Sa menuiserie tourne bien également. Madame D. n'a jamais fait appel à lui, mais la municipalité lui a commandé la charpente de la mairie, et les Abribus du centre. En une décennie, l'enseignante ne l'a croisé que quelques fois. Elle l'aperçoit au volant de son pick-up lorsqu'il descend au village.

D'après les registres, les ancêtres de la Butte portent des prénoms aux consonances hispaniques. Madame D. se souvient d'avoir lu celui de Rafaëla, qui revient aussi lorsque les habitants évoquent la sorcière. Elle serait venue semer le trouble sur leur montagne tranquille en important les diables de son pays latin. Les enfants que l'enseignante accueille dans son école, au contraire, ont des ascendances nordiques. Leurs yeux bleus sont assortis à leur peau claire. Ils ressemblent à leur mère, une grande femme blonde et triste, que Madame D. a rencontrée quand les filles étaient encore petites. Voilà longtemps qu'elle ne l'a plus vue. Il lui arrive de demander des nouvelles, à la grande surtout, Pihla, adulte avant l'heure, qui prend soin de la fratrie comme si la responsabilité lui en incombait. Invariablement, elle lui répond que la mère est occupée. Trop occupée pour venir aux réunions qu'organise l'enseignante plusieurs fois par an. Le père ne s'y rend pas non plus.

Madame D. ne peut pas se plaindre des enfants de la Butte. Leur attitude en classe est exemplaire. Ils apprennent vite. Pourtant, elle reconnaît chez eux une forme d'étrangeté qui, malgré elle, la tient à distance. Elle n'est pas différente en cela de ses élèves qui ne les mêlent pas à leur bande. Souvent, elle se dit qu'elle devrait y regarder de plus près. Ces enfants viennent à pied à l'école, quel que soit le temps, les filles vêtues d'une simple blouse. Même s'ils endurent leur sort sans mot dire, ne devrait-elle pas elle-même plus s'en inquiéter ? Mais elle ne laisse pas l'ancienne petite musique jouer son air trompeur. Elle a tiré les leçons de son erreur passée, elle ne se laissera plus torturer par ses vieux démons. Alors, Madame D. tente à toute force de se raisonner. De quel droit se mêlerait-elle de l'éducation de ces gamins, elle qui n'en a pas ? Peut-elle vraiment juger cette famille qui élève quatre enfants avec si peu de ressources ? Elle sait comme les temps ont changé depuis le grand dérèglement, elle sait comme chacun fait ce qu'il peut.

Madame D. finit par intervenir pourtant. Pihla, l'aînée des filles, ne vient plus depuis plusieurs semaines. Qu'elle manque la classe n'est pas inhabituel. Souvent, elle doit s'occuper de sa mère plusieurs jours durant. L'enseignante désapprouve, l'école devrait rester prioritaire sur toute autre circonstance. Si elle se montre particulièrement exigeante envers les petits et les moyens, elle tolère cependant les absences des grands, ferme les yeux quand ils doivent aider à l'exploitation familiale. Les gens de la Butte ne sont pas les seuls à faire appel à la main-d'œuvre supplémentaire que fournissent les adolescents. Mais la jeune fille n'est pas reparue depuis les dernières vacances. L'enseignante recompte mentalement. Oui, voilà plus de deux semaines qu'on n'a pas vu son élève à l'école. Le printemps s'est établi et avec lui, les premières canicules. Madame D. s'installe à l'ombre du chêne de la cour. C'est là, assise sur son banc, contemplant dans une fraîcheur relative la foule égaillée de ses ouailles que l'enseignante surprend une conversation entre deux gamins. Elle fait venir l'un d'eux, lui demande de répéter devant elle. Il s'exécute : « C'est Pihla, la fille de la Butte. Elle est morte à cause de la sorcière. Comme les autres, c'est la malédiction qui l'a tuée. » « Ne dis pas n'importe quoi », coupe Madame D. qui renvoie le garçon à ses jeux.

Il n'y a pas que l'absence de Pihla qui inquiète l'enseignante. Mette ne lâche plus la main de Dag, au point qu'il a fallu réunir les deux sœurs dans la même classe. Dag, d'ordinaire attentive, se perd dans des rêveries profondes, entre parfois dans des colères éruptives qui la font se battre avec ses camarades. Finn, quant à lui, dessine des squelettes et des incendies. Lorsque Madame D. s'est enquise auprès de la fratrie des raisons pour lesquelles Pihla manquait encore l'école, tous ont éludé. L'enseignante profite d'une soirée chaude pour aller frapper chez l'infirmière du village. Elles habitent le même lotissement, il leur arrive de dîner dans la maison de l'infirmière auprès de laquelle Madame D. obtient son traitement pour l'asthme. À cette occasion, celle-ci lui a révélé que la mère de la Butte aurait perdu un enfant en couche, bien avant d'emménager sur la Butte. « La pauvre femme ne s'en est jamais vraiment remise », a-t-elle dit. « Si tu veux mon avis, c'est une dépression qu'elle fait. Et les somnifères qu'elle consomme n'y changeront rien. » Madame D. sait que l'infirmière est en contact régulier avec la famille de la Butte car elle y soigne la mère. Sa voisine a la tête sur les épaules, elle est la dernière à prêter foi aux ragots, et elle lui confirme qu'un drame est arrivé là-haut. Pihla a chuté en montagne, et n'a pas survécu. Le corps n'aurait pas été retrouvé. Le père a mentionné des obsèques en ville, une cérémonie lointaine. Non, il n'y a pas eu d'annonce officielle, même si certains au village ont eu vent de la tragédie. Les parents n'ont pas l'esprit aux formalités. Elle n'en sait pas plus. Et puis elle ajoute : « Tu es bien placée pour comprendre, c'est une famille un peu spéciale, qui n'a jamais su vraiment s'intégrer. »

Une chute. En quittant l'infirmière, Madame D. ne rentre pas chez elle aussitôt. Ses pas la mènent jusqu'à l'école, alors que la nuit tombe sur le village. Elle ouvre la grille, reste sous le grand chêne, tire longuement sur son inhalateur jusqu'à ce que des pensées claires émergent du brouillard qui l'étouffe. Pihla est morte. Les versants de la montagne sont depuis des années interdits aux randonneurs, l'instabilité du terrain les rendant dangereux en toute saison. Les locaux disposent de passe-droits bien sûr, dont la famille de la Butte, puisque le père habite en amont, et travaille dans la forêt. Alors que monte en elle la culpabilité habituelle, elle tente de se convaincre. L'accident de Pihla était inévitable. Elle n'aurait rien pu y faire. La famille de la Butte risque les vies de ses enfants. À laisser vagabonder les filles dans la montagne, cela devait finir par arriver.

Elle revoit les silhouettes des trois petits penchées sur leurs manuels au retour des dernières vacances. Le visage fermé de Finn, l'air hagard de Mette. Dag devenue aussi agressive qu'un animal blessé. Évidemment, elle ne peut pas leur reprocher leur distraction, leurs bizarreries de comportement dans ces circonstances. Quelle tragédie ! pense-t-elle. Mais tout de même, ni le père ni la mère ne sont venus la prévenir. La parole dans le village circule toujours par des voies détournées, d'abord murmure, puis rumeur enflant en secret, bientôt frappé d'interdit. Comme celui scellant les drames anciens qui ont marqué la Butte. Elle doute qu'une sorcière ait réellement existé parmi les ancêtres de cette famille, mais elle n'ignore pas que des troupeaux ont été décimés, des récoltes dévastées. Et maintenant ce terrible accident. Le malheur s'abat parfois au même endroit, obéissant à d'impénétrables desseins.

Le lendemain elle convoque les sœurs et Finn pendant la récréation. Elle les fait s'installer dans la pièce qui lui sert de bureau, leur propose des biscuits sur une assiette. Elle s'adresse à Dag, d'abord, la plus grande.

– J'ai entendu parler de ce qui est arrivé à Pihla...

Les filles gardent le silence. L'enseignante hésite, puis poursuit :

– C'était... lors d'une excursion en montagne, c'est ça ?

Dag a les yeux brillants et le front rouge. Ses cheveux emmêlés n'ont pas été lavés depuis des semaines. Une poussière incrustée macule ses bras, ses jambes et ses pieds nus. La petite l'interpelle soudain :

– Vous y croyez, vous, Madame D., à l'accident ?

L'enseignante contemple le visage enflammé de son élève. Elle s'interroge tout à coup sur la santé mentale de la fillette. Était-elle aussi sale avant le drame ? Serait-elle passée à côté d'une situation préoccupante ? Alors elle insiste, le plus doucement possible.

– Que veux-tu dire ?

– Que je n'y crois pas, moi !

– Ta sœur ne serait pas morte ?

– Si, elle l'est sûrement, mais pas comme on croit.

L'enseignante lève un regard interrogatif sur Mette et Finn, mais ils restent imperturbables.

– On peut retourner en récré ? demande Finn.

Madame D. les autorise à sortir. Elle se tourne vers la petite. C'est ainsi que l'enseignante persiste à appeler Dag. La petite. Elle sait, bien sûr, que son élève fait partie de la classe des plus âgés, qu'elle a l'âge de celles qui minaudent. Elle n'a pas tellement grandi depuis la première fois qu'elle est apparue au portail, n'a certainement pas le corps d'une adolescente. On ne lui donnerait pas plus de dix ans. Elle reste aux yeux de Madame D. la gamine farouche dont la silhouette frêle, tout en angles et éclats, lui rappelle si vivement Sven. Mais elle refuse de penser à Sven. Dag n'est pas Sven.

– Tu veux bien attendre un peu ?

Dag ferme la porte derrière Mette et Finn, retourne s'asseoir. L'enseignante contourne son bureau pour venir s'accroupir à côté d'elle. Elle lui prend la main.

– Est-ce que tu peux me dire ce que tu crois toi, à propos de ce qui est arrivé à Pihla ?

L'enseignante la voit hésiter, s'agiter sur la chaise. Manifestement, Dag ne va pas bien, la mort de Pihla semble l'affecter bien plus que son frère et sa sœur. Madame D. peine à soutenir son regard brûlant. Alors elle presse sa main, l'encourage. Dag baisse la voix.

– Pihla était malade. Peut-être qu'à cause de la maladie, elle a raté l'épreuve du Mont.

– Malade… comme ta mère ?

– Oui… Non. Elles ont toutes les deux la maladie du sang. Mais pour Pihla, rien d'autre ne se passe. Elle saigne, c'est tout. Pas tout le temps. Elle cicatrise à l'intérieur, son corps fonctionne normalement, elle peut servir. La mère l'a dit. Mais le sang est revenu. Et peut-être que sur le Mont, elle a perdu tout son sang, que cette fois, ça ne s'est pas arrêté. Et que c'est à cause de cela qu'elle est morte.

– Ta sœur est décédée dans un accident en montagne… Tu veux que je te dise ce que je pense ?

Dag la regarde gravement. Madame D. ne comprend pas bien ce que la petite entend par « l'épreuve du Mont », mais se retient de tout élan intrusif. Que Dag s'ouvre à elle de la sorte est précieux. Le moment surtout rappelle confusément à l'enseignante les débuts d'une complicité ravageuse avec un autre enfant, dans un passé révolu. Aujourd'hui elle est devenue cette adulte référente et fiable, sur laquelle chacun de ses élèves peut s'appuyer. À la lumière de cette idée réconfortante, Madame D. oublie l'étrangeté du discours, les cheveux nauséabonds et l'affolement du regard. Elle reprend doucement :

– Je pense que la mort de Pihla te fait très peur et te rend très triste à la fois. Quand les gens qu'on aime disparaissent, on cherche des explications.

– Non. La maladie du sang existe. La mère et Pihla mettent des bandes de coton dans leur culotte quand ça arrive. J'ai lavé le tissu plein de fois. J'ai vu.

Madame D. prend une profonde inspiration. Comment est-il possible que personne n'ait appris à Dag ce que sont les règles ? Elle se lève pour aller refermer la fenêtre. Avant, elle fait un signe aux plus grands, la récré est exceptionnellement prolongée. Puis, elle sort de sa bibliothèque un livre cartonné, tire une chaise qu'elle place près de celle de Dag.

Elle laisse son élève suivre son doigt sur le manuel alors qu'elle désigne les ovaires, les trompes de Fallope, l'utérus, le vagin. Puis elle raconte, l'amour, le désir, la grossesse. L'enfant qui grandit au creux de l'intériorité féminine, dans l'utérus, mais dans le cœur et dans la tête des parents aussi. Elle parle du corps des filles qui se prépare très tôt, bien avant qu'on soit prête à devenir une femme. Et chaque mois, l'utérus se nettoie, c'est comme une répétition.

– Ce que tu appelles la maladie du sang, ce sont les règles… Est-ce que tu as tes règles, toi ?

Aussitôt, Madame D. regrette sa question. Peut-être est-elle encore en train de tout confondre. Qui d'autre que la mère de la petite est en droit de poser cette question ? Elle, n'est la mère de personne. Et c'est le désespoir qui l'a poussée à voler l'enfant d'une autre. L'argument, valant circonstances atténuantes, lui a évité une trop lourde peine. Un silence passe. Madame D. ne répète pas sa question. Dag ne l'a pas entendue, elle s'est absorbée dans la lecture, s'accroche à ses bords.

– Je te laisse le manuel, tu pourras continuer chez toi, si tu veux.

Dag secoue la tête vivement, serre l'ouvrage contre elle.

L'enseignante doit reprendre la classe. Voilà plus d'une décennie qu'elle bénéficie de la confiance des habitants de la vallée. S'inquiéter pour les enfants de la Butte n'est pas une faute. Elle exprime simplement sa préoccupation face aux propos de Dag. C'est tout. Une préoccupation professionnelle. Depuis que le pressentiment est réapparu, Madame D. négocie avec elle-même. Convoquer les parents, décide-t-elle, est un acte raisonnable, permis par ses responsabilités. Elle réclame quelques minutes de patience encore à son élève, le temps d'écrire sur une feuille à en-tête. Elle la plie, la range dans une enveloppe et la lui tend.

– Tu donneras cette lettre à tes parents. J'aimerais que nous puissions nous voir et discuter. Je leur donne rendez-vous à l'école.

Sur le chemin du retour, Finn ne la lâche pas. Il veut savoir ce qu'elle a dit à Madame D. Mette souligne qu'elles sont restées très longtemps toutes les deux dans le bureau. Mais Dag les entend à peine. Depuis sa grande découverte anatomique, elle essaie de visualiser son propre utérus, se concentre sur son souffle, sur le bruit d'eau que produisent ses organes quand elle marche. Mais une zone obscure dans son corps résiste à son imagination. Finn insiste.

Il ne la quitte pas d'une semelle sur le début du sentier qui monte vers la maison. Dag l'ignore, tout en s'étonnant de cette prestance soudaine du frère, d'habitude si effacé, si peureux. On dirait le père. Pourtant, il n'a même pas dix ans. Finn n'est qu'un pleutre, presque un bébé, songe-t-elle. Il saisit son bras.

– Tu as raconté quoi à Madame D. ?

– Rien, lâche Dag dans un souffle.

Elle tente de se dégager, mais Finn assure sa prise et serre fort.

– Tu lui as dit pour Pihla ?

Interdite, Dag contemple son frère. Est-ce qu'il est au courant, lui aussi, de la maladie du sang ? Des « règles », puisque c'est par ce terme que le manuel les désigne. Le frère blêmit. Il la libère enfin, tape du pied dans le sentier, le père ne va pas être content. Dag a hâte d'ouvrir de nouveau le manuel. Elle le rangera dans la cabane, à côté du livre de botanique. Elle coupera par le sous-bois, pour l'y déposer. Mais avant, il faut que le frère se taise. Alors elle concède :

– Oui. Elle m'a confié une lettre. Pour le père.

– Donne.

Pressée d'en finir, de retrouver son refuge en haut de l'épicéa, Dag sort la lettre de la poche de sa blouse. Aussitôt que Finn a mis la main dessus, elle oblique dans le sous-bois. Il crie : « La mère t'attend pour le repas ! » Elle l'ignore, son pas s'emballe déjà sur le tapis élastique de racines. Elle se sent écureuil ou papillon, fondant dans l'espace végétal où se réinventent les trois dimensions. L'air offre des raccourcis à son souffle qui devant se précipite. Ses jambes sont des ailes aux battements amples. Elle court comme on se suspend, comme chutent les samares dispersées par le vent d'automne.

Elle étudie longuement le manuel d'anatomie sur le sol de la cabane, revient sans cesse à la double page où est dessinée une femme de profil, une poche dans le ventre et les enfants à l'intérieur. Des jumeaux. Dag attend que le mystère du crime premier lui soit révélé. Ils étaient deux, eux aussi, son frère et elle, tous les deux vivants dans les entrailles de la mère. Quelle opération secrète Dag a-t-elle accomplie pour survivre seule ? Quelle part de virilité a-t-elle dérobée ? Est-elle bien une sœur, une fille, admise à devenir femme alors que le sang n'est pas passé par elle ? D'ailleurs, elle en a la conviction, le sang ne passera pas par elle.

Le soleil descend sur les frondaisons. La mer verdoyante des pins ondule sous le plancher. À la proue, Dag contemple l'horizon, la vallée voisine, lointaine. Plus haut, le Mont où Pihla est tombée. Dag le sait, elle devrait rentrer, prendre le relais auprès de Mette qu'elle a laissée seule avec la mère. Mais elle ne se résout pas à quitter son royaume. En bas, l'étendue moelleuse de la tourbière l'appelle. C'est un endroit qu'elle aime beaucoup. Les sphaignes y forment une mousse flottante sur laquelle il est possible de marcher. Dag s'y hasarde les jours de chaleurs. Elle a ainsi l'impression d'évoluer en apesanteur. Au printemps, cet iceberg végétal se couvre de linaigrettes blanches. Madame D. lui a dit une fois que les sphaignes étaient immortelles. Elles ont survécu comme eux au grand dérèglement. Ce souvenir la laisse maintenant songeuse. Comment cette mousse pourrait-elle vivre éternellement alors que sa sœur est morte ?

Quand elle passe finalement le seuil de la salle commune, il fait tout à fait nuit sur la Butte. La cheminée allumée rougeoie dans le dos du père, de la mère, et de Finn, penchés sur leurs assiettes. Mette s'empresse de refermer la porte après elle, chuchote : « Tu étais où ? » Dag vient se poster à côté de la sœur. Le repas est prêt, servi, et elle n'a pas participé. Sur la table palpite la lettre de Madame D., décachetée. Dans le silence pesant, un courant d'air soulève le papier léger. Le père pose ses couverts, très vite imité par la mère et Finn. Puis il repousse sa chaise qui racle les tomettes. Il s'avance vers elle, sans la quitter des yeux, et

Dag découvre la charge de fureur qu'il réprime. Elle sent Mette s'agiter. La lettre choisit ce moment pour doucement s'envoler et atterrir sur le sol, juste devant ses pieds. Parce qu'elle pressent que le pire risque d'arriver, Dag intervient :

– C'est la lettre que m'a donnée Madame D. Elle a dit qu'elle voulait vous parler.

Elle s'apprête à ramasser le papier, mais elle n'a pas fait un pas que le père fond sur elle. Avant même qu'elle ne revienne de sa surprise, il assure sa prise sur son crâne et, d'un grand mouvement du bras, la projette contre le mur.

Dag aplatit ses mains sur ses cheveux, courbe la nuque, se recroqueville. Elle a peur, n'a pas le temps de hurler, dans l'urgence elle verrouille son corps, offre à l'agression le moins de surface possible. Elle reste en boule, la tête rentrée sous les bras, dans les genoux. Mais son corps ne fait pas le poids. Le père se déchaîne, lance ses pieds, ses poings, cogne là où ça part, parfois sur la cuisse, parfois sur le crâne, sur le dos, sur le mur qui s'effrite au-dessus d'elle, retombe en poussière dans ses cheveux. Le père crie des mots insensés : « sorcière, sorcière, sorcière, buter ». Et dans ce flot elle croit entendre claquer le nom de leur domaine comme une injure. Butte. Il n'a pas fini de s'en prendre à elle, l'énergie qui l'électrise ne s'épuise pas. Il ne s'arrêtera que quand tout aura cédé en elle, se dit-elle. Quand elle sera morte, ou un peu avant. Pourtant elle n'a pas mal, elle ne sent rien. Rien d'autre qu'un fourmillement qui part de l'intérieur de sa poitrine et la submerge.

La douleur vient après.

Pas dans le sous-bois qu'elle traverse à nouveau en parvenant à courir, pas sur la corde à nœuds contre laquelle

elle s'écorche, pas dans son refuge où elle attend immobile que reviennent les battements de son cœur. Après. Elle dort un peu, puis se réveille avec la douleur.

Les picotements se concentrent maintenant en pointes incandescentes, entre ses omoplates, dans son poignet, ses tempes, son nez, sa jambe. Son crâne brûle encore. Elle est vivante. Et en sécurité dans la forêt, en haut de l'épicéa, sur les planches de la cabane qui restituent la chaleur de la journée. Les sensations dans son dos, ses épaules, sa tête, ses hanches, composent une musique percussive connue d'elle seule. C'est un bruit sourd de chahut, de meubles déplacés et d'efforts ahanés.

La lune s'encadre par la fenêtre. Le ciel semble inversé, mer de lumière claire où dérivent des stratus sombres. Dag ferme les yeux, se concentre sur les chants de rapaces nocturnes.

Le soleil maintenant joue sur son visage tuméfié. Dag tente de s'étirer, ôte la blouse collée à son torse, examine ses bras, ses épaules, sa poitrine. Son corps est un paysage coloré d'ecchymoses et d'hématomes naissants. Une explosion de vaisseaux sanguins dessinant un réseau de pigments intenses où s'inscriront avec le temps des dégradés subtils. Son corps est une prairie de fétuques changeante au fil de saisons raccourcies, se couvrant de chardons bleus, de lis martagon ou d'aconits tue-loup. Elle se traîne jusqu'au coin de la cabane où sont entassées ses herbes, en retire délicatement une tête ébouriffée d'arnica. *Arnica Montana L.* Ordre : Asterales. Famille : Asteraceae. Anti-inflammatoire, analgésique, cicatrisante. Elle en fera une teinture, comme elle l'a lu dans le livre, avec l'alcool blanc du père. Une à une, elle compte les fleurs jaunes, presque deux cents, en remplit sa blouse. Elle se rassied enfin, en face de la fenêtre ouest, embrasée d'ocre. À côté d'elle, couché sur le flanc, le renard roux qu'elle a commencé à sculpter après la mort de Pihla. Il lui manque l'arrière-train et la queue. Dag sort son couteau de sa poche, mais s'apercevant vite que son poignet droit ne répond plus, elle renonce à terminer son œuvre. Elle songe au renard enterré dans le cimetière des filles. Puis à Pihla, et aux inconnues qui partagent la même terre. Le même sommeil éternel.

Il va falloir qu'elle rentre. Elle posera le renard sur la tombe de la bête. Et sculptera une statuette pour celle de Pihla.

Depuis combien de temps est-elle dans la cabane ? Le vent a tourné plusieurs fois, s'engouffrant par l'une ou l'autre des fenêtres, balayant les feuilles de ses récoltes, qui forment maintenant un tas près de la trappe. Son regard tombe sur les chaussures d'Amir, les lacets neufs salis par l'eau de la tourbière. Elle imagine le père du garçon les choisissant pour lui dans le magasin de la ville, essaie de se figurer la qualité et la quantité d'amour qu'il faut pour offrir un tel cadeau. Dag n'a pas revu Amir depuis l'orage. Il ne reviendra pas, songe-t-elle, et ça vaut mieux pour lui. Elle saisit la chaussure droite, glisse son pied nu jusqu'à la semelle douce, noue les lacets trop longs autour de sa cheville. Soigneusement, comme on accomplit un rituel essentiel pour la première fois, elle répète l'opération avec l'autre pied. Ainsi chaussée, elle se redresse, contemple de sa hauteur les reflets du cuir sombre. Si la sorcière existe, qu'un peu de sa magie est resté en elle, simple fille de la Butte, alors tout ira mieux. Dag s'accroche à la corde, met un temps infini à descendre, puis à trouver son équilibre, debout sur le sol souple du sous-bois.

Elle s'approche du bord de l'étang. L'eau n'y est pas profonde. Dag s'allonge, plonge le bras entre les nénuphars jaunes et les utriculaires. Sa main touche le fond et délicatement fouille la vase presque tiède. Soudain ses ongles butent sur une surface douce comme du tissu. Elle agrippe l'objet, le sort de l'étang. C'est un pochon en velours rouge fermé par un cordon. L'étoffe est décorée de broderies qui semblent représenter des fleurs naïves ayant perdu leurs pétales, il reste une tige dressée, et deux corolles arrondies. Il contient de la terre détrempée et des morceaux durs. Elle les extrait un à un. Dans sa paume, sans nul doute, sont alignées des dents. Molaires, incisives et canines. Ce sont des dents humaines.

Les parents de la Butte n'ont pas donné suite à sa convocation. Dag a manqué l'école quelques jours. Interrogés, Finn a haussé les épaules, Mette a détourné le regard. Le cœur de Madame D. s'est emballé, elle a pensé que Dag également avait succombé à un accident. Et puis, elle s'est reprise, que va-t-elle imaginer, ne vaut-elle pas mieux que les commères du village confites dans leurs superstitions ? Ou pire, est-elle en train de céder à l'illusion délirante qui lui a coûté son exil ici ? Elle s'est tranquillisée en voyant la petite revenir après les vacances, toujours aussi hirsute, toujours aussi sale, le regard enfoncé dans un brouillard froid. Depuis, l'enseignante n'a pas cessé de la tenir à l'œil, lui adressant en silence d'insistantes suppliques, la sommant de la rassurer, de se comporter comme le feraient ses autres élèves, avec, en plus, des lubies, des manières de sauvage de la Butte d'accord, mais rien qui ne fasse souffler encore ce vent chargé de pressentiment dans sa poitrine.

Madame D. veut une fin de carrière sans histoire, bouclée sur de jolis souvenirs qui lui tiendront compagnie lors de ses vieux jours. Elle veut pouvoir se retourner sur un passé consolant, sur les sourires et la gratitude des enfants, sur l'idée qu'elle a été utile à tous, que dans l'école, elle œuvrait pour le bien, orchestrant, telle une reine en son royaume, une vie organisée autour d'elle. Mais l'intuition que sans doute, dans son dos, se trament d'obscurs événements auxquels elle ne peut rien la tourmente. Elle n'a aucun moyen de savoir si l'intuition est trompeuse ou non, s'imagine la proie d'une folie sournoise qui jouerait avec ses sentiments. Un autre avenir se dessine alors, où elle est dénoncée encore, traitée d'inconséquente, de déséquilibrée, interdite d'enseigner. Enfermée pour de bon, loin de ce village qu'elle a appris à aimer parce qu'elle s'y sent finalement à sa place. Elle refuse que son nom alimente les rumeurs, transmettant de père en fils le souvenir de cette maîtresse à l'esprit malade, sorcière peut-être elle aussi, destinant leurs petits à un sort redoutable. Ici, elle connaît chaque famille pour avoir parfois veillé à l'éducation de plusieurs générations sous un même patronyme. Elle est une figure respectée à laquelle on délègue plus que l'apprentissage des chiffres et des lettres. Elle apprend à ses élèves la montagne, son sol et son ciel changeants, avec elle ils intègrent les règles tacites de la communauté comme celles qui s'écrivent.

Les enfants de la Butte n'ont jamais vraiment été d'ici. Madame D. le pense comme une justification aux limites de son influence. Est-ce sa faute à elle si cette marmaille-là résiste à son enseignement ? Elle a su dès le départ que ce ne serait pas facile. C'était la rentrée, les parents finissaient d'embrasser leurs enfants et se hâtaient vers leur journée. Près de la grille, sur le fond turbulent des gamins s'égayant dans la cour, elles lui étaient soudain apparues. Les silhouettes de Pihla et Dag, main dans la main, blouse grise contre blouse grise, regards térébrants, trop perçants pour leur âge. Le temps s'était brièvement suspendu sur une vision fugitive. Un visage fin, des yeux clairs posés sur elle, un appel muet. La poussière rouge de la cour s'était levée, Madame D. avait fait rentrer tout le monde et la routine avait recouvert le petit fantôme de son passé.

En classe, le silence des filles de la Butte intimidait. On n'entendait que lui. Les élèves du village les avaient instantanément identifiées comme des intruses dont la différence serait d'une nature irréductible. Les rares fois où l'enseignante avait accueilli des transfuges de la ville à l'école, leurs manières de citadins avaient fait quelque temps l'objet de moqueries, puis les deux communautés s'étaient adaptées, se singeant les unes les autres, se transformant subtilement au contact de l'inconnu. La Butte est certes plus proche que la ville. Techniquement, elle fait même partie du village. Pourtant, elle est une terre de pure étrangeté dont le grain irradie jusque sous la peau des fillettes qui leur offre un miroir hostile. Madame D., comme tous les autres, ne peut manquer de se heurter à cette surface dure dont il est tentant de se détourner.

Par la fenêtre de la classe, l'enseignante ne met pas longtemps à les trouver dans l'espace de la récréation. Les seuls à faire bande à part. Finn se tient sous le chêne, écorchant le tronc jusqu'au bois nu et clair. Il faudra qu'elle lui rappelle qu'en faisant cela, il blesse le végétal, songe-t-elle. Mette est assise à côté de lui, les bras autour des genoux. Madame D. ne voit pas Dag. Elle n'est pas avec les grands ni sur le banc. Quand elle est certaine que la petite n'est pas dans la cour où elle devrait se trouver, elle sort, quitte sa classe, longe le couloir, passe la tête dans les deux autres salles. Elle entend le robinet couler au lavabo des sanitaires. Dag est là, le bras sous le jet. En découvrant l'enseignante, elle rabat hâtivement ses manches. Le tissu s'imprègne rapidement de l'eau qui coule encore jusqu'à ses poignets. Madame D. reste un instant interdite. Elle a aperçu les zébrures colorées qui marbrent la peau de l'enfant.

– Qu'est-ce que tu fais ?

– J'ai le droit d'aller aux toilettes ! réplique la petite, sur la défensive.

Madame D. s'y prend mal. Il se passe des choses sur la Butte. Et cela n'a rien à voir avec elle. Cette fois, elle ne déraille pas. Elle reconnaît ces marques pour ce qu'elles sont. Des coups. Des bleus, en quantité suffisante pour alarmer. Elle se radoucit, sourit, s'approche, s'adosse au mur à quelques mètres. Dag recule.

– Oui, bien sûr… Est-ce que l'eau sur ton bras fait du bien ?

Dag lui jette un regard soupçonneux. Madame D., lentement, lui prend le poignet. La petite tire en arrière, sur son visage monte un authentique effroi. L'enseignante recouvre le poignet de sa seconde main, met dans son sourire toute la douceur et la consolation possible. Dag, finalement, lui abandonne son bras. Madame D. soulève la manche avec précaution. C'est plus sérieux qu'elle ne le pensait. L'hématome s'étend jusqu'à l'épaule. Le poignet tuméfié présente une excroissance inquiétante. S'il est cassé, comment Dag a-t-elle pu supporter la pression exercée à cet endroit ?

La gamine, qui a dû surprendre son air de stupeur, s'empresse d'expliquer.

– Je tombe tout le temps de la cabane. Le père l'a construite très haut. Parfois je dors dedans, quand je suis trop fatiguée pour rentrer. Je suis maladroite, alors souvent je tombe. C'est comme une chambre, vous savez, très confortable, avec des fenêtres et des livres, et je voulais vous demander Madame D. si…

La coupant, l'enseignante lâche le bras de Dag :

– Viens, on va trouver de quoi te soigner dans la boîte de secours.

Repliée de nouveau dans le silence, la petite la suit. Dans son bureau, Madame D. applique une pommade fraîche sur les ecchymoses, masse longuement. Dag fait partie de la classe des grands, pourtant, elle est à peine plus haute que sa cadette. Son crâne est semé de pelades. Là où les cheveux poussent encore, ils forment des nœuds épais et rêches, d'un blond couleur de corde. Voilà plusieurs semaines que l'enseignante s'est habituée à l'accueillir dans cet état à l'école. Plusieurs semaines qu'elle fait semblant de ne pas voir. Alors qu'elle entreprend de bander le poignet meurtri, elle se souvient d'avoir interrompu son élève.

– Tu voulais me poser une question, Dag ?

La petite marmonne, fait mention des règles, et de corps qui brûle. Elle la fait répéter. « Est-ce que le sang réduit tout le corps en cendres, jusqu'au crâne, jusqu'aux dents, ou seulement le contenu de l'utérus ? » demande Dag. L'enseignante a-t-elle bien compris ? Elle se sent obligée de préciser.

– Les règles sont un phénomène naturel, Dag. Contrairement à une blessure, elles ne sont normalement pas douloureuses.

Madame D. a pris sa décision. Puisque les parents ne peuvent venir jusqu'à elle, pour une raison qu'elle ignore, et elle préfère ne pas se perdre en conjectures, elle se rendra jusqu'à eux. Elle ne peut passer outre les bleus, l'effroi dans les yeux de Dag, les trous dans ses cheveux. Ce sont des signes tangibles. Des preuves incontestables, s'entend-elle objecter devant une figure de juge imaginaire.

Elle choisit un jour de soleil. Comme souvent, avec les jours de soleil, la chaleur s'emballe et même la forêt n'offre qu'une fraîcheur relative. L'ascension, pour l'enseignante, par quarante-trois degrés, est une véritable épreuve. La rudesse de la vie montagnarde épuise son organisme déjà fragile. En ville, les polluants rendaient son souffle rauque, mais ici c'est son cœur qui peine à tenir la mesure. L'infirmière qui suit l'évolution de ses crises d'asthme lui recommande régulièrement de retourner en ville. Mais Madame D. y verrait son infamie se refléter sur chaque trottoir. Non, sa vie est là à présent. Prise d'une quinte de toux, elle s'est arrêtée près de la tourbière, en bordure du chemin, à l'ombre d'un épicéa. Elle reprend son souffle, colle la bouche à son inhalateur pour une aspiration salvatrice, ôte son chapeau, s'essuie le front, chasse les moustiques alléchés par ses expirations et l'odeur âcre de sa sueur. Dans son dos, entre les pins sylvestres, une silhouette surgit soudain.

– Oh, Mette, tu m'as fait peur !

– Bonjour, Madame D., vous allez nous aider à cueillir des myrtilles ? J'ai déjà tout ça dans mon panier ! Mais Dag en veut plus, et c'est elle qui commande maintenant.

Une voix, au loin, appelle : « Mette ? » Elles entendent son écho contre la pente. Mette, boudeuse, tend son sac à peine rempli de baies à l'enseignante qui décline l'invitation. Dag, les cheveux couverts d'aiguilles de pin, choisit ce moment pour apparaître à son tour, au bord du chemin.

– Qu'est-ce que vous faites là, Madame D. ?

– Bonjour, Dag ! Eh bien, je viens voir tes parents. Ils n'ont pas répondu à ma lettre, alors je me déplace. En même temps, je me promène. C'est joli, par ici.

Dag se renfrogne.

– Vous êtes dans notre bois. C'est marqué *Propriété privée* plus bas, vous n'avez pas vu ?

Madame D. se lève péniblement.

– Vous m'accompagnez ?

– Je vous montre le chemin, dit Mette en lui prenant la main.

Au bout du sentier, la forêt soudain s'ouvre sur une clairière. Madame D. ne s'attendait pas à découvrir un tel espace. Elle imaginait tomber sur un taudis. Mais la maison adossée à la falaise est en parfait état. Le potager, entretenu. Plantée à côté d'un édifice en bois aussi large que la bâtisse, une éolienne tourne. Mette est partie devant, l'enseignante s'avance donc seule jusqu'à la porte. Finn l'accueille sur le seuil.

– Bonjour Madame D. C'est pas souvent qu'on vous voit ici !

– Jamais, même, c'est la première fois, à vrai dire. L'excursion n'est pas à la portée de la première promeneuse venue, mais elle vaut le détour. C'est un vrai petit paradis que vous avez là !

Un silence passe, le temps que l'enseignante s'habitue à la pénombre relative. La fraîcheur de cette grande salle offre un répit bienvenu à son organisme échauffé par l'ascension. Elle distingue à présent nettement la cheminée, encadrée par un escalier de bois et une cuisine fonctionnelle. Devant elle, une lourde table de chêne où est installé le père, un homme trapu au regard vert comme la pinède, aussi brun que ses enfants sont blonds. Du menton, il fait signe à son fils, qui s'éloigne vers une pièce au fond. Madame D., toujours sur le seuil, n'avance pas, elle n'y est pas invitée. Mette reste curieusement plantée face à son père. La tension est palpable. L'enseignante a l'habitude de cette défiance anxieuse chez les parents qu'elle rencontre. Elle incarne une autorité qui intimide. Alors, elle prend l'initiative de s'asseoir, et attend encore. Puis, Finn reparaît. Il vient se placer à côté de son père, et par la porte entrebâillée de la chambre qu'il vient de quitter, Madame D. aperçoit une forme avachie sur un grand lit.

– Qu'est-ce qui nous vaut l'honneur, Madame D. ? dit le père.

– Je ne suis pas là par hasard… Vous savez que j'aurais aimé pouvoir vous parler. Vous avez reçu ma lettre ?

– Il faudrait demander à mon épouse. Malheureusement, elle n'est pas en état de se lever aujourd'hui. Elle souffre tellement…

Il se tait. Le silence se prolonge. Madame D. hésite à poursuivre. Machinalement, son regard se dirige vers la porte entrebâillée de la chambre, glisse sur le corps entrevu plus tôt, qui doit être celui de la mère. Est-ce son imagination qui invente ces jambes décharnées, ce drap sale ? Obéissant à un autre signe du père, Finn se précipite, ferme la porte sur la vision trompeuse. Et finalement le père reprend.

– Depuis la mort de sa fille, elle a perdu le goût de tout. Elle dort beaucoup. On peut comprendre.

Sur la table, Mette dépose un pichet de limonade. Elle tend un verre à l'enseignante et le remplit. Madame D. la remercie, étonnée. Elle pense la voir déguerpir, rejoindre sa sœur plus bas, dans la forêt peut-être. Mais la gamine regagne sa place près du mur de l'entrée, les mains sagement entrecroisées, fixant obstinément ses chaussures. Maintenant ses manières de parfaite petite maîtresse de maison mettent l'enseignante extrêmement mal à l'aise. Elle boit, passe le verre froid sur son front, jette un regard à Finn, puis s'adresse au père.

– Pourrions-nous nous entretenir… seul à seul ?

Le père fait sortir ses enfants d'un nouveau mouvement de tête. Madame D. préférerait l'atmosphère familière de ses salles de classe pour leur entretien, plutôt que la lassitude de cet homme, ses gestes qui effacent les mots, et l'air électrique autour. Elle se lance :

– Je n'ai pas eu l'occasion de vous le dire, mais je vous présente toutes mes condoléances pour votre fille. Difficile d'imaginer ce que vous traversez…

Elle laisse passer un silence. Mais le père attend visiblement qu'elle enchaîne.

– Je suis venue vous dire mon inquiétude pour vos enfants. En particulier pour Dag, que je ne reconnais pas. Elle ne participe plus du tout, se désintéresse des leçons. Elle oublie de se laver, a le corps couvert d'hématomes…

Madame D. s'arrête. Le père la considère très calmement. Ses déclarations ne semblent pas l'alarmer outre mesure. Elle songe brièvement qu'elle est face à quelqu'un qui a laissé tomber. Perdre un enfant, et continuer à prêter attention à ceux qui restent est peut-être au-dessus de ses forces.

– Encore une fois, je ne peux imaginer votre douleur et votre détresse après le décès de Pihla. Mais Dag est bien vivante, elle. Elle va mal…

Le père lève son verre, le vide avec une lenteur qui lui paraît soudain affectée.

– Madame D., je sais tout cela. Ce sont mes filles. Nous avons justement prévu de les éloigner de la Butte. Nous avons de la famille à la ville qui serait partante pour les accueillir. La montagne, la rudesse de la vie ici, les souvenirs de leur sœur, ce n'est pas idéal. Elles iront vivre là-bas…

L'annonce surprend l'enseignante. Elle se sent un peu bête maintenant, alors qu'elle devrait être rassurée. Les parents sont au courant, ils ont envisagé des solutions. Et elle qui, au fond, se méfiait, voire les soupçonnait de mauvais traitements.

– Mais… Dag est pleine de bleus. Vous avez vu les marques sur ses membres ? Elle m'a dit être tombée. Cela ressemble fort à des traces de coups et…

Les poings serrés sur la table, l'homme se lève soudain, et Madame D. perd le fil. Son cœur s'accélère. Peut-être est-elle allée trop loin. N'est-elle pas en train d'accuser un père de battre son enfant ? Il ne laisse rien paraître, ni colère ni contrariété. Aucune émotion lisible ne trouble ses traits quand il s'explique :

– Vous n'aurez plus à vous en occuper. Elles seront inscrites à l'école de la ville. L'environnement y est sécurisé. La Butte, vous avez raison, n'est pas sûre pour des filles. Elles ont vite fait de tomber dans une crevasse, comme ma défunte première-née.

Curieux la façon dont il mentionne les filles, note Madame D. Qu'en est-il de Finn, d'ailleurs ? Comme s'il avait suivi le cours de sa pensée, le père ajoute :

– Finn, lui, va rester ici. Il est doué pour la menuiserie. Alors je lui apprends le métier.

Le ciel se zèbre de lézardes blanches, jaunes, rouges. On croirait un jour électrique, éclairé jusqu'à l'horizon d'une lumière artificielle. L'orage semble encore loin, le tonnerre tarde à gronder. Le père lui crie ses ordres. Parer au plus pressé. Protéger le bois dans l'atelier, sécuriser leurs futurs revenus. Finn est occupé à barricader les ouvertures de la maison, porte et fenêtres, équipées de volets renforcés. Il voit le père s'encorder, s'apprêter à grimper sur le toit pour y fixer les plaques de métal prévues en cas de tempête.

Bravant les rafales, Finn marche vers le père, le corps si incliné qu'il pourrait toucher l'herbe de la clairière. Le temps qu'il arrive près de l'atelier, le vent a encore forci. Les cendres tourbillonnent, s'élèvent du sol en volutes noires, leur cachent bientôt le ciel d'artifices. Ils se retrouvent dans une obscurité opaque. Les particules en suspension pénètrent sa gorge, le font tousser. Il remonte son tee-shirt sur sa bouche. Finn n'entend pas le père qui lui adresse de grands gestes, le presse de le rejoindre, car il n'y parviendra pas seul. Les voix ne portent plus dans le vacarme de la tornade.

Soudain, la brume de cendres s'éclaire et claque. Brusque illumination suivie des ténèbres à nouveau. Et du fracas de l'éolienne qui s'abat sur le toit de l'atelier. Le père se jette sur le côté, fauchant le corps de Finn, avant que la charpente ne s'effondre sur eux. Le ciel s'allume encore, et dans l'éblouissement, ils perçoivent les ombres colossales de grêlons, de roches qui tombent du nuage de poussière, frappent la clairière, se répandent en éclats d'obsidienne percussifs. Finn colle sa bouche à l'oreille du père. Il crie :

– Il faut se mettre à couvert !

– Non, on scelle les plaques avant, on sauve le bois, au moins !

– Ça ne sert à rien, c'est trop tard, viens !

Le père ne proteste plus. Leurs deux corps progressent soudés l'un à l'autre, parcourus d'erratiques secousses, menacés de démembrement par l'élan surpuissant du vent. Oui, il faut battre en retraite, se réfugier dans le bunker. Cette fois, les bras du père, sa force, sont inutiles.

La trappe se découpe sur le sol bétonné de l'appentis, partiellement recouvert de neige. Le père balaye l'emplacement du pied. L'endroit n'a plus servi d'abri depuis des décennies. Les catastrophes naturelles ont perdu de leur intensité au fil du siècle, même si leur fréquence ne laisse pas de répit. Et voilà que la tempête les oblige à y retourner.

Plusieurs mois ont passé depuis l'après-midi fatidique, et la Butte commence tout juste à recevoir la lumière du jour à travers l'épaisse couche de poussière.

Toute la famille est encore dans le bunker. Pendant un temps infini, ils se retrouvent ensemble, les deux sœurs, la mère, le père et lui, dans la prison de terre. Ils ont étendu la mère sur la banquette du bas. Finn s'occupe d'elle. Il s'est arrogé ce droit d'aîné sans la consulter, profite de leur promiscuité imposée pour s'inclure dans son intimité. Il la couvre, la borde, la nourrit, frémit de sentir leurs peaux se frôler. Et elle se tient tranquille, dort comme une enfant. Sans crainte et sans douleur. Sans somnifère pourtant. Si Finn apprécie ce huis clos, car les déchaînements de la tornade les contraignent au silence, il ne semble pas réussir au père. Il arpente le bunker. Il soliloque, le front barré d'un pli sévère, évoquant un avertissement du destin, ressassant son histoire de malédiction. Tous profitent maintenant du poison de ses mots, qui ne sont plus destinés à Finn seul. Les mots d'ailleurs le débordent, ne s'adressent à personne. Il passe de la chambre à la pièce commune, distante de quelques pas, s'arrête, contemple les sœurs. Dag s'est réfugiée sous le banc.

Après l'épisode de la lettre de Madame D., l'aînée a disparu pendant plusieurs jours, et quand elle est rentrée, elle était dans un sale état. Amochée de partout, les yeux fous comme le gibier pris au piège dont le regard se retourne finalement vers l'intérieur, cherchant à échapper à lui-même, à revenir au noir d'avant la vie. Mais elle ne se soustrait à rien, parce que le père a remis ça. Les coups, la punition. Dès qu'elle se trouve dans les parages et que quelque chose ne va pas, elle renifle ou respire trop fort, elle traîne les pieds, fait racler ses semelles neuves sur le sol de la cuisine. Elle est revenue ainsi chaussée de son escapade dans la forêt. Sous le corps cabossé et la blouse sale, l'écusson rouge sur le cuir noir les nargue tous. Finn se demande d'où la sœur a dégoté cette paire si peu assortie à son accoutrement. Le père ne s'y trompe pas, c'est une provocation. Alors son poing bat la tempête, frappe l'air, le mur et le corps de la sœur.

Sur la peau de Dag, l'empreinte de la dernière crise du père reste vive. Elle dort beaucoup, et ne parvient pas à s'alimenter seule. Ici, dans le bunker, personne ne la nourrit. Finn ne s'y risque pas non plus, craignant de compromettre le fragile équilibre qui règne sur les lieux. À cause du nuage noir de cendres et de la tornade qu'il a déclenchée, leurs routines habituelles ont été interrompues. Et depuis le nuage de cendres, le père se tient à distance de Dag.

Les jours sont longs dans l'air partagé du bunker, mais dehors, tous devinent les assauts retentissants du ciel contre la Butte, les roches bombardent la clairière, la foudre obstinée tranche le versant encore et encore, la boue libérée des profondeurs et la cendre descendue des hauteurs recouvrent la forêt dévastée d'un linceul noir. Est-ce le langage de la sorcière ? Se pourrait-il que les coups du père sur Dag y soient pour quelque chose ? songe finalement Finn.

Peut-être bien que le père le pense aussi, car dans un élan de frayeur, un matin, ou peut-être un soir, le temps est avalé par l'obscurité des heures, il sort le corps de Dag de sous le banc, l'assied, tente d'ouvrir la bouche tuméfiée, d'y faire couler de l'eau, des cuillerées de pois écrasés. Alors qu'approche peut-être la fin de leur monde, le père s'acharne à maintenir la sœur vivante. Si bien que Dag se remet.

Le père a entendu les gens du village décrire les dégâts sur les côtes après le passage de typhons et de tsunamis. Mais ici, dans la montagne solide, jamais. Comment expliquer ce nuage de cendres, qui stagne au-dessus de la Butte et n'en finit plus d'ensevelir le domaine ? Aucun volcan n'est cartographié dans cette région.

Au bout de quelques mois supplémentaires, les réserves d'eau et les vivres se retrouvent épuisés. Et puis, en plus des discours du père, il y a les gémissements de la mère qui ont repris. Les soins de Finn ne suffisent plus. Privée de ses onguents, potions, et comprimés, la mère goûte à une souffrance nouvelle.

Le père décide finalement que Finn et lui tenteront une excursion hors du bunker.

Équipés comme les ouvriers des mines des ancêtres, casques et lampes frontales, masques, piolets et crampons, boucliers improvisés avec des plaques de tôle, ils arpentent le domaine dévasté. Ce que Finn découvre ne ressemble à rien de ce qu'il a connu jusqu'ici. La clairière a disparu, parce qu'autour, les arbres tombés, sur des kilomètres, jonchent une terre noire de suie. Seuls quelques spécimens tiennent encore debout. Ils traversent jusqu'aux vestiges de la forêt, marchent sur les cadavres pêle-mêle des taupes, des mulots, des blaireaux et des coléoptères séchés, curieux tapis crissant au-dessus des terriers et galeries éventrés. Le silence leur signale que, peut-être, plus rien ne vit. Le fils regarde le père parcourir sa forêt fantôme, faire halte devant un pin sylvestre dont l'inclinaison crée à présent un angle étrange avec le sol, passer une main sur l'écorce nue, dont pendent des lichens déchiquetés, enlacer le tronc, s'y accrocher. Et Finn devine que c'est pour ne pas s'effondrer.

Ils ont lâché les boucliers. Le nuage en suspens au-dessus de leurs têtes ne crache plus aucune pierre. Tout juste une fine brume grise et sèche. Finn reste en arrêt devant l'atelier qui n'a pas échappé à la destruction. Sur les planches brisées et les débris apportés par le vent, les cendres s'amoncellent. Il y manque le crâne de la sœur, ses orbites creuses et la chair noircie, fumante, pour que la réminiscence soit parfaite.

En aval, une partie des hêtres et des sapins sont déracinés, le sentier devra être dégagé. L'épicéa de Dag est à terre aussi, la cabane, disparue. L'aulnaie s'est transformée en un vaste marécage. Seul le torrent dessine une ligne nette et reconnaissable dans le chaos de racines, de branches, de bruyères arrachées et d'éboulis. Il coule toujours, charriant un liquide noir comme le corps d'un serpent des enfers. Finn y découvre, infiltré par les eaux visqueuses, insolite épave, le pick-up retourné.

Alors le père accélère le pas, et Finn s'efforce de suivre derrière lui. Il grimpe sur l'ancien sentier du Mont, trébuchant contre les obstacles nouveaux qui entravent leur avancée, pale d'éolienne, tuiles, troncs, branches et rameaux, cadavres, cadavres, cadavres encore, laissant la panique l'envahir. Le mélézin semble un champ de bataille. De rares arbres, méconnaissables, noirs sous le ciel noir, restent dressés. Les pins à crochets, pour la plupart, ont tenu, plus courts, couchés sur la pente, accoutumés à la violence des vents dominants.

Le père se met à courir quand ils débouchent sur la pelouse, trouée d'innombrables cratères, ses couleurs retournées à la terre. Finn se presse lui aussi vers le lac, trébuche, glisse dans un renfoncement. Sous les mottes, les roches déportées là, il devine le corps d'un cerf, encore palpitant, décapité. Plus loin, sur le bord, sa ramure, trophée abandonné par la tornade. Il s'accroche aux racines à nues pour s'extirper de cette fosse sinistre.

Ils se tiennent face au lac. Le Mont n'a pas bougé, drapé de brume sombre, monumental au-dessus du plateau dévasté. Ils respirent mal, crachent de la poussière noire, la peau de leurs jambes en est recouverte, on la voit dans l'air s'enrouler en ondes géantes autour de la montagne. Le lac, épais et lourd, s'est figé. Pourtant, à son extrémité, on aperçoit du mouvement. Le flot du torrent, plus vigoureux encore qu'avant la catastrophe. Il brille d'un éclat fuligineux dans ce décor terni par les cendres.

Ils entreprennent de remonter son cours vers la source. Le père s'étonne de ne pas reconnaître son lit, qui se tord, se contracte, s'étire, se rétracte, se noue, là où serpentait le chemin du Mont. Celui qu'ils ont emprunté pour Pihla. Celui que Luis, l'arrière-grand-père, a emprunté pour les grands-tantes. Ce chemin-là s'est effacé. Couchées en travers, des brassées d'herbes noires qui furent des gentianes, des ancolies, des joubarbes peut-être. À ce stade, nul ne peut le savoir. Le père désigne le torrent.

– Il est sorti de son lit. Je ne comprends pas. La source est plus bas… Il devrait disparaître sous la roche au-dessus du lac.

– Tu as remarqué les poissons crevés ? On dirait la fin du monde. J'ai vu des gravures anciennes à l'école. Le père, est-ce que c'est la fin du monde ?

– Les ancêtres ont survécu, Finn. On va suivre le protocole. Ressemer. Le Mont est encore là, donc nous aussi. Mais l'incursion du cours du torrent n'est pas normale.

C'est une anomalie. C'est un coup de la sorcière, fils. Entends-le comme un avertissement. Il faudra s'occuper des sœurs et rester vigilant.

Le père se veut rassurant, mais Finn voit bien qu'il est perturbé. Le torrent n'est pas seulement sorti de son lit, il dessine maintenant un nouveau tracé, par quelque inquiétant prodige.

Ils longent la ligne de crête et s'engagent dans le sillon du serpent noir. Les cendres en suspension réduisent la visibilité, mais il semble à Finn que la rivière plonge, au pied du Mont. Elle les conduit en effet jusqu'aux gorges du gouffre.

Dans le bruit assourdissant du torrent, ils restent stupéfaits. Au pied du chantoir, où ils ont retrouvé Pihla la dernière fois, morte et disloquée, sur la roche tranchante où elle a atterri après que Finn l'a poussée, où le père a récupéré le corps pour user de sa hache, où aucune eau n'a jamais circulé s'il faut en croire les histoires du père où les sœurs tombent à sec, là, l'eau bouillonne et mousse sous l'effet de chutes colossales.

La nature fait sur la Butte des progrès de phœnix. La neige est finalement tombée. Quand elle a fondu, noire comme l'encre, la suie est partie avec. Crocus, ancolies et gentianes se sont préparés en secret, avec la complicité d'un soleil timide à travers la poussière, alors que tout en surface semblait mort. Les premières fleurs ont réapparu. Le bois est la seule denrée que la tornade n'a pas pu détruire. Le père le vend, il sert à la reconstruction des villages alentour.

En sortant du bunker, le père a retrouvé le calme d'avant les tempêtes. Parce qu'il a aussi décidé d'édifier l'enclos. Il a la solution, explique-t-il, assis sur le lit de Finn : garder les sœurs sous contrôle en attendant les jours du rituel. *Les* jours, car il y en aura un pour chacune. Finn laisse le père parler. Sur le rebord de la fenêtre ouverte, la statuette qu'il a découverte sur la tombe de la sœur contemple comme lui l'immobilité de la forêt. Il a tout de suite reconnu Pihla dans la figurine. Et il sait que c'est Dag qui l'a sculptée. Au fond de sa blouse, elle cache un couteau qu'elle sort sous le grand chêne pendant les récréations. Il l'a surprise plusieurs fois. Elle l'ignore alors qu'il l'observe, concentrée sur son ouvrage. Aux cloques sur son pouce, aux mouvements rapides de son poignet, aux entailles sur sa main gauche, il devine qu'elle n'en est pas à son premier essai.

Sur la terre du cimetière des filles, Finn a d'abord vu le renard de bois. Il n'a pas creusé là, mais il sait que le monticule décoré de pommes de pin recouvre son crime. Le squelette de la bête qu'il a tuée à la hache. Et la sœur est donc bien sorcière puisqu'elle sait elle aussi, a composé à son attention cette macabre mise en scène. Mais de quel crime Finn est-il vraiment coupable ? De se laisser ronger par les peurs et les images dans sa tête, de préférer la sculpture à la chasse, de ne pas avoir pu égorger Pihla comme il l'a fait pour le renard ? En arrêt devant les tombes, Finn s'est demandé si l'animal inhumé à côté de l'aînée était une provocation. Est-ce que la sorcière lui signifiait qu'elle l'avait à l'œil ? Pour conjurer le sort, il n'a pas hésité à s'emparer de la statuette de Pihla. Venue rejoindre sa collection personnelle alignée sous la fenêtre, elle est mieux ici que sur la pierre du cimetière des filles qui suinte la suie et le sang. En échange, il a déposé un cube de bois tendre à sculpter devant le matelas de Dag, dans le dortoir. Elle saura que c'est de sa part.

Le père continue de réciter la langue puante de la malédiction. Finn converse en silence avec la statuette de Pihla. Elle demande : « Quand ? » Alors Finn demande à son tour, quand construiront-ils l'enclos ? Le père dit que le jour n'est pas arrivé, il faut attendre que le sous-bois s'étoffe, que les arbres rescapés fabriquent de nouveaux rameaux.

Les mois passent jusqu'à l'été. Finn est aujourd'hui le seul à se rendre encore à l'école de Madame D. Après la tornade, l'enseignante a demandé des nouvelles des sœurs qu'elle pense chez des parents, en ville. Le quartier où elles habitent a été épargné, et les filles vont bien, a répondu Finn. Il a même ajouté que Dag excelle en classe, et qu'elle s'est mise à la sculpture. Madame D. a eu l'air soulagée. L'école aussi a été détruite. Pendant les semaines où les élèves participent à sa reconstruction se tient une classe expérimentale. L'enseignante supervise les travaux, trop faible pour prêter main-forte. Finn trouve qu'elle tousse plus qu'avant. Alors elle se contente d'apporter de l'eau filtrée et des biscuits aux uns et aux autres, tout en leur racontant l'histoire du grand dérèglement. La suie sur les doigts, le vide autour et le vent qui siffle, la lumière étouffée par le nuage de cendres rendent la leçon concrète.

Finn répète à la statuette de Pihla, le soir, le calvaire traversé par les ancêtres. Il lui rapporte les mots de Madame D. La destruction, la faim, la survie. Le grand dérèglement est arrivé un jour à cause de l'avidité des hommes, du progrès et de ses emballements. Et ce qu'il ne faut pas oublier, scande solennellement Finn, c'est que le grand dérèglement, c'est pour toujours. Même si la nature semble endormie, à l'intérieur, elle est déchirée et continue de se réparer. Un peu comme l'aînée.

Finn s'est habitué aux nouvelles couleurs sur le visage de Dag, à son dos voûté, à ses cheveux de laine. Il n'est plus surpris quand il croise son œil de charbon sous l'arcade croûtée. Par superstition, Mette et lui évitent maintenant l'aînée. Dag porte malheur. Elle rappelle aussi à Finn qu'au-dedans, même si cela ne se voit pas, il n'est pas loin de lui ressembler. Les mots du père coulent en bile acide, rongeant l'envers de son être. En lui se soulève une nausée permanente. Il en a senti les premiers remous le soir de la « décollation ». Le père a insisté sur ce mot-là, le plus corrosif d'entre eux sans doute, puisque qu'avec lui viennent toutes les images. Mais ce ne sont pas que des images. Ce sont des morceaux de réalité.

Finn sait que cela s'est passé, cela s'est passé *réellement*. Il s'est tenu là, derrière le père, il a porté le bidon d'essence pour lui, en a incliné le bec au-dessus du foyer, où la tête de Pihla, détachée du corps, fixait le ciel nocturne. Il a frotté le tison dans les cendres, réduisant les parois de la boîte crânienne en infimes fragments. Il a ramassé les dents, rempli le pochon de velours, serré le cordon. Il a fait tout ça, mais le pire c'est ce qu'il n'a pas fait. Ce qui s'est passé avant, quand il laissait le père à son affaire au chantoir, la dépouille de la sœur couchée sur la rocaille au pied du gouffre, comme les chevreuils avant qu'on les dépèce. Le pire c'est le bruit de la hache contre la chair pendant que lui, Finn, garde le menton enfoncé dans sa poitrine. Les coups répétés du métal et les mots du père entre les grognements, les mots horribles qu'il connaît déjà, les mêmes qu'il entend sans les entendre depuis que le père se confie à lui, son unique fils, et qui cette nuit-là deviennent des choses vraies, des atrocités. Le pire c'est ce qui pend au bout du bras du père, alors qu'ils regagnent la Butte, que Finn ne regarde pas encore parce qu'il s'obstine à contempler le ciel étonnamment clair pour une nuit sans lune, et il se dit que c'est la folie du père qui l'éclaire et que s'il baisse les yeux maintenant vers cette chose inerte qui pend contre la cuisse du père, il sera foudroyé par sa lumière monstrueusement vive.

Après la nuit du rituel, Finn est resté au lit pendant quelques jours. Il ne vomit plus, mais la nausée lui tient toujours compagnie. Les mots du père remontent dans sa gorge et redescendent, ils sont entrés partout comme s'ils étaient chez eux. Le fils n'attend plus que ça passe.

Le jour de l'enclos est venu, en même temps que les nouveaux rameaux sur les pins ressuscités, et que les muscles neufs sur les épaules élargies de Finn. Le père sort les plans de sa forêt, trace une ligne courbe. Ils prennent des mesures sur le terrain, listent le matériel nécessaire, les rouleaux de grillage, le ciment, les poutrelles métalliques, les serrures. Finn s'occupera de découper les portillons et les montants dans du bois de sapin. Le père veut construire un enclos qui retiendra les sœurs. Il répète qu'il faut se méfier, que la prudence est de mise, que peut-être la sorcière est de retour, qu'elle a fait de la sœur rebelle son émissaire. Finn peine à comprendre la crainte qu'inspire Dag au père. À quinze ans, la sœur est maintenant plus petite que lui. On dirait qu'année après année, son corps s'assèche et se rétracte comme les pins centenaires qu'on trouve sur les plus hauts sommets. Finn laisse couler les mots encore, et se concentre sur sa menuiserie.

Pendant tout un mois, alors que la forêt retrouve des réflexes automnaux et jaunit ses feuillus, Finn s'attelle aux travaux dans le bois. Il faut plusieurs voyages pour entasser la quantité suffisante de panneaux de grillage dans la clairière. Ils ont creusé une tranchée de vingt centimètres de profondeur sur tout le périmètre. Puis ils ont coulé du béton pour élever un soubassement solide. Sur cette base, entre les poteaux de métal, ils ont fixé les panneaux. Maintenant, presque tout le bois du père est clôturé. En haut du grillage, un rouleau continu de barbelés rend l'enceinte infranchissable. Elle s'ouvre en trois endroits par des portillons sur lesquels les finitions moulées de Finn paraissent déplacées. On peut ainsi atteindre le domaine de la Butte par le sentier qui monte du parking, par le chemin qui mène au Mont, ou par celui qui longe la tourbière. Celle-ci, tout en bas, reste accessible aux promeneurs, elle n'est pas incluse dans l'espace clos délimité par le grillage.

Les sœurs ont prêté une attention distraite à ces travaux, continuant à vivre leurs vies selon les routines établies. Corvées le matin, corvées le soir. Dag, échaudée par les colères du père, feint de participer. Finn n'est pas dupe. Il sait qu'elle sort la nuit, quand la maison est endormie et qu'elle ne risque plus rien. La nausée le tient éveillé dans sa chambre lui aussi. Il la regarde détaler dans la clairière, filer vers les sous-bois, se demande quelle vie secrète elle s'accapare sans eux, sans lui.

Et puis, les travaux ont été terminés. Un soir, le père a ordonné que les filles restent, pendant le repas. Alignées au bout de la table, elles ont patienté, écouté le père laper sa soupe, Finn y tremper son pain. Le père s'est essuyé la bouche et a annoncé que désormais, les sœurs n'iraient pas plus loin que la clôture pendant la journée. Les trois portes seraient cadenassées. Et le fils ferait des tours de garde. Il espérait pouvoir leur faire confiance.

C'est Finn qui a posé la question, en jetant un œil à Dag. « Et la nuit ? » La nuit, elles seraient enfermées dans le dortoir.

Finn ne va plus tous les jours à l'école. Le père a besoin de lui pour surveiller les filles quand il parcourt la forêt ou visite les clients de la ville. Il n'a pas été très explicite concernant cette histoire de patrouille, mais Finn a compris l'essentiel, les sœurs ne doivent pas s'échapper, sinon le malheur frappera à nouveau. Tout ce que désire Finn, c'est que le calme revenu dure encore. Oublier le sang, et l'odeur de la chair brûlée, les projets impossibles, mais vrais du père. Se soustraire au tête-à-tête avec lui, qui presse toujours plus son étau funeste. Finn se sent seul. Les filles devenues comme une présence hostile en périphérie, des ennemies à neutraliser. La mère indolente, dont les mots se font rares, tout juste des gémissements, et sa maladie qui prend des allures d'aveu. Elle consent à leur sort. À son sort à lui.

Son fusil en bandoulière, il longe la clôture depuis les falaises à l'est, inspecte les trois portillons et leurs verrous bien en place, finit sa course en haut de la clairière. Il fait demi-tour, offre au soleil son autre profil, inspecte à nouveau les portillons, marche à la lisière du sous-bois jusqu'aux falaises. Pendant tout ce temps de la surveillance, les filles vaquent à leurs occupations habituelles, à l'intérieur de la maison, sur le domaine. Il y a suffisamment à faire, assez d'espace pour s'ébattre. Dans les trous du grillage, parfois il surprend le corps coincé d'un lièvre, jamais celui d'une fille. Alors Finn finit par arrêter d'y penser.

Un jour, il laisse le fusil sur le râtelier du cabanon. Ses rondes se font plus courtes. Après le départ du père, il se dépêche de rejoindre son établi. Le père n'a pas tort quand il vante le talent de son fils pour la menuiserie. À l'atelier, Finn devient autre, libre et sans entrave, accueilli par un monde plus vaste où tout peut se décider. Il s'absorbe dans le silence du bois qui engloutit les mots et leur poids. Plus rien alors n'a d'importance, hormis les gestes appris, scier, raboter, limer, poncer, comme un nouvel alphabet. Il aime autant le minutieux travail de finition que le corps à corps avec les troncs, monumentaux, qu'il faut fendre, réduire à plus petit que soi. Il s'interrompt soudain, débranche la scie dont le bourdonnement entêtant s'éteint aussitôt. Contre le mur de l'atelier, des bruits de panneaux qui tombent. Finn ôte ses gants et sort. Il s'apprête à redresser le bois fraîchement débité qu'il met à sécher sous le soleil d'ouest quand il avise la sœur. Son cœur se soulève en un accès de panique alors que reviennent les consignes du père. Surveiller. Ne pas les laisser filer.

Dag est là, immobile maintenant, une lame de sapin en travers du corps.

– Qu'est-ce que tu fais ? demande Finn.

La sœur ne répond pas, recule en traînant la planche, sans le quitter des yeux.

– C'est le bois du père. Lâche ça !

Dag s'arrête. Peut-être a-t-elle compris. Finn ne veut pas d'ennuis. Le père a raison, tout ce malheur vient par Dag. Il suffirait qu'elle se tienne tranquille.

– Tu ferais mieux de m'aider avant que le père revienne…

La voix rauque de Dag le surprend. Depuis combien de temps n'a-t-elle pas parlé ? Mais l'atelier c'est son domaine, le seul sur lequel il a la sensation de régner. Pas question qu'elle y joue les intruses. Finn pousse la sœur sans ménagement, replace précautionneusement la planche contre le mur.

– Si tu veux du matériel, je t'en trouve, mais tu ne touches pas à celui-là. C'est pour quoi faire exactement ?

– Une cabane.

– Non, le père ne sera pas d'accord.

– Au pied du hêtre, pas loin du grillage… S'il te plaît.

Finn a transporté les pièces de sapin jusqu'au pied de l'arbre choisi par la sœur. Au passage il a repris son fusil. Le soleil n'éclaire plus que les frondaisons, alors que la sœur s'affaire encore. Il l'a regardée assembler son tipi, en attendant le retour du père. L'endroit est discret, et ne ressemble à rien de construit, non, rien de menaçant, tout juste un amas de bois autour d'un tronc, porté là par la tempête. Elle a mis la bâche du potager par-dessus, et recouvert le tout de terre et de mousses sèches. Elle gratte à l'intérieur, mais il ne la voit plus.

Est-ce qu'elle pourrait creuser un tunnel pour passer de l'autre côté ? Tout à l'heure, près de l'atelier, elle lui semblait frêle et insignifiante, avec sa voix cassée et son corps bossu, elle lui apparaissait comme le nuisible qu'elle était pour la famille. Et maintenant qu'elle a disparu sous son abri, voilà qu'elle se transforme dans l'ombre en mammifère rusé, dont les griffes sont taillées pour fouir des galeries d'évasion.

Au loin, près du portillon du Mont, Finn entend le père siffler. Le fils se hâte avec le trousseau de clés.

Le cœur de Finn a retrouvé sa place au calme dans sa poitrine car le père n'a pas découvert le terrier de la sœur. Il n'arpente jamais le sous-bois, n'emprunte que les sentiers, celui du parking quand il descend en ville, celui du Mont quand il part chasser. Rarement, celui de la tourbière quand il doit faire des relevés dans cette partie basse de la forêt. Depuis l'édification de l'enclos, le père se désintéresse des sœurs. Finn continue ses promenades de surveillance. L'enceinte tient toujours, ils ont fait du bel ouvrage, les panneaux ont résisté aux vents, et le soubassement au déluge. Le tipi de la sœur, lui, a cédé sous les dernières pluies. Il assiste à sa reconstruction patiente, ne propose pas d'aide, bien qu'il sache qu'elle s'y prend mal. Et puis, un matin, les averses ont cessé, et brutalement, la chaleur est revenue. En deux semaines à nouveau, les mousses sont redevenues rousses et rêches. Dag passe son temps libre à chercher la fraîcheur au pied de l'arbre. Avec son couteau, elle sculpte, et ça, elle le fait bien, juge-t-il. Il laisse des cubes de bois à l'entrée de son terrier, curieux de découvrir ce qu'elle sera capable d'en extraire.

Finn ne dort pas. Depuis sa chambre à l'étage, il contemple la clairière baignée de lune. Même sa clarté opale est chaude. Tout brûle sur la Butte, jour et nuit, et jour et nuit, jusqu'aux prochaines pluies.

Deux coups secs contre la porte annoncent le pire. Finn se fige, et le père entre sans attendre, s'avance jusqu'à lui.

– Finn, mon fils, assieds-toi un moment.

Le corps massif à côté de lui creuse le matelas. Finn note cela. Et l'épaisseur des cals sur ses mains. Les muscles qui tendent le tee-shirt. La couleur de cuivre de sa peau. Le galbe carré de la mâchoire qui se déboîte légèrement quand il parle, s'ouvre en faisant saillir les tendons du cou, se referme sur une ligne asymétrique. Le père puise dans le bois de sa parole, débite des mots, les uns après les autres. Ce ne sont que d'inoffensifs copeaux, tente de se convaincre Finn. Ils filent par la bouche du père, glissent sur le pin du plancher, se mêlent à sa poussière blonde et familière. Rien qui puisse blesser. Finn veut prendre Pihla à témoin. Il se lève, tourne la statuette vers le lit. Le père ne s'interrompt pas. Mais maintenant ils sont deux à regarder les mots tomber en sciure.

Le père a fini ses confidences et Finn est seul à nouveau. Avec Pihla qui fixe toujours la place vide, lui semble à présent un simple jouet. Il couche le buste sur le rebord de la fenêtre, la figurine d'une morte, d'une « décollée », rien de plus qu'une fille. Finn s'allonge sur le matelas. Et au bout d'un moment, alors que la conscience de son souffle lui échappe sous le sommeil naissant, les mots du père au sol se soulèvent, jusqu'au plafond, où soudain ils forment des phrases claires. « Mette est une femme maintenant. » « Le sacrifice doit avoir lieu. » « La femme saigne pour le malheur de l'homme. » Le sang. Le Mont. La tête. Les cendres.

Mette est venue la chercher au fond du sous-bois à la fin de l'été, un jour de sécheresse. Il faut rincer le linge au torrent. Les réserves des citernes se sont épuisées, mais au pied de la cascade, là où Dag a appris à nager, un fin filet d'eau claire coule encore.

Finn l'escorte, avec son fusil de lâche. Comme si elle pouvait s'échapper. Les coups du père l'ont définitivement ralentie, en plus de l'enfermement dans l'enclos qui ne lui permet pas de courir comme avant. Elle ne peut plus courir du tout d'ailleurs ni se pencher très bas. Son thorax enfoncé la gêne pour respirer. Toujours un peu voûtée, elle boite. Son nez dévié a rendu sa voix étrangement nasale. Dag peine à porter seule le panier dans lequel les draps pèsent lourd. Son poignet tordu ne supporte aucune charge. Alors qu'ils sont encore sur le sentier de la tourbière, traversant le sous-bois vers l'ouest, elle laisse tomber son fardeau à plusieurs reprises. Le linge, étalé au sol, se tache de la terre rouge du chemin.

Dag met un temps infini à le rassembler pendant que le frère, debout derrière elle, assiste à la catastrophe en silence.

Ils progressent si lentement qu'elle doute d'arriver au torrent avant la nuit. Quand elle lâche le panier une nouvelle fois, puis s'affale, elle sent qu'elle n'a plus la force de se relever. Le frère peut bien la menacer de son fusil, elle ne bougera pas. Elle reste allongée là où elle s'est écroulée, près de la tourbière, dont l'eau évaporée révèle le fond vaseux durci. Ni ses yeux ni son esprit ne voient rien, il n'y a que le vide de la fatigue dans sa tête. Elle pourrait s'endormir en respirant doucement l'air de la liberté retrouvée.

Elle rouvre les paupières au bout d'un temps opaque d'absence. Finn s'active à ses côtés, il ramasse les draps, et lui tend le bras. Elle s'y appuie, et ils continuent jusqu'au torrent ainsi. Le corps de Finn n'est plus celui du petit garçon pleutre qu'elle méprisait. Il a changé, a profité comme les jeunes aulnes au printemps. Il s'est épaissi, le bras qui la guide est sûr, dur, musclé. Finn l'aide à descendre sous la maigre cascade et ils se mettent tous les deux à frotter le linge souillé.

– Tu crois que ça va partir ?

Dag s'inquiète de la réaction du père s'il découvre la nouvelle teinte marron des draps. Il la traitera de sorcière encore. Malgré elle, elle préférerait mourir que de se l'avouer, le père lui inspire une terreur animale. Elle frissonne en anticipant la douleur dans son dos, ses os, son crâne, et se concentre sur le tas de linge, déterminée à faire disparaître la saleté. Elle en retire le short de Mette, celui qu'elle porte comme elle sous sa blouse les jours de canicule. C'est un vêtement de coton épais et clair, jauni par endroits car il a servi à Pihla avant d'échoir à la benjamine. Sur l'envers, ce n'est pas la poussière du chemin qui tache l'entrejambe, mais la marque foncée du sang. Dag comprend soudain, lâche le short, se redresse. La chaleur lui comprime les poumons. Elle peine à ouvrir les yeux, dans l'éclatante lumière, trouve l'énergie de fixer Finn qui murmure :

– Je dirai que c'est moi, ne t'inquiète pas pour le linge…

Dag doit rentrer tout de suite. Mette a ses règles, se répète-t-elle. Elle tente de se rappeler les pages du manuel qu'elle imagine éparpillées par la tempête dans le sous-bois, ou pourrissant sous les décombres de son ancienne cabane, au pied de l'épicéa. Mais les mots de la botanique se mêlent à ceux de la rumeur. Elle scrute le ciel, guettant l'approche de la malédiction à venir. N'est-ce pas de cela qu'ils parlent à l'école ? Son ancêtre sorcière et sa famille maudite ? Combien de temps avant que Mette ne tombe en cendres ?

Finn a renoncé à la lessive. Il se laisse glisser dans le bassin sans la quitter des yeux.

– Tu descends pas ? L'eau est bonne.

– Il faut qu'on rentre. Le père doit attendre.

– Il veut les draps secs, mais ça va être vite fait avec ce temps.

Finn l'observe à la dérobée, en étalant le tissu sur la roche pour le faire sécher. Elle sort son couteau et l'oiseau qu'elle a commencé à sculpter, dans le cube offert par le frère. Le pouce accroché à la lame, elle parvient à se concentrer. Elles doivent fuir, avant qu'il ne soit trop tard. Il lui faut convaincre Mette qui n'a pas jugé bon de lui parler de ses règles. Elles devront partir quand le père est à la ville. Parfois il y reste plusieurs jours. Et Finn, est-ce qu'il les laissera s'échapper ? Son doigt ripe et saigne sous une entaille nette. Là, dans les reflets de calcaire de la piscine naturelle, le pinson lui semble soudain laid, l'asymétrie des ailes choquante. Elle jure et jette l'objet dans l'eau. Finn le ramasse.

– C'est toi qui l'as fabriqué ?

– Pas de quoi se vanter. Il est raté. Regarde !

– C'est rien, ça. Si tu veux, je te les arrange à l'atelier. Et même, je peux te trouver un rabot.

Les soirs suivants, dans le dortoir, Dag parle à Mette. Elle lui dit qu'elle sait pour le sang. D'abord la benjamine dément. Elle se détourne, refuse de l'entendre raconter sa sorcellerie. Alors Dag récite le manuel, la fleur intime qui habite le ventre des femmes, le calice rose et les trompes, le pistil et les ovaires, elle mélange la botanique et l'anatomie, les deux livres de sa vie retournés à la terre de la Butte après la tornade. Elle explique comment viennent les enfants, et comment ils ne viennent pas. Elle dit que le sang est arrivé à Pihla, et à la mère avant, sûrement quand elle avait leur âge. Qu'il s'éponge avec les langes qu'elles mettent à laver tous les mois. Mette finit par se retourner. À elle aussi, la mère a montré comment utiliser les rectangles de coton au fond de sa culotte. Dag se tait, elle passe sous silence la mort qui suit le sang, les dents dans le pochon, ses affreux pressentiments. Comment convaincre Mette de fuir avec elle ?

Dag ne peut plus sortir la nuit. Il lui reste le jour pour mettre au point son plan d'évasion. Elle a peu de temps, l'entraînement de Mette a commencé. Pendant que la sœur monte et démonte des tentes dans le sous-bois, sous la surveillance de Finn, Dag est maintenant chargée de toutes les corvées. Elle les accomplit à la hâte, car la mère ne vérifie plus, ne participe plus, se contente d'arracher à sa langueur les ordres de la journée. Ainsi, quand le père et Finn sortent Mette de l'enclos pour des épreuves dans la forêt, la cadette prend l'habitude d'inspecter l'enceinte à la recherche d'un point fragile, un endroit où les dernières intempéries auraient endommagé la structure, par où elle et Mette pourraient se faufiler sans mal. Mais aucune faille n'apparaît dans la construction du père. Il faut donc la créer.

Dag décide de s'attaquer au grillage derrière sa cabane. Avec la lime et le rabot que Finn a déposés devant son refuge, tous les jours, elle essaie de forcer l'enceinte. À plat ventre sur le tapis d'aiguilles, elle frotte et râpe, l'œil si près des mailles du grillage qu'elle s'imagine campagnol, rongeur du sous-bois aux incisives duquel rien ne résiste. Hélas, le métal ne s'entame pas à la manière du bois. Elle doit s'y résoudre, le temps presse et elle n'y arrivera pas ainsi.

La chance vient par Finn. Ce soir-là, après leur avoir servi leur repas quotidien, il ne verrouille pas la porte du dortoir derrière elles. Mette ne le remarque pas, elle se couche et s'endort comme à l'ordinaire, terrassée par la fatigue de l'entraînement. Dans le silence de la pièce aveugle, Dag sent son cœur pulser sous les à-coups de l'adrénaline. Longtemps, elle attend que le frère revienne sur ses pas, réalise son oubli, elle guette, croit entendre la clé jouer dans la serrure, se demande même s'il ne s'agirait pas d'un tour pervers, d'un piège nouveau tendu pour elle par le père. Mais non, la maison est calme. Seuls les bruits de son souffle retenu, du tissu froissé de la blouse, de l'infime basculement des tomettes sous son pied la suivent dans l'obscurité alors qu'elle atteint la porte d'entrée, l'entrouvre sur la clairière. L'atelier est ouvert aussi. Au-dessus de l'établi, les outils de Finn, accrochés aux clous, par catégorie et par taille, créent un relief saisissant. Dag s'empare d'une pince coupante, puis file dans le sous-bois. En trois heures, elle parvient à agrandir la brèche dans le grillage, suffisamment pour le passage d'un corps.

Dans le dortoir, elle secoue Mette, chuchote :

– C'est le moment, Mette, il faut partir !

La benjamine grogne.

– Laisse-moi dormir, sinon je ne tiendrai pas l'entraînement demain.

Dag insiste, ne lâche pas les épaules de la sœur.

– Je m'en vais ce soir, la voie est libre, j'ai ouvert le grillage.

– Ne fais pas ça Dag, le père te retrouvera. Et puis, où est-ce que tu veux aller ?

– Loin d'ici. Ça te plaît la vie dans l'enclos ? Les journées de corvée ? Et… si tu ne me suis pas, le père viendra te chercher un jour. Tu le sais bien…

– Peut-être. Mais on ira où ?

– Je ne sais pas. Au camping. Il y a des gens de la ville, des étrangers aussi. J'en connais un. Ils pourraient nous emmener loin.

– On voyagerait ? Toutes les deux ?

– Oui.

Ce n'est pas ainsi que Dag a imaginé leur départ. Elle avait prévu de préparer des sacs avec tout le nécessaire de bivouac, des vivres et du change, d'établir un plan, de tracer sur une carte le trajet de leur fuite, de récupérer ce qui peut se vendre, et l'argent que le père garde pour le ravitaillement. Elle avait prévu d'attendre une absence du père. Mais une opportunité comme celle-ci ne se représentera pas. Le père dort sur la mezzanine et ne se réveillera pas. Dag se répète, c'est maintenant, c'est maintenant. Elles s'échappent. Mette lui emboîte le pas alors qu'elle traverse à nouveau la salle.

Au moment où la porte d'entrée s'ouvre sur le dehors, quelque chose de funeste infiltre l'air pourtant. Dag le sait, le sent, mais le mantra dans sa tête ne s'éteint pas. C'est maintenant, le moment est arrivé, c'est maintenant. Elles n'ont pas encore posé le pied dehors qu'un gémissement s'élève. Mette s'arrête, hésite. La chambre de la mère s'allume. Dag saisit le poignet de sa sœur, et fonce dans la clairière. Derrière elle, l'appel de la mère retentit. Dag se retourne, croit l'apercevoir sur le seuil. Un fantôme qui d'habitude ne quitte pas le lit. Par quel sortilège a-t-elle pu comprendre qu'elles avaient choisi leur moment, que c'était maintenant, qu'elles s'évadaient ? Ne pas s'arrêter, courir à la cabane, jouer le tout pour le tout. Passer l'enceinte. Ensuite, cela ira vite, il suffit de descendre le sentier jusqu'au camping. En cette saison, il y a toujours quelques vacanciers. Sinon, tenter le mobile home du gérant. Il sera bien obligé de les accueillir. Elles diront tout, les coups, la prison, les règles, Pihla, les dents dans le pochon. Mette derrière répète : « Non, non, non » de plus en plus fort, mais elle suit toujours. Enfin, la clôture s'élève devant elles. Dag pousse Mette dans la brèche, ses cheveux se prennent au maillage de fer, mais ce n'est pas pour cela que la benjamine pleure. Elle a peur. Dag ne sait pas ce qu'elle ressent elle-même, rien d'autre ne l'occupe que le passage du grillage. Elle ne parvient pas à se faire entendre, elle a beau dire : « Calme-toi », les sanglots de Mette redoublent. Alors elle finit par crier elle aussi, elle lui crie de s'accrocher à une racine, de tirer pour s'extirper, elle y est presque. Ça y est, la sœur est debout. Elle n'a plus qu'à courir. Mais Mette ne court pas.

– Cours ! hurle Dag alors qu'elle passe une épaule à son tour par l'ouverture.

Elles peuvent encore y arriver. La benjamine reste figée, à l'extérieur de l'enclos. Dag la voit se laisser tomber à genou doucement, et elle sent soudain les doigts du père serrer sa cheville.

Cette nuit-là, le père surgit dans un grand bruit de bois frappé. Il crie : « Occupe-toi de la mère », et la porte tremble sur ses gonds, les marches finissent d'absorber l'ébranlement d'une course, Finn entend se gonfler et gémir les veines du sapin qui tapissent la maison. Alors, à regret, car encore une fois le sommeil a tardé à venir, il se lève.

Il trouve la mère étendue sur les tomettes de la salle, près de la porte ouverte. La brise nocturne joue avec sa chemise de nuit. Finn jette un œil à la clairière, à son ciel d'opale traversé par un vol de chauve-souris, puis il se résout à s'occuper de la mère, comme le père l'exige. La joue contre le sol, elle est recroquevillée. Finn le comprend tout de suite, sa plainte ne résonne pas comme la petite musique habituelle. Depuis qu'il la connaît, la mère est égale à elle-même dans l'affliction. Ce qu'il voit maintenant ne lui ressemble pas. Il s'accroupit, touche son front moite, lui demande où elle a mal. La mère agrippe son bras, réclame de l'eau. Quand il revient de la cuisine, elle s'est évanouie. Une coulée sombre tombe de sa bouche jusqu'aux tomettes où elle disparaît, rouge sur brique. Alors seulement il avise dans la main crispée de la mère la plaquette de comprimés vide. Cela fait beaucoup trop de somnifères pour une seule nuit. Du sang, de la salive, quelques débris pris dans la bave qui gagne imperceptiblement du terrain sur les carreaux de terre. Finn sait parfaitement s'absenter, tourner le dos aux événements quand ils s'annoncent épouvantables. Il voudrait être ailleurs, et il y met tellement d'acharnement qu'il y parvient très bien.

La porte claque encore. Le père s'engouffre dans la salle, traînant à sa suite Dag. Tout va très vite. Mette s'efface sous la table. Le père vocifère et fend l'espace, l'aînée au bout de son poing. Dag rebondit contre les murs, reçoit sa pluie de coups dans les reins, les bras, les cuisses. Mais le père ne la laisse pas partir. Il agrippe ses cheveux et la tire à travers la pièce, puis sur le perron jusqu'à la trappe qui mène au bunker.

Le père extirpe la clé de sa poche et la jette à Finn.

– Ouvre, fils !

Finn s'exécute, attend les instructions du père. Quoi qu'il demande, il le fera, et le calme reviendra. Mais le père ne demande rien. D'un coup de pied, il fait rouler le corps de la sœur dans l'escalier et referme la porte métallique.

Finn s'est retrouvé seul, les sœurs enfermées, l'une dans le dortoir, l'autre dans le bunker, la maison désertée, le père avec la mère, à l'hôpital de la ville. Il n'a pas songé à partir alors, car c'est ici qu'il y a le bois, sa vie, celle qui a commencé il y a presque treize ans, et celle à venir, où les arômes des pins flottent comme une promesse. D'abord il est allé dans l'atelier reprendre son ouvrage en cours. Il a pensé, les sœurs n'existent pas, la mère est morte, le père ne reviendra pas de la ville. Il a souhaité si fort cette réalité alternative qui lui laisserait le champ libre. Pour enlever les murs dans sa tête, pour accueillir toutes les images, pour sculpter sans peur et sans entrave. Mais il a bien fallu rentrer en fin de journée, affronter la présence sourde des filles, celles dans la maison, et celles sous la terre dehors, mortes sous la hache des hommes de la famille. Le père, le grand-père, l'arrière-grand-père qui ont supprimé les sœurs et permis à la forêt de fructifier, au fils de vivre, de se reproduire, de porter le nom jusqu'aux générations suivantes. Les hommes faits égorgeurs, justiciers punissant la sorcière du crime premier, car c'est à cause d'elle d'abord que les calamités sont tombées sur la Butte, c'est à cause d'elle que les moutons sont morts, que les pâturages ont disparu, que la vigne n'a jamais pris, que les pères et les fils ont eu faim, que la maladie a emporté les plus jeunes. C'est la première qu'on a tuée, et depuis, elle n'est pas reparue. Les meurtres des sœurs la maintiennent une fois pour toutes dans les ténèbres. Que sait Finn de la vérité derrière les mots, les mots du père coulant comme un poison familier, la sève de la Butte ? Et pourtant c'est ici qu'est sa vie, c'est ici que Finn veut vivre.

Il a bien fallu s'asseoir à la table de la salle commune, avec le fantôme de la mère, et les mots du père qui résonnent. « La malédiction va s'abattre si nous ne nous comportons pas en hommes. » « La sorcière agite son bras vengeur. » « La sœur doit être sacrifiée comme les autres. » « Elle saigne, tu sais ce que cela signifie. » Puis : « Tu devras accomplir seul le rituel, on ne peut pas attendre. » Il a bien essayé de refuser, de dire qu'il ne pourra pas. L'idée même du rituel réveille la nausée.

– Je ne peux pas agir à ta place, fils. Je descends en ville, au service d'urgence. J'y resterai avec la mère pendant que tu conduiras la sœur au Mont. Tu sais maintenant ce que tu dois faire.

– Attendons ton retour. Tout seul, je n'y arriverai pas…

– Non, nous avons trop tardé. L'évasion de cette nuit, la crise de la mère, tu ne vois pas les signes ? L'enclos ne suffit pas, nous avons failli. J'ai failli. C'est tout de suite qu'il faut riposter !

Et puis le silence trompeur de la maison, qui d'abord l'apaise et dont il sent à présent la charge hostile.

Finn attend le lendemain pour aller chercher Mette dans le dortoir.

« Tu as de la chance », a dit le père. « Celle-là est docile, si tu ne t'en sors pas, je ne sais plus quoi faire de toi. » Et dans la tête du fils, la docilité prend les formes arrondies des hanches et des épaules de Mette, le parfum tiède de sa sueur, la douceur inouïe qu'il devine à ses seins menus.

Ils n'ont pas encore quitté le mélézin que Finn est déjà épuisé. Il aimerait avaler la pente avec la facilité du père. Des pas cadencés, courts, rapides. Mais il peine à faire avancer la sœur. Profitant de l'absence du père, elle veut faire demi-tour, le pousse sur le sentier. Il essaie de la prendre à bras le corps comme le père, sans en avoir ni la force ni la stature. Même s'il la domine en taille, elle se débat vivement car elle connaît la nature funeste de ce qui l'attend. Maintenant, elle pleure, et entre ses sanglots, elle le supplie.

– Finn, s'il te plaît, laisse-moi partir ! Tu diras que je t'ai frappé… avec une pierre !

Elle en saisit une sur le chemin. Aussi noire que les aiguilles qui jonchent le sol. Il s'avance rapidement, esquive le coup, lui arrache le projectile. La colère donne soudain à Finn plus de poigne. Cette satanée sœur va encore tout compliquer, pense-t-il. Comme s'il avait envie, lui, de marcher des heures sur cette lande sèche pour une histoire de malédiction, de survie du nom et d'infanticide en héritage. Bien sûr qu'il a perçu le sens fou derrière les mots du père. Bien sûr qu'il sait ce qu'on attend de lui, Finn, né garçon, fils unique de la lignée. Il préférerait aujourd'hui ne rien savoir, mais c'est trop tard.

Alors qu'ils grimpent sur le chemin, se mêle au bruit de leur souffle le crépitement des confidences sinistres. Et même si Finn ne veut pas écouter le père visiter encore le souvenir meurtrier de ce jour où, à dix ans, il a rompu le cou de sa sœur Marta dans la baignoire, même s'il ne veut pas entendre vanter l'arrière-grand-père de la Butte, sa sagesse et son abnégation dans le crime, les voix emplissent le silence, sortent de sa tête pour être partout dans la forêt, au-dessous, au-dessus. Et son esprit projette en un spectacle intime les images de cheveux qui se tortillent sous les flammes, de mâchoires brisées sur les braises. Finn veut juste qu'on en finisse. Et retourner à l'atelier.

Pourquoi la mère a-t-elle le droit de passer son tour ? Elle peut se saouler de sommeil, alors qu'aucune dispense ne lui est accordée, à lui. Il n'est pas assez endurant, pas assez concerné par les affaires des hommes, pas assez viril en somme. C'est ce que Mette lui confirme maintenant.

– Finn, laisse-moi m'en aller. Tu n'es pas comme eux toi, Dag le sait. Elle aimerait qu'on parte, loin de la Butte. On irait à la ville, et plus loin. Je ne veux pas aller au Mont. C'est là que tu m'emmènes ? Qu'est-ce qu'il va m'arriver, Finn ? Tu peux me le dire maintenant, j'ai suivi tout l'entraînement. Et le père n'est pas là. Finn, est-ce que je vais mourir ?

Finn ramasse une branche de mélèze, sort son couteau. Il prend son temps pour tailler le bois en pointe. Quand ils atteignent l'ancienne prairie, absorbé par son ouvrage, il n'entend plus la sœur parler.

Mette se fige devant la pelouse encore à vif, ses plaies sales balayées par un vent de poussière. Partout, la terre éventrée, des amas de bruyère déracinée mêlée à des débris indistincts, les couleurs du néant jusqu'à l'horizon lointain. Pourtant, même après le cataclysme, le paysage ici impose le recueillement. Sanctuaire funeste, il témoigne mieux que la catastrophe elle-même du pouvoir des hauteurs. En un instant, Mette retrouve une contenance, la panique disparaît. « Avance ! » dit Finn en appuyant sa lance artisanale dans le dos de la sœur.

Survient un répit bienvenu. Ils arrivent au lac, et Mette s'est apaisée. La prairie poudroie sous le nuage de cendre qui depuis la tornade stationne sur la montagne. L'air est trouble et silencieux, presque paisible. Ils entament leur ascension à travers la poussière en suspension, toussant et crachant. Lorsqu'enfin ils crèvent le nuage, le Mont apparaît. C'est un sommet calcaire, aux arêtes tranchantes, et quand on sait comme Finn à quel usage le père le réserve, on ne peut le regarder sans frémir. Devant eux, il n'y a plus que la roche, le sifflement du vent, un cri d'oiseau tendu telle une question.

Finn s'arrête, décroche son sac de ses épaules pour en retirer sa gourde. Une grande lassitude l'a gagné. À l'intérieur de lui, ça ressemble au vide ou à la désolation. Le bruit d'éboulis qui soudain trouble le silence le surprend à peine. Finn se redresse. Mette a trouvé l'énergie de se mettre à courir dans la pente. Il la voit glisser, se râper les cuisses, les mains, les coudes sur les cendres durcies. Alors, il attend que le corps recroquevillé de la sœur forme un point stable, et se décide à la rejoindre là où elle ne bouge plus. C'est un endroit à l'écart des sentiers qu'ils empruntent habituellement, encaissé et d'où l'on aperçoit la vallée voisine. Quand on s'avance encore, s'ouvre une gorge entre deux parois calcaires. Le vent n'y souffle pas, ils y seront à l'abri.

Il dit : « On va bivouaquer là, le temps que tu te calmes. » Puis il monte le camp. Comme les sœurs avant lui, il prépare la tente où ils dormiront tous les deux. C'est plus simple qu'il ne le pensait. Il suffit de laisser la musique des mots connus prendre les commandes, guider son bras, ses pieds, vider ses doutes, épuiser sa terreur.

Allongés l'un à côté de l'autre, ni lui ni Mette ne ferment l'œil de la nuit. Mette serre son cartable usé contre elle. Il l'a autorisée à partir avec, chargé du matériel de l'entraînement. Cela fait partie du protocole, les filles s'équipent comme les fils pour une ultime randonnée.

Finn sent la sœur grelotter de peur dans le sac de couchage. Il espère qu'elle n'essaiera pas encore de le convaincre de la libérer car il n'a plus la force d'une altercation. Pas la force non plus du sacrifice. Il entend le père rétorquer qu'il le faut, c'est la tradition, le rituel. Que l'affaire doit être menée dans les règles de l'art pour le bien de la famille, selon le protocole institué par Luis. Il y va de la préservation du nom. C'est-à-dire qu'ils font ça pour survivre. S'ils ne le faisaient pas, les garçons, par qui le nom se perpétue, mourraient. Ou deviendraient stériles. Mais à quoi bon sauver leur nom si chacun d'entre eux y laisse sa peau ? se demande Finn. Le père ne voit-il pas sa famille peu à peu décimée ? La mère ne reviendra pas de la maladie. Et lui, le fils promis à transmettre le nom, ne reviendra pas de la désespérance.

À quatre heures, Finn est réveillé brusquement. Aucune lueur ne pénètre la tente. Il fait encore nuit, pourtant dehors, tout près de lui, on fouisse le sol. Il se redresse sur un coude, se tient aux aguets. C'est absurde, mais il nourrit soudain l'espoir que Mette s'est échappée pour de bon, que c'est elle qui s'agite, froisse les herbes de la prairie. Mais la sœur a fini par s'endormir comme lui, et son corps lui renvoie sa chaleur. Finn s'extirpe du duvet, saisit le fusil, entrouvre la toile de la tente. Dans la pénombre, il distingue les silhouettes fuyantes des loups. L'un d'eux a déchiqueté le sac qui contient les provisions. Finn s'assied à l'extérieur pour attendre l'aube.

Quand le soleil se lèvera sur ce décor de malheur, les forces lui seront revenues, espère-t-il, et affermiront une décision. Dicteront les actes à enchaîner jusqu'au sommet. Quitter ce refuge provisoire de calcaire, où le vent s'est essoufflé, obliquer à l'ouest pour retrouver le chemin du

Mont. Passer le lac. Passer les crêtes. Grimper à travers les cendres, jusqu'à ce qu'il n'y ait plus que la roche noire, les vallées invisibles écrasées par les hauteurs. Grimper encore alors que le sommet n'en finit plus de se rapprocher, l'air raclant la gorge et les bronches. Cesser de penser pour compter les pas, mesurer les respirations, ralentir le cœur, restreindre ses battements sourds. Continuer jusqu'au replat. Se redresser devant le gouffre. Droit comme un homme. Dominer le chantoir où maintenant coule l'eau noire de la malédiction. Ne pas regarder. Peut-être même, fermer les yeux un moment. Laisser la sœur approcher. Et rassembler ce qui reste de rage. Un dernier effort, devenir tonnerre, éclair, rafale. Ne pas penser, agir. Vif et résolu. La projeter dans le vide. Mais après, ne pas faillir, car il faudra descendre, récupérer le corps dans l'eau bouillonnante, dénicher une pierre plane pour y appuyer la nuque. Lever la hache et trancher net.

Les loups ont disparu vers la vallée. Ils sont absolument seuls à présent, la sœur dans la tente, et lui dehors. Le monde est suspendu à sa décision, figé dans l'expectative. Il suffirait que Finn prenne le chemin du Mont comme tous les fils avant lui, pour que la Butte retrouve sa fertilité d'antan, que la mère se relève de la maladie, que la peur s'éloigne définitivement. Mais aujourd'hui, il n'y croit plus.

Alors, quand au-dessus des forêts à l'est, un disque incandescent apparaît, Finn est prêt.

Les filles n'ont pas reparu à l'école depuis que la famille de la Butte les a installées en ville. Les savoir en sécurité auprès de leurs proches devrait tranquilliser Madame D., mais le pressentiment enfle dans sa poitrine. Il ne se contente plus de la réveiller en pleine nuit, il palpite douloureusement contre sa cage thoracique à toute heure du jour. Tumeur mauvaise cramponnée à son cœur. L'enseignante se hâte vers le cimetière, marche de plus en plus vite sur l'allée boueuse, au risque de se fouler la cheville dans les ornières. Elle sait que c'est elle-même qu'elle fuit. Madame D. craint que le délire ne la reprenne. Ce travail est toute sa vie, elle le perdra si elle ne se raisonne pas. Quand ils l'ont avertie, en ville, elle s'est obstinée. Peut-être aurait-elle dû se faire soigner comme ils le lui avaient prescrit, pour éviter que l'illusion ne revienne, qu'elle ne se livre à nouveau à une réécriture débridée de la réalité. Voyons, récapitule-t-elle, les sœurs sont hébergées chez des parents, leur départ s'est trouvé précipité par la mort tragique de Pihla. Voilà la vérité nue. Mais Madame D. ne peut s'empêcher de se demander si elles vont bien, si cela leur convient, si quelqu'un veille à ce que leurs cheveux et leurs vêtements soient propres. Les visages graves de Dag et Mette ne cessent d'apparaître dans ses pensées coupables, et sans comprendre pourquoi, elle s'en veut. Comme si elle seule était capable de bien s'occuper des filles de la Butte.

La tombe de son père est recouverte de débris à nouveau. Madame D. repousse mousse, gravier et brindilles, et s'assied sur le marbre. Personne au village ne sait l'erreur qu'elle a commise. Ici, elle est l'enseignante respectable qu'elle a rêvée d'être, et non celle qui dérape et kidnappe, mérite l'opprobre. Son père l'a écoutée, quelques jours avant de mourir, avouer sa déchéance. Elle doit lui reconnaître cette qualité, il a toujours su l'entendre, sans jamais la juger. Madame D. a dû attendre que le mal le ronge, rapprochant vertigineusement l'échéance ultime, pour profiter de la compagnie silencieuse de son père. Non, elle n'était pas revenue au village pour s'occuper de lui, isolé et malade. Ce n'était pas pour préserver ses poumons d'asthmatique qu'elle avait rejoint la vallée. Le motif réel était bien moins honorable. On l'avait renvoyée. On lui avait arraché Sven, sa classe en ville et sa dignité. On lui interdisait d'enseigner.

« Bonjour, papa », commence Madame D. « Je crois que je déraille encore. Cette fois, il y a plusieurs enfants. Dag, Mette, Pihla… Oui, des prénoms scandinaves, comme celui que porte Sven. Elles ont ses yeux. Et j'y ai lu la même chose. Je pense beaucoup à lui en ce moment, il me manque. »

Sven avait débarqué dans sa vie en cours d'année scolaire. Il devait avoir environ dix ans. Elle enseignait encore en ville. Les parents du garçon avaient quitté les régions du Sud pour emménager là où le travail se trouvait encore. Au début, elle avait mis le silence de Sven sur le compte du déracinement. Il lui fallait s'accoutumer à sa nouvelle existence, à son horizon de béton. Madame D., elle, s'y était rapidement habituée. Enfant de la montagne, elle s'était découvert une affinité avec ce territoire urbain en y prenant son premier poste. Tout était inconnu alors. Le bruit, l'assaut des odeurs, l'air tiède qui lui rougissait les joues. Elle pouvait pour la première fois marcher sans s'essouffler car les routes qui découpaient l'espace étaient plates où qu'elles mènent, ses respirations redevenaient amples. Elle aimait aussi que la nuit y fût éclairée, par le quotidien des autres aux fenêtres, les réverbères, l'affichage et les vitrines. La cité vibrante l'avait recueillie, lui avait ouvert l'avenir, offert une vocation. Au village, il n'y avait rien pour elle qui n'avait ni famille ni enfants. Seulement un père taiseux, auquel elle reviendrait sur le tard.

Au fil des semaines, Sven n'était pas devenu plus loquace, mais Madame D. avait pu constater qu'il parlait. Le problème était ailleurs. Le soir, les parents récupéraient le garçon systématiquement en retard. Elle patientait avec lui, préparait ses cours du lendemain pendant qu'il faisait ses devoirs. Elle aurait aimé fermer la classe, rentrer chez elle, se sentait parfois prise en otage par la situation. Mais ils finissaient toujours par arriver, en trombe, et avec une excuse valable. Elle y croyait. De semaine en semaine, ses journées s'étaient réorganisées, comptant à présent au bout des heures cette soirée avec Sven. Le petit parlait à peine, répondant à ses questions en économisant ses mots.

Quand il avait terminé ses exercices, il s'asseyait sur la table près de la fenêtre, cartable sur les genoux, prêt à partir. Il guettait à travers la vitre, jusqu'à ce que son reflet s'y imprime, la nuit tombant. Un soir, elle l'avait rejoint, avait regardé comme lui au loin, cherchant ce qui l'absorbait tant. Il avait été le premier à briser le silence.

– Ils ne viendront pas.

– Mais si, ils ont été retardés, tu le sais. Pourquoi tu dis ça ?

– Ils préféreraient m'oublier.

Ils étaient restés assis côte à côte jusqu'à ce que les parents apparaissent au portail. Ce soir-là, c'est à regret qu'elle l'avait laissé partir. L'idée insensée qu'il serait mieux avec elle avait déjà germé. Parmi les milliards d'autres pensées qui auraient pu la traverser, elle avait d'abord cru qu'elle seule pouvait s'occuper de lui. Elle avait imaginé entre eux un lien secret.

L'année scolaire s'était poursuivie ainsi, les moments de complicité muette partagés devant la vitre, saison après saison, jusqu'au jour où les parents de l'enfant l'avaient oublié. Elle leur avait téléphoné, avait laissé son adresse sur la boîte vocale. Puis elle avait serré la main de Sven dans les rues qui les conduisaient à son appartement. Sur son canapé, il semblait si perdu. Quand la porte d'entrée s'était ouverte sur sa mère, il ne s'était pas jeté dans ses bras tout de suite. Ces quelques secondes avaient étreint son cœur en une infime et durable torsion. Dans les yeux du garçon elle lisait un appel impérieux.

Ensuite les événements s'étaient enchaînés très vite avant l'été. Tout pour Madame D. faisait signe. Les oublis de plus en plus fréquents de l'enfant par ses parents le soir. Les confidences en creux de Sven. Elle entendait ses aveux, embusqués derrière chaque phrase à demi dite. Et son cœur à elle se tordait toujours plus. Quand il soupirait devant la fenêtre, quand elle apercevait sur ses genoux des croûtes ou des bleus, quand il esquivait ses questions inquiètes. Dans les moments de panique loin de Sven, elle se sentait oppressée par un compte à rebours invisible. Elle se figurait que toute sa vie l'avait menée à ce garçon. Elle, la fille de la montagne exilée en ville où sa vocation d'enseignante s'était révélée, avait maintenant pour mission de le libérer de la douleur. Il y avait aussi des accès d'exaltation où elle se voyait fuir avec l'enfant, tous les possibles scintillant devant eux. Elle ne dormait plus, attendait l'instant décisif où elle pourrait enfin agir.

L'occasion se présenta un soir de fin de semaine. Une nouvelle fois les parents tardaient. Après avoir patienté avec Sven, elle lui avait lancé, simplement : « Tu viens ? » Elle avait pris le chemin de son appartement, la main du garçon dans la sienne, le délice au cœur. Elle avait chargé une valise à la va-vite dans le coffre de sa voiture, il était monté à l'arrière, son cartable toujours sur les genoux, son visage tranquille dans le miroir du rétroviseur. Elle avait vu dans sa docilité du consentement, l'expression d'une fiévreuse gratitude dans son regard. C'est ce qu'elle avait dit devant le juge, le jour du procès. Les parents et leur avocat se tenaient dans la salle aussi quand elle avait comparu. La mère pleurait contre l'épaule de son mari. Madame D. se souvient de l'effroi qui l'avait saisie, au moment où elle avait compris qu'elle était l'accusée. La personne dont on relatait les actes irresponsables, celle qui avait enlevé cet enfant à sa famille. On l'avait condamnée à une peine de prison dérisoire, assortie d'une amende. Mais surtout, on lui interdisait dorénavant d'enseigner.

L'escapade avec Sven compte parmi les épisodes les plus heureux de l'existence de Madame D. Elle avait d'abord roulé sans but, de ville en ville, d'hôtel en hôtel, présentant le garçon comme son fils. Parfois, elle se surprenait à y croire. Elle dont le corps stérile ne donnerait jamais la vie s'était trouvé un petit. Ils s'étaient choisis. Et puis, à la fin de cette semaine de liberté, ils avaient remarqué les avis de recherche sur lesquels s'affichait le visage de Sven et celui de Madame D. La radio décrivait les vêtements que le garçon portait le jour de « l'enlèvement ». Suivait un portrait de la femme qui l'aurait kidnappé à sa sortie de l'école. Une enseignante de quarante ans, ronde, brune. Sven s'était mis à pleurer. Dans le rétroviseur, les traits tirés du garçon, les halos bleus sous ses yeux lui étaient apparus soudain. Elle avait éteint la radio, la réalité venait de changer de substance. Alors, elle avait fait demi-tour. Son avocate avait plaidé une décompensation neuropsychiatrique due aux abus médicamenteux. Le traitement de fond pour l'asthme qu'elle suivait à l'époque aurait pu selon elle provoquer une interruption momentanée du jugement. Madame D. sait bien qu'il s'agit d'autre chose. Au fond, elle n'a jamais vraiment tranché. Est-ce que Sven pleurait parce qu'elle l'avait « kidnappé » ? Ou parce qu'on les séparait ?

Depuis la terre du cimetière, son père ne lui envoie aucun signe. Pas plus que de son vivant il ne se hasarde à interférer dans ses décisions. Leurs adieux, quand Madame D. a déménagé, ont été brefs comme une porte qui claque. D'abord elle a donné des nouvelles, est revenue pour des vacances. Mais elle n'appartenait plus à la Butte, la ville était entrée en elle, avait travaillé à raffiner ses poumons et son âme. Alors elle a tout à fait cessé de voir son père. Lorsqu'elle est retournée au village, une fois sa peine purgée, son père mourrait. À présent il dort avec son secret sous cette stèle.

– Tu crois qu'il faudrait que je tire cette histoire au clair ? Oui, c'est ce que je me dis aussi. Je pourrais aller en ville, demander les coordonnées de la famille où elles sont hébergées.

Comme chaque fois qu'une intuition enjoint Madame D. à agir, le doute la saisit. Elle cherche à s'observer de l'extérieur. Qu'en penserait un juge ? Est-elle en train de devenir folle ?

– Non, tu as raison, ce ne serait sans doute pas prudent. En revanche, je peux me renseigner. Je n'ai rien pu trouver d'intéressant à la mairie. Mais les archives de la ville consignent d'autres registres.

Dans le bunker, Dag fait l'inventaire de ses blessures. Elle est plutôt chanceuse d'être sortie indemne de sa chute dans l'escalier de béton. Ses excursions au grand air ont endurci ses muscles. Elle récoltera quelques nouvelles ecchymoses, aucun hématome qui l'empêcherait vraiment de bouger. Ignorant ce que lui réserve le père, Dag, d'abord, ne s'éloigne pas de la trappe. En bas des marches, elle s'assied sur le banc, et attend. Ni lumière ni bruit ne filtrent par l'ouverture. Elle la sait au-dessus de sa tête, pourtant, au bout d'un moment, elle pourrait en douter.

Les ampoules au plafond ont été retirées. Seul le ronronnement du congélateur dans le garde-manger occupe le silence. L'obscurité l'imprègne, et avec elle l'humidité de la roche. Elle se recroqueville, retient la chaleur que son corps a emmagasinée après une après-midi de soleil. Il n'y a qu'une unique issue au bunker. Quelqu'un finira bien par ouvrir la trappe, pense-t-elle. Alors elle se force à fixer le plafond dans le noir.

Si Mette n'est pas avec elle, c'est que le pire est arrivé. Oui, au-dessus de l'abri, le silence de la maison lui indique que le pire est arrivé. Mette partie pour toujours sur le chemin du Mont. Il est trop tard pour leur projet d'évasion. Dag a échoué. À présent, elle doit se tenir prête, au cas où. Tous les possibles sont imaginables.

Le père pourrait surgir avec un fusil. Elle aurait peut-être l'occasion de se jeter sur ses jambes. Finn pourrait venir la chercher pour l'emmener au Mont, elle se précipiterait vers la sortie, courrait jusqu'au trou dans le grillage, peut-être encore là. Elle visualise la clairière, le sous-bois, l'enceinte et ses portillons.

Le temps passe, elle ne devine plus la trappe au-dessus d'elle. Le noir rentre partout, même dans sa tête où disparaissent les images du dehors. Elle tente de repérer un mouvement d'air, mais l'espace est hermétiquement clos. Seule la moiteur qui émane des profondeurs souterraines pénètre ici, stagne en suspens autour d'elle, menaçant de se densifier soudain, de l'étouffer. Dag appuie son dos contre le mur humide, la texture de la terre dans la gorge. Elle a froid, et elle a envie de faire ses besoins. Personne ne viendra avant le lendemain matin, se dit-elle. Le voyage au Mont prend deux jours au moins, un pour l'aller, un pour le retour. Elle se lève, plaque une main contre le mur, et avance à tâtons en direction de la deuxième pièce. Elle trouve la porte métallique, un lit sur lequel est pliée une couverture rêche. Elle se couche, dos au mur, toujours.

Au bout du deuxième jour, Dag n'en peut plus. Elle a soulagé sa vessie contre le mur du local à provisions. Puis elle reprend son guet au pied de l'escalier, jusqu'à sombrer. La trappe s'ouvre brusquement sur la silhouette noire de Finn, alors que Dag s'est assoupie sur le banc. Elle sursaute. Le vent qui s'engouffre sous l'appentis la fait frissonner. Le frère porte un seau et un plateau. Il pose son chargement au sol pour se débattre avec la serrure. Moment qui laisse à Dag le temps de braquer ses yeux vers la trappe, et dans un mouvement vif, de gravir les marches jusqu'à lui.

– Pousse-toi, je dois aller aux toilettes !

Finn bascule en arrière.

– Le père a interdit que tu sortes. Tu feras dans le seau que j'ai apporté.

Dag, aveuglée par la lumière crue du petit matin, s'arrête net. À la place du ciel blême, la stature massive du père lui barre le chemin. Le contre-jour efface son visage qui lui semble d'une noirceur d'abyme. Vertigineuse comme le trou de l'enfer. Elle avait prévu de plonger sur ses jambes, de profiter de sa chute pour courir vers le bois. Mais son cœur bat bien plus vite qu'elle ne le voudrait. Et son corps ne répond plus. Le père ne s'adresse pas à elle, c'est au fils qu'il ordonne de se montrer plus ferme, de ne pas la laisser monter. Le père dit qu'il refuse de s'en mêler. Au-dessus de la trémie, il s'avance. Dag n'a pas le temps de reculer ni d'éviter le coup de pied qui la fait rouler au bas de l'escalier.

Le frère s'exécute. Il ramasse le seau, le plateau et le pain, les dépose sur la troisième marche. Dag s'est rencognée dans le noir. Finn chuchote à son intention.

– Tiens-toi tranquille, sinon je vais avoir des ennuis.

Les jours se suivent dans une obscurité continue. Finn ouvre la trappe, l'odeur de la tourbe et des pins s'engouffre quand il dépose le plateau avec l'eau et le pain, vide le seau. Dag a renoncé à ses plans d'évasion. Le plus urgent est de redevenir invisible, de ne plus susciter la colère du père-démon. Elle pourra sortir d'ici. Le plus important est de sortir d'ici.

La trappe s'est ouverte douze fois. Douze repas, douze plateaux, douze nuits et douze jours. La treizième fois est la bonne. Finn est accompagné du père. Ils la font monter, la poussent dans la salle, puis jusqu'à la chambre de la mère. Dag s'attendait à retrouver le soleil, mais elle a dû perdre le compte des heures. Il n'y a que le feu dans l'âtre pour éclairer la pièce. La mère, allongée sur son lit, plus pâle qu'à l'ordinaire, semble à peine réaliser sa présence. Les volets fermés filtrent la lumière blanche de la lune. Sous le regard du père toujours, Finn appuie sur ses épaules. Une ancienne douleur se réveille alors qu'elle tombe à genoux. Là, seulement, elle voit le crochet au mur, et la chaîne. Au bout, le cercle de fer dans lequel le frère entreprend d'enfermer sa cheville, au-dessus de la chaussure d'Amir.

La vie a repris autour de nouvelles routines. Durant la journée, Dag est maintenant seule pour assumer toutes les corvées. Nettoyer l'atelier, la maison, entretenir le potager, s'occuper du linge, préparer les repas. Quand son temps libre le lui permet, et que le père n'est pas dans les parages, elle arpente le sous-bois, le long du périmètre délimité par l'enceinte. Elle dit qu'elle va cueillir quelques herbes, relever les pièges à lièvres, ramasser des airelles ou des champignons. Elle vérifie aussi que ses outils, ses statuettes, ses plantes sont toujours sous le tipi au pied du hêtre. La nuit, elle est entravée dans la chambre de la mère. En tendant la chaîne fixée au mur dont l'autre extrémité s'accroche à sa cheville, elle peut décrire un demi-cercle, de la porte à la fenêtre. Le métal heurte sa malléole, grave des marques brunes sur l'os, mais par les volets entrouverts, elle profite du clair de lune, de la lumière des étoiles éteintes, des frémissements nocturnes d'une faune ressuscitée. Du bruit de la liberté.

La nuit, Dag se terre avec le renard, furète avec la musaraigne, laisse son esprit s'incarner au gré de rencontres fantasmées. Le nez collé au volet, elle pense à la vie de la clairière, de la forêt, de la montagne, à côté desquelles leurs petites existences ne valent pas plus qu'une nuée destinée à crever, un vol de poussière. Même le père, autoritaire et vertical, ne durera pas. Tandis que le Mont leur survivra, et la danse des nuages autour, et le chant titanesque des tempêtes. Cette idée fait entrer l'air partout en elle, un instant elle respire avec la nature, se sent un peu végétale, un peu minérale. Un peu mieux.

Depuis qu'elle est revenue de l'hôpital, la mère n'est plus la même. Elle a perdu le goût de se plaindre et de blâmer. Elle a gagné de son séjour à la ville, et sûrement de son nouveau traitement, une douceur de façade. Finn prépare les doses que Dag administre chaque jour, celles pour endormir, et celles pour éviter que les crises se reproduisent. Le frère a parlé de mélancolie.

Mais la nuit, la mère redevient une bête blessée.

Elle balance sa tête sur le matelas. Ses geignements vont bientôt crever son sommeil lourd. Dag connaît la séquence.

Anticipant le réveil prochain de la mère, le gémissement qui ne s'arrêtera qu'avec un verre d'eau et un comprimé, elle soulève la chaîne, allume, et contourne le lit. Elle ouvre le tiroir, constate qu'il est vide. Elle a donné plus tôt le cachet pour les cauchemars. Elle n'a plus rien, et Finn garde les boîtes de médicaments dans sa chambre, hors de sa portée. Si Dag ne trouve pas vite quelque chose, elle devra vivre l'enfer, et au bout de l'enfer des hurlements de la mère, les coups du père pleuvront sur elle. Parce qu'elle a compris maintenant que du point de vue du père, tout est sa faute. À sa place aurait dû naître l'autre Dag, un fils, un vrai. La mère alors ne serait jamais tombée malade.

Elle se rappelle les réserves en bas de la commode jusqu'où la chaîne peut la conduire.

Dag s'agenouille devant le meuble, ouvre le tiroir du bas. Ignorant les cris de la mère derrière elle, elle fouille entre le linge de toilette et son regard s'arrête sur un petit morceau de tissu. Elle le sort, incrédule. C'est le même sac en velours rouge que celui qu'elle a repêché dans la tourbière. Un rectangle plat sur lequel est brodé un mot. L'écriture de la mère. Les lettres forment son prénom, *Dag*. La cadette est soudain debout, les mains sur les tempes. Ce qu'elle prenait pour des fleurs, ce sont des lettres. La corolle des *a*, des *i*. Les tiges du *l*, du *h*. Le *P* intact de Pihla.

Dag saute sur le lit. Elle s'assied sur le corps endormi, gifle la malade qui émerge, hagarde. Elle saisit ses poignets osseux, tire pour la redresser, plaque le carré de tissu sous son nez. La voix pâteuse, la mère réclame son médicament, mais Dag veut savoir. Comment les dents de Pihla ont-elles fini là ? Que vont-ils lui faire à elle ? Elle prend le visage de la mère entre ses mains, le garde bien droit, cherche à accrocher une lueur de lucidité. « Réponds ! » crie-t-elle, en oubliant qu'elle pourrait réveiller le père. Elle ne veut pas retourner dans le bunker. L'effroi envahit les yeux de la mère, Dag ne voit rien d'autre que la panique. Reste-t-il une conscience dans ce corps avachi ? Sait-elle encore qui se tient sur le lit ? Qui produit ce cliquetis de bagnard pendant son sommeil ? Dag gifle la mère à nouveau, elle agite le pochon et crie, « Réponds ! » La mère se cabre, se dégage soudain, la haine dans son regard scintille, tranchante comme la hache du père. Sa bouche sèche découpe les mots :

– C'est toi, sorcière, qui aurais dû mourir la première !

La porte s'ouvre et Finn entre. Aussitôt, Dag fourre le velours brodé dans la poche de sa blouse et glisse à terre.

– Qu'est-ce qu'elle a ?

– Un cauchemar. Je n'ai plus de comprimé.

Le frère va chercher une nouvelle plaquette, et en détache un. Dag range dans la commode le carré de velours marqué de l'inscription qu'on refusera à sa stèle. Le pochon qui dit qu'elle est la prochaine à mourir.

Dag, les jours suivants, se force à réfléchir froidement. Mette a disparu. Il n'y a pas eu d'enterrement, elle n'a pas vu de corps, mais le sachet brodé à son prénom n'est plus dans la commode. La petite sœur aussi avait la maladie du sang, ses règles. Alors, comme Pihla, elle est certainement morte. Et si les mouvements de Dag n'étaient pas entravés, si elle pouvait se rendre librement à la tourbière, elle découvrirait les dents de Mette dans la vase, se dit-elle. Une fin d'après-midi, elle surprend une conversation entre Finn et le père qui lui confirme ses pires craintes. Elle a fini de pailler le potager, et réajuste les écorces de bois au pied des plants de courgettes. Le gibier est revenu sur la Butte. C'est la première saison de chasse depuis la tornade et le nuage de cendres, et ils vont pouvoir cuisiner de la viande. Finn dépèce un chevreuil chétif sous l'appentis. Dag baisse un peu plus la tête sous les larges feuilles de courge quand le père s'approche et tourne nerveusement autour du fils.

– Raconte encore. C'est important. Tu l'as enterrée proprement ?

Finn, concentré sur la découpe maintenant, frémit à peine. Il ne se retourne pas pour répondre.

– Je m'en suis occupé, je t'ai dit. Le corps est à sa place dans le cimetière des filles.

– La décollation ?

– Oui. Pendant que tu étais en ville.

Ce soir-là, Dag reste un peu plus tard dans le potager, pour arroser. Et pendant que les tuyaux déversent l'eau de la cuve, elle monte jusqu'au tertre derrière les plants de framboisiers, là où commence le cimetière des filles. Au pied du chêne, elle retrouve la roche plate de la tombe de Pihla, la croix fragile sur laquelle elle a pendu une couronne de lierre piquée de baies rouges. Un peu plus loin, il y a le tas gris qui recouvre le renard mort. Et à côté, oui, une nouvelle croix, marquant un rectangle de terre fraîche. Mette.

Sa découverte, paradoxalement, vient semer le doute dans l'esprit de Dag. S'il s'agit bien, comme elle le soupçonne, d'une abomination, alors elle vit dans une famille de démons. Mais sur la Butte, le printemps déverse ses promesses, et rien ne ressemble tout à fait à l'enfer. Peut-être est-elle devenue aussi folle que la mère qui se bat la nuit avec des chimères ?

Dag profite du temps libre que lui octroient les absences du père pour s'enfouir sous la bâche de sa cabane. Elle a récupéré du papier, des crayons de couleur et des stylos, dans l'atelier. Quand elle est inspirée, assise sous son tipi, en bordure de la clôture, elle dessine. Ses modèles sont les fleurs qu'elle ne trouve plus dans l'enclos, et qu'elle reproduit de mémoire. Linaigrettes, trèfles d'eau et nénuphars jaunes reviennent souvent dans ses compositions, car c'est la tourbière qui lui manque le plus. Elle a renoncé à ses collectes de plantes. Il n'y a pas assez de soleil ni de chaleur dans le sous-bois pour les faire sécher. Alors, quand elle n'est pas inspirée, elle se souvient des cours de Madame D. et s'entraîne à conjuguer des verbes qu'elle choisit avec soin. Saigner. Mourir. Brûler. Frapper. Enfermer.

Mais finalement, les intuitions s'entêtent, reviennent, et pour ne pas douter, la vérité étant de nature versatile, Dag écrit ce qu'elle aimerait confier à quelqu'un qui la croirait. Elle inscrit sur le papier que Pihla est morte brûlée, après être partie au Mont, après avoir attrapé la maladie qui fait saigner. La maladie que le manuel d'anatomie appelle les règles et qui normalement n'en est pas une. Que personne ne veut en parler, alors qu'elle a trouvé, elle, Dag, des preuves avec les dents jetées dans la tourbière. Pas de doute, ce sont les dents de Pihla. Elle sait qu'on a prévu de mettre les siennes dans un pochon à son nom aussi. Qu'elle finira au fond de l'eau. Mette avait presque compris, mais elle a disparu, Finn l'a enterrée. Et le père s'en prend à elle, Dag, sûrement parce qu'elle a deviné pour la maladie, et qu'il est énervé. Il lui fracasse le crâne sur le sol, lui martèle les flancs. Il la traîne par les cheveux, alors elle en a fait de la corde pour qu'il ne les lui arrache plus. Il saisit ses vêtements pour la jeter au sol, alors elle ne les lave plus, pour que son odeur fasse comme un bouclier. Elle a arrêté de compter les bleus, parce que la crasse les a recouverts. Et le père l'enchaîne au mur de la chambre de la mère qui crie la nuit sur des visions. Et c'est peut-être aussi la maladie qui la cloue au lit. Voilà ce que Dag écrit, pour ne pas oublier, se relire et se rappeler que c'est vrai.

Dag compose plus de dix versions de sa lettre, pour approcher la vérité de plus près. Mais toutes lui paraissent saisir la vérité par un bout, alors elle n'en jette aucune. Elle les entasse dans sa nouvelle cabane, sous un faux sol d'aiguilles collées à une fine planche de bois. Avec le rabot et la lime que le frère lui a donnés.

Les semaines passent, les mois, peut-être les années. Le temps, sa mesure ordonnée pour une vie normale, échappe maintenant à Dag. Elle a dix-sept ans et assiste avec effroi aux déformations erratiques de son corps. Ses jambes s'épaississent à la jointure du bassin, ses hanches s'élargissent. Sur la poitrine, deux renflements durs soulèvent ses tétons. Par chance, elle n'a pas beaucoup grandi, et il lui est facile de dissimuler sous sa blouse sa nature hybride. Elle est toujours Dag, la jumelle survivante, la fratricide. Dag, le garçon avalé. Dag, la sorcière. Mais elle est autre aussi. Les lignes de son corps se floutent, cherchent une signature du côté de la rondeur, d'une écœurante suavité qui suinte sur la peau de son visage, les ailes du nez, l'arrière de ses fesses, le gras neuf de ses cuisses.

Les chaussures d'Amir sont devenues trop étroites pour elle. C'est une paire qui n'appartiendra jamais qu'à elle. Aucune sœur n'en héritera plus. Alors, pour ne pas la perdre, Dag découpe l'écusson encore rouge sur le cuir abîmé. Elle y fait passer le cordon récupéré sur le pochon prophétique, et pend l'objet à son cou. Collier de vie, collier de mort. Il est contre son cœur une promesse double, l'avenir a la couleur du néant et de la délivrance.

Près de la cabane, Dag s'entraîne à endiguer l'indésirable douceur qui s'empare de sa chair. Elle bande ses muscles, durcis jusqu'à la limite du supportable, en planche sur une main. Elle s'allonge sur les aiguilles, recouvre son buste de trois roches plates arrachées au sol, se force à respirer sous la compression. Elle découpe dans un vieux drap de la mère de longs morceaux de tissu dont elle enserre sa poitrine. Elle s'inspecte. Tient les déformations sous contrôle. Elle n'a pas ses règles, et elle ne les aura pas. Elle empêchera la maladie d'arriver jusqu'à elle.

Dans le dortoir, elle fait et défait son sac d'évasion. Elle a vu Pihla se livrer aux mêmes préparatifs. Jour après jour, elle y entasse ce qui pourrait lui servir. Deux couvertures de survie dorées, des crampons, un couteau, des carrés de viande séchée, des chaussettes, du fil, des feuilles d'arnica, une lampe-torche et des piles, un des bonnets du père, des noix, un briquet, du papier et des crayons de couleur, une bâche en plastique, une sangle… Elle prévoit d'emporter l'argent caché dans l'atelier que le père descend à la banque une fois par mois. Mais elle ne pourra y toucher qu'au dernier moment, quand tout sera prêt, quand le moment sera venu.

Le trou dans la clôture par lequel Mette et elle se sont presque échappées n'est plus là. À la place, une soudure grise sur le métal vert, propre et nette. Le grillage est de nouveau intact jusqu'au soubassement. Il n'y a rien à espérer de l'enceinte froide et hostile, rigide comme le père. Il faudra attendre une occasion, peut-être une nouvelle négligence de Finn. Concentré sur sa tâche, il en oublie de temps à autre son existence, et la nécessité de fermer les portillons à clé derrière lui lorsqu'il sort en forêt.

Dag sent que les événements sont sur le point de se précipiter, que dans l'ombre se prépare sa mort prochaine. Elle sait qu'elle livre un combat contre le temps et cherche à mettre à profit chaque minute. Ni le père ni Finn ne laissent rien paraître. Le père la frappe encore, rarement, quand elle a l'imprudence de le provoquer, car il faut bien qu'elle le serve à table, qu'elle nettoie en journée les espaces où parfois elle le croise. Et le père ne supporte pas la puanteur de ses cheveux de laine, la crasse encroûtée sur sa peau, l'odeur de terre sous ses ongles. C'est pour cela qu'il la touche de loin, s'acharne moins, se contente de la bousculer, de la pousser sans même l'agripper, de l'éjecter, de la renvoyer au diable d'où elle viendrait. Elle devine aussi qu'il a senti qu'en plus d'être sorcière, elle se change doucement en femme.

Alors, puisque Dag peut encore agir, elle récupère la lime sous le tapis d'aiguilles de la cabane, et la cache sous le lit de la mère. Chaque nuit, elle attaque le cinquième maillon de la chaîne, en partant du bracelet qui retient sa cheville. Depuis leur confrontation, Dag n'a pas reparlé à la mère de la mort de Mette, des dents, du pochon. Sur le matelas où elle gît à longueur de temps, la mère s'évertue à devenir fantôme. Bientôt, quand Dag agrippera ses hanches pour la basculer sur le côté et changer le drap sous elle, les os lui resteront entre les doigts, écrasés en poussière fine. La mère ne mange plus, boit à peine. Les cheveux sur son crâne sont plus légers que la toile de l'araignée, sa peau prépare le lustre des défunts. Mais elle n'est pas morte, elle dort. Avec ou sans somnifère, la mère ne fait plus que cela. Alors que le père et Finn délaissent l'aînée, que la disparition des sœurs voue Dag à une solitude irrévocable, la promiscuité avec la mère dans l'espace intime de la nuit est devenue son seul réconfort. Inconsciente d'elle-même, la mère bave, geint, halète parfois. Cette chair sonore est une preuve qui relie Dag à la réalité. Car les fantômes n'ont pas de corps.

Un soir, le maillon enfin se sépare de l'anneau fixé au mur et tombe au sol dans un bruit d'étincelle.

Finn, qui l'attache et la détache chaque jour, ne dit rien. Pourtant, il a vu le maillon cisaillé aux trois quarts de la chaîne. Dag en est certaine. Ses corvées terminées, enhardie par l'apparente indulgence du frère, elle arpente la clairière, sursautant souvent en croyant que surgit le père. Elle traîne devant l'atelier où Finn s'absorbe dans des découpes. Elle passe et repasse, finit par entrer. Il ne s'interrompt pas. Sans lever les yeux de la scie à chantourner, il dit :

– Le père a réparé le grillage, tu ne t'enfuiras pas.

– Je sais. Donne-moi la clé du cadenas, celui qui ouvre le portillon du chemin de la tourbière.

– Si je fais ça, le père me tue, et toi avec.

Dag n'insiste pas. Elle revient le lendemain, et le surlendemain, s'assied près de l'établi, guette Finn. Il tolère sa présence dans son dos. C'est comme une guerre silencieuse. Elle espère et attend ce sésame qu'il finira par lui jeter. Il lui oppose un refus passif et têtu, n'abandonne pas. Elle mettra la clé dans la poche de sa blouse, choisira une nuit claire, fera ses adieux à la mère assoupie, récupérera le sac de survie dans le dortoir des filles, et elle partira, cap à l'ouest, par le portillon qui mène à la tourbière puis descend au camping. Elle appliquera le plan prévu avec Mette. Elle espère et attend, espère et attend. Pourtant, à force que le soleil se couche sur les mêmes rituels, Finn s'épongeant le front, retirant ses gants, rangeant les outils, quittant l'atelier, elle se lasse. Elle comprend que rien n'adviendra si elle continue à attendre et à espérer.

À la place, maintenant que la chaîne qui l'attache au mur est rompue, elle profite de sa liberté nocturne pour sortir. L'horloge de la salle indique deux heures. Dehors, l'humidité est tombée sur la clairière. La lune haute éclaire la masse clairsemée de la pinède. Dag ôte ses chaussures et bondit sur les mousses, jusqu'au cimetière des filles. Elle a perdu de son agilité, mais le plaisir reste intact. Au pied du chêne, les pieds dans l'herbe sèche, elle répond aux cris de la chouette, nez en l'air, humant les exhalaisons secrètes du sous-bois. Tout ce que la forêt cache la nuit, et dont elle fait partie à présent, elle-même et les inconnues sous la terre.

La lumière éclaire la façade. Dans la chambre du haut, un claquement léger la fait sursauter et se tapir à la lisière des arbres. Finn ne dort pas. La fenêtre s'éteint à nouveau, puis la porte d'entrée s'ouvre sur la silhouette du frère. Dans la chambre de la mère, souvent, elle l'a entendu sortir, mais elle ignore le but de ses escapades nocturnes. Que fait Finn la nuit sur la Butte ? Le frère traverse la clairière, se dirige vers l'atelier, mais le contourne pour gagner le portillon qui ferme le chemin du Mont. Dag alors se met à courir. Sous la bande qui comprime sa poitrine, le sang pulse et cogne, soulevant le collier d'Amir, son cœur de cuir chaud, pendant qu'elle pense au sac d'évasion dans le dortoir, à leur première tentative manquée, à l'occasion qui se profile maintenant. Les mains au sol, elle avale la ligne des pins arrondie sur la clairière, arrive devant le portillon.

Finn a pris le chemin du Mont. L'enceinte est ouverte, le panneau de bois, à demi rabattu, oscille imperceptiblement. Dag se faufile, s'engouffre dans la forêt, suit les jalons des troncs qui flamboient sous la torche du frère. Ils marchent longtemps. Trop longtemps. Peut-être que la mère s'est réveillée, a fait un malaise comme la dernière fois, a alerté le père. Peut-être qu'aucun retour n'est plus possible maintenant, que le poing du père l'attend dans la salle, et une douleur moins souhaitable que la mort. Et pourquoi pense-t-elle à revenir, alors qu'elle rêve d'une fuite définitive ?

L'entrée dans le mélézin contraint Dag à mettre encore plus de distance entre elle et Finn. La lune verticale cloue les pins en points noirs sur le tapis d'aiguilles blafard. Elle saute de l'un à l'autre, se fond dans l'écorce rugueuse qui râpe les joues. Le frère quitte le chemin, oblique vers l'ouest, vers le torrent. Ils marchent toujours et elle s'inquiète de l'éclaircissement du ciel, signalant la fin prochaine de la nuit, l'arrivée de l'aube bientôt. Le clignotement des troncs s'est arrêté. Le frère ne se déplace plus. Dag s'accroupit. Ils sont à la lisière de la prairie. Elle le voit disparaître derrière un amas rocheux. Puis le perd. Elle s'avance, au ras du sol, jusqu'à l'endroit où Finn s'est enfoncé. Quand soudain la silhouette du frère réapparaît, ils sont très proches l'un de l'autre. Dag a tout juste le temps de se jeter à terre.

Finn réajuste son sac à dos, et se presse dans la descente, passant près de son corps allongé sans le remarquer. Elle pourrait rester là, s'oublier dans la terre végétale, s'abandonner à l'enlacement du mycélium, voyager avec lui dans le réseau de racines, pénétrer l'énigme de la forêt. Mais elle a peu de temps avant que le portillon ne se referme. Alors Dag se relève, se précipite jusqu'à la roche derrière laquelle Finn s'est arrêté. Elle y trouve un sac, dont le tissu humide indique qu'il est posé là depuis un moment. Elle desserre les cordons, hume son contenu sombre, plonge la main. Du saucisson, trois conserves, une outre remplie, des allumettes, une miche du pain qu'elle a cuit la veille…

Dag fonce. Elle coupe par le sous-bois, roule et glisse sur les fesses, se fiche d'effrayer la faune nocturne, elle détale comme le gibier dans la pente, laisse les rameaux et les pierres la griffer et entamer la peau de ses jambes. Elle arrive avant Finn, peut-être même l'a-t-il aperçue devant. Elle passe le portillon encore ouvert, se rue dans la clairière, s'aplatit dans la chambre de la mère, le cœur battant. Elle entend peu après le frère refermer la porte de la salle.

Que prépare-t-il en amassant des vivres là-haut sur la prairie ? Prévoit-il lui aussi de quitter la Butte ?

Les rafales giflent la Butte. L'air dans le bunker a pris la consistance des jours de tempête. Âpre et sec, imprégné de la sauvagerie du dehors. Dag est assise à sa place habituelle contre le mur, à côté du banc. Elle ne sait pas pourquoi ils l'ont enfermée de nouveau. Elle était au potager, occupée à cueillir les légumes et à réajuster les bâches au-dessus des plants en vue des prochaines intempéries quand le père a surgi. C'était quelques jours après la découverte du sac de vivres dans la prairie. Cette fois-là, il ne l'a pas frappée. Ses pas dans les sillons, sa rage froide. Il a saisi sa blouse, l'a soulevée de terre, a ouvert la trappe. Depuis, Dag n'a pas revu le soleil.

La voilà revenue sur la ligne de temps de son dernier enfermement. Les journées dans le bunker, les longues heures à compter. Les pas, les sœurs mortes, Pihla et Mette, les inconnues du cimetière des filles, les espèces d'oiseaux qui nichent sur le mélézin, le nombre de pins pour atteindre le Mont ou la vallée voisine. Dormir, un peu. Refaire le bandage autour de sa poitrine presque plate. Porter le cœur de cuir du collier d'Amir à ses narines, à sa bouche. Compter encore.

La nouveauté, c'est la chaîne à sa cheville, la même que dans la chambre de la mère, fixée au banc, lui-même scellé au sol. Ils ne la laisseront plus sortir, elle le sait. Elle devine la pinède malmenée par les bourrasques, les troncs fendus, les fleurs du printemps étouffées par les mètres de neige, les crêtes fumantes. Lors de ces déchaînements, la montagne fait peu de cas de la maison du père. Elle confine la famille entre quatre murs. Le père, la mère et Finn devront attendre que le ciel se calme pour tenter une incursion dans la clairière, découvrir les arbres au sol, le toit déchiré, le paysage recomposé, méconnaissable.

La trappe s'ouvre chaque jour sur Finn qui lui apporte du pain, de l'eau et du fromage. Il patiente sous l'appentis, qu'elle finisse d'avaler, et repart avec le plateau.

La tempête arrive et passe. Une autre fois, ce n'est pas le frère, mais le père qui s'encadre dans le contre-jour. Il tient devant lui une lampe à huile. Dag se préserve de la lumière trop vive en portant la main à ses yeux. Elle s'attend au pire. Si le père a décidé de la punir maintenant, il est possible qu'elle n'en réchappe pas, se dit-elle. Machinalement, elle se met en boule, protégeant sa nuque de ses bras. Elle retient son souffle, bande ses muscles, prête à amortir les coups. Mais rien ne vient.

Le père traîne le pas devant elle. Il n'est pas seul, Finn le suit de près. À deux, ils portent un sac, non un drap. Ils le laissent tomber au sol, où la lampe l'éclaire. Dag se recule à la hâte. C'est un corps poisseux, lourd, mort. Le corps de Mette ? Le père et le frère soulèvent leur chargement à nouveau. Elle croit voir un sabot qui dépasse, le jarret fin d'un chevreuil. Son cœur se vide de soulagement. Mais la pénombre trouée par la lumière n'est pas fiable. Et si c'était la main de Mette ? Sa jambe ? Sans comprendre, Dag les regarde ouvrir le congélateur du fond et y larguer le corps. Ni l'un ni l'autre ne s'adresse à elle. Ils ressortent et la laissent dans le noir. Elle se lève, profite de l'image des lieux encore imprimée sur sa rétine pour avancer vers le congélateur, les bras tendus. Hélas la chaîne ne lui permet pas d'arriver jusque-là. Absurdement, elle appelle : « Mette ! Mette ! » Le silence feutré des jours de tempête absorbe ses cris. Finalement, elle retourne s'asseoir, frotte sa cheville meurtrie par le poids de son entrave. À tâtons, elle cherche le drap que le père et le frère ont laissé par terre, et le ramène à elle. Il sent le beurre rance, le fromage de brebis et la viande froide. Ce n'est pas l'odeur de Mette, mais celle des charognes en putréfaction que dégage le gibier mort dans les bois.

Dag passe maintenant ses journées et ses nuits dans le bunker. Elle porte la blouse, le pantalon et le pull lâche avec lesquels elle a couru dans la forêt la dernière fois. Emprisonnées entre les mailles de laine, des aiguilles de pin réveillent les effluves du sous-bois. Ils lui ont laissé son collier avec le cœur d'Amir. Dag s'endort le nez dans son col, appelant à elle les images apaisantes. Elle s'imagine sur la tourbière, légère au-dessus du tapis de sphaignes, s'envolant avec Amir vers un avenir différent. Mais le plus souvent, l'espace obscur qu'elle habite se prolonge à l'extérieur, sous la terre de la clairière, elle parcourt des galeries, visite le cimetière des filles, leurs os rassemblés, serrés les uns contre les autres, elle continue loin le long des racines, devient souterraine et invisible. Devient la substance occulte de la Butte elle-même. Elle dort beaucoup, assommée par les médicaments que Finn glisse dans son repas quotidien. Des ombres fuyantes hantent son sommeil, agité par une inquiétude tenace.

Quand elle ne dort pas, le nez sur le cœur de cuir, elle s'imagine dans la peau d'Amir, dans sa chambre de garçon des villes, assise à sa place dans son école, fréquentant les mêmes lieux, voyant par les mêmes yeux. Elle vit sa vie comme elle a volé celle de son frère. Elle est la sorcière, l'usurpatrice. Elle marche avec les chaussures d'Amir abandonnées près de la tourbière, les pieds dans ses chaussettes de garçon des villes.

Elle n'est pas autorisée à changer de vêtements, en dehors de sa culotte, que la mère récupère chaque jour, pour y contrôler l'éventuelle présence de sang. Car la mère, maintenant, descend avec Finn lors du repas quotidien. Dag est stupéfaite par les couleurs revenues à ses joues, par le feu dans son regard. Elle tient mieux debout que Dag, même si le frère la soutient dans l'escalier et pose pour elle un tabouret. C'est comme si la venue prochaine du sang, la perspective de tuer la sorcière l'avait ressuscitée. Dans la douche de lumière qui ruisselle de la trappe au sol du bunker, Dag doit se tenir nue. Finn détourne le regard, et la mère attend qu'elle ait enlevé son sous-vêtement. Elle en inspecte le fond. Puis Dag avance encore pour que la mère mette ses doigts à l'intérieur, fouille et cherche le sang. Très vite, elle a découvert et confisqué les bandelettes dont Dag enserre ses hanches et sa poitrine.

Pour ne pas devenir complètement folle, recluse dans un pays sans mots, Dag parle à Mette, qui sans doute n'est qu'une pièce de gibier dans le congélateur. Tous les jours, elle lui confie sa pensée, le regard pointé à travers l'obscurité sur la paroi blanche. D'abord, elle lui dit qu'elle regrette de n'avoir pas pu la sauver, elle lui dit ses doutes quant à une possible évasion. Tant que l'hiver est là, de toute façon, il n'en est pas question. Puis, quand l'hiver cesse, Dag peine à réfléchir. Les somnifères lui embrouillent l'esprit. La venue prochaine du sang, les règles, puisque la mère les appelle ainsi, la préoccupent plus que l'évasion. C'est d'ailleurs une obsession collective. La mère, Finn, le père ont hâte d'en finir. Lorsque Dag aura ses règles, le monde pourra recommencer à tourner. Elle le pense aussi. Tous vivent en suspens.

Le corps de Dag a été libéré des entraves de coton où elle le contraignait. Et pourtant, le sang ne vient pas. Dag révèle à Mette ses doutes sur sa nature de fille. Elle est la seule à n'avoir pas été visitée par le sang. Et si le jumeau mort lui avait légué plus que son nom de garçon ? À force de se prendre pour Amir, peut-être qu'elle est devenue Amir ? Elle cherche elle-même à s'en convaincre. Cette hypothèse, son essence masculine, est désormais l'unique recours pour espérer encore. Dag y concentre toute l'énergie qui lui reste. Après la visite quotidienne de la mère, Dag creuse elle aussi dans son sexe froissé. Elle extirpe du fouillis des chairs pendantes, ce qui ressemble à un pénis, ce repli de peau mobile entourant le gland du clitoris. Elle tire tant qu'elle peut, l'allonge, le sent saillir. Elle prend Mette à partie, cette chose-là entre ses jambes, pourrait bien être une preuve.

Le frère, comme avant, devant son tipi adossé à la clôture, laisse sur les marches du bunker des cubes de bois et un couteau. Mais Dag préfère sculpter le garçon informe en elle, qui s'obstine à se dérober. La peau glisse entre ses doigts, ne se conforme pas à son souhait. Quand elle se réveille et vérifie, rien. Entre les jambes, toujours rien n'a poussé.

Le dégel est passé sur la Butte. La vie foisonne à nouveau dans la clairière. Les fourmis rousses sortent du nid pour alimenter la colonie, les campagnols crapahutent sur l'entrelacs d'herbes et de mousse à la recherche de racines et de bulbes. Les muscardins se déroulent au sol, émergeant de leur long sommeil, le lérot pointe son nez masqué hors de son trou d'arbre. Lièvres bruns et rapaces s'apprêtent à un festin de trotte-menu. La montagne prospère, nourrie par la putréfaction des filles de la Butte.

Dag a senti aux modifications subtiles de l'air dans le bunker, à la qualité de la lumière quand Finn ouvre la trappe à l'aube, aux fragrances végétales de ses vêtements, que le printemps est arrivé. Elle a sinon complètement perdu la notion du temps, dort toujours plus, sitôt le somnifère du matin administré. Elle s'assoupit par courtes tranches de sommeil, retrouve invariablement l'obscurité et le silence au réveil. Elle s'exerce à allonger son microsexe d'homme, espère que la mère finira par constater sa méprise. Dag est un fils comme l'autre. Par acquit de conscience, elle aussi inspecte le fond de sa culotte, et le dedans de son sexe. Elle est rassurée de ne pas saigner, encore. Elle le confie à Mette, à qui elle continue de parler. Les images de la forêt sont lointaines, presque inaccessibles. Dag n'a plus que Mette à qui s'accrocher pour ne pas sombrer. Dans ses phases d'éveil, elle se rappelle l'urgence de sa condition. Elle est la dernière sur la liste. Quand son esprit se défait momentanément des brumes de l'inconscience, elle se le dit à haute voix. « Il n'y a plus que toi. Le père finira par te tuer. Il faut que tu te tiennes prête. »

La mère trouve le sang avant Dag. Un matin, elle retire les doigts du sexe de la fille, les porte à sa bouche, à son nez. Dag voit comme elle les traces sombres suinter. L'air pleinement satisfait, elle dit : « Ce n'est pas trop tôt », lui sourit, et remonte. Avant de passer la trappe, elle se retourne et ajoute :

– Ton heure est venue sorcière, tu vas payer pour toutes les autres.

Elle, le presque garçon, la voleuse de frère jumeau, la voleuse d'âme a la maladie du sang. Elle a ses règles. Elle le répète à Mette, elle les a, elle les a. Elle se demande si un fils peut saigner de la sorte. Le manuel d'anatomie n'aborde pas les exceptions, et sur la Butte, elle ne connaît que des exceptions, rien qui ne vaille pour la vie des gens ordinaires. Mais elle les a. Maintenant, sa réclusion va s'arrêter, le père va venir, tout va changer. Dag en conçoit un soulagement accablant. Le sang met fin à la confusion du temps dans le bunker. Il l'aligne aussi sur un axe féminin, ancre une certitude. Elle n'est pas Amir. Elle va reprendre le cours d'une vie scandée. Même si elle dispose d'un court répit avant la mort, l'impatience bouillonne en elle comme l'appétit du diable retrouvé.

Pourtant rien ne se passe, et l'empressement de Dag devient douloureux. Elle a atteint les limites de ce qu'elle peut supporter dans le bunker. Heureusement, les fouilles se sont arrêtées. La mère ne vient plus explorer son intimité. Finn apporte encore, le matin, le repas quotidien. Mais souvent, il n'y pense plus, et Dag reste seule plusieurs jours d'affilée. Quand le frère revient, il demande pourquoi elle ne sculpte plus. Ne sait-il pas que c'est d'elle qu'il s'agit ? De son corps et de son sort ? Des nuits et des jours qui défilent sans qu'elle puisse distinguer où commencent les unes, où finissent les autres. À côté d'elle, le seau où elle se soulage est plein. Dag râle pour la forme, prend Mette à témoin de la négligence du frère. Finalement, elle urine le plus loin possible du banc, là où la chaîne tendue lui permet d'aller. Contre le mur. Comme un homme.

Les saisons se sont succédé sans perturbation notable, et le calme est enfin revenu à la maison. D'abord, il a cru que la mère était guérie. Après son séjour à l'hôpital, loin de la Butte, et le nouveau traitement aussi, elle a gardé longtemps le lit. Le père, certains soirs, s'invite dans l'ancienne chambre conjugale, il reste jusqu'à l'aube, allongé à côté de la mère sur la couche qu'ils ne partagent plus. Ces soirs-là, Finn les entend parler. La voix du père sourde, précipitée. Celle de la mère, atone. Il imagine les mots du père tomber en pluie acide sur le corps de la mère. Quel effet lui fait, à elle, la langue de la malédiction ?

Le père a enfermé la sœur dans le bunker où elle passe maintenant ses jours et ses nuits. C'est l'idée de la mère, de soustraire définitivement la sorcière aux regards. Alors, dans la maison débarrassée de toute sœur, la maladie reflue, et la mère finit par se lever. Elle s'assied à table, ses forces miraculeusement ravivées. Finn s'est réjoui de la retrouver. Même avec les consignes sèches et les ordres crachés.

Même si c'est à lui de nouveau que reviennent les corvées. Aujourd'hui, ils prennent leurs repas ensemble. Il l'observe à la dérobée, pendant qu'elle lape sa soupe entre le père et lui. Un peu plus tard, il lui tend les bols à essuyer, elle tient le torchon, rêveuse, son beau visage éclairé d'un sourire vaporeux. À lui aussi, l'absence des sœurs fait du bien. S'il fait abstraction des raisons de leur exclusion, motivé par une terreur réflexe, il peut se dire qu'il est le seul enfant du couple de la Butte. Un couple tranquille rompu à la rudesse de la vie en montagne. Le père solide qui a construit leur maison et veille sur la forêt. La mère, taiseuse certes, mais présente et attentive.

Finn sait bien aussi que s'il osait chevaucher son épouvante, et hurler plus fort qu'elle sur son dos, il ferait quelque chose pour que l'horreur s'arrête. À la place, il a peur, si peur qu'il ne regarde plus, que ça n'existe plus. Une part de lui, celle qui a des yeux pour voir, enregistre pourtant, collecte les images. Ce ne sont que des images qu'on trie, qu'on classe, qu'on archive. Le corps désarticulé de Pihla. Sa tête grésillant sous le feu. Le pochon doux de velours rouge qu'il a jeté dans la tourbière. Les mots du père qui dessinent à voix de confident les générations maudites et les mains sales des hommes. L'orage qui le traverse et l'expulse de lui-même, débride les coups sur la sœur sorcière et les cris. La tombe creusée dans le cimetière des filles pour masquer sa lâcheté de fils. Et puis, la chaîne cisaillée par la sœur. La lime sous le lit de la mère. La folle au corps cassé qu'est devenue Dag. Les cubes de bois dont elle ne fait plus rien, elle qui sait parfaitement sculpter, exposés sur les marches comme un reproche brûlant. L'inquiétante complicité de la mère que la réclusion de la sorcière réjouit, qui prend à présent les décisions à la place du père.

D'abord il a cru qu'une mère lui était revenue. Chaque jour il est descendu avec elle pour porter le repas à la sœur qui reste, dans l'obscurité du bunker. Ils ne veulent pas rater le moment de sacrifier la dernière, a dit la mère, et Finn a vu la langue de la malédiction couler de sa bouche. Avec les mêmes mots puants, elle a relié les tempêtes récentes à des anomalies dans le rituel qui n'aurait pas été suivi à la lettre. Elle a confié à Finn ce qu'elle reproche au père. L'épreuve de la glace imposée à Pihla n'était pas nécessaire, le père aurait fait du zèle, tenté le diable ou tenté la sorcière, il a manqué de la tuer, de la tuer avant l'heure, et maintenant le ciel se déchaîne. Et puis, il n'aurait pas dû non plus frapper la sœur qui reste, cette violence gratuite est indigne de leur mission. Il n'a pas pu s'en empêcher, car quelque chose en elle le provoquait, mais il aurait dû trouver la force de résister, car aujourd'hui la sorcière le punit. Finn a beau avoir grandi, il ne comprend rien à ce galimatias où dansent les images aussitôt vues aussitôt enregistrées aussitôt classées.

Puisque c'est elle qui le réclame, quand Finn descend dans le bunker, la mère l'accompagne. Il dépose le plateau avec le repas, et l'aide à s'asseoir pendant que la sœur se déshabille. Elle grelotte, voûtée, et la mère fait ce qu'une mère doit faire. Une mère de la Butte, pense Finn, car il ignore si les autres ont le même souci de la vérification lorsque le sang arrive aux filles. Il l'aide ensuite à remonter, puis ils s'installent à la table et il lui sert un thé. Elle regarde la porte comme si elle pouvait voir à travers, puis elle se lève et réintègre sa chambre.

Quelques saisons durant, Finn a l'impression qu'ils forment une vraie famille. Mais la mère n'est pas guérie. La rémission prend fin le jour où elle trouve le sang à l'intérieur de la sœur. Des forces nouvelles la gagnent alors. Elle hurle que la maison est sale, qu'il est encore temps de pourfendre le chaos. Une énergie mauvaise ranime l'obsession ménagère. Finn est associé à cette grande entreprise de purification. Il doit sans attendre déplacer les meubles, basculer leurs lits, démonter et remonter les fenêtres, traquer chaque grain de poussière réapparu en même temps que la folie exterminatrice de la mère. La nouvelle du sang chez Dag la courbe au sol, au-dessus des tomettes, elle frotte et gratte, s'acharne carreau après carreau jusqu'à creuser la terre, ne s'arrête plus. Le père n'intervient pas. Fébrile, il discourt confusément, à propos d'excursion, d'échéance et de protocole. La belle vie du fils disparaît, et lui un peu avec.

Aux abords du sommeil, Finn s'agite sur le matelas rêche, puis se relève. Il descend à la cuisine, réunit les vivres habituels, déterminé à retourner là-haut. Plus haut s'il le faut jusqu'à la gorge étroite où ils ont campé la dernière fois, la nuit où il a finalement décidé de la laisser partir. Peut-être qu'alors, il la verra. Saison après saison, chaque semaine, il dépose le sac derrière le rocher, à la lisière de la prairie, et son contenu disparaît invariablement. C'est donc que la sœur est encore en vie, que les loups n'ont pas eu le dessus. Il veut la voir, savoir comment elle va. Il veut surtout qu'elle le reconnaisse, et peut-être l'entendre le remercier. Car même s'il s'est montré lâche en n'obéissant pas au père, après tout, il a sauvé la sœur du sort funeste qu'on lui réservait et cela vaut bien un peu de gratitude. Mais quand il la réapprovisionne là-haut, elle n'y est jamais. Et lorsqu'il lui arrive de braconner dans la prairie, il ne la croise pas non plus. Depuis le jour de l'excursion que le père voulait mortelle, Finn n'a pas revu Mette. Il ne l'a pas cherchée non plus. L'idée des loups l'arrête. Il ne supporterait pas la vision d'un autre corps déchiqueté.

La sœur s'était montrée aussi docile que l'avait dit le père. Elle n'avait pas fait de difficulté. À l'aube, alors que les forêts de l'est exhalaient une brume épaisse, que le Mont derrière eux réclamait son dû, Finn le lui avait annoncé :

– Le père m'a demandé de te tuer. Mais je vais te laisser ici. Avec la tente, de l'eau et le sac de provisions. Je reviendrai t'en apporter. Je les déposerai à la lisière de la forêt, là où la pelouse finit. Mais tu peux aussi boire l'eau au torrent un peu plus bas si je ne reviens pas.

La sœur s'était pétrifiée, et Finn avait perçu sa panique, mêlée à autre chose d'indistinct.

– Si tu t'échappes, le père te retrouvera. Si tu redescends au village, il te tuera. Ta seule chance de survie, c'est de rester ici, et de compter sur moi. Tu comprends ?

Il avait fouillé au fond de son regard. Avait vu qu'elle comprenait.

Finn a toute une nuit de liberté devant lui. Cette fois il prend soin de bien refermer le portillon. Après avoir découvert la lime et la chaîne cisaillée, le père l'a tenu pour responsable. « Tu ne t'es pas montré à la hauteur, fils. La sorcière a réussi à déjouer ta surveillance. » Et Dag est depuis attachée au banc du bunker. Et Dag depuis ne sculpte plus. Mais le fils se rassure, en réalité, il a fait cadeau de la lime à la sœur, de même qu'il lui a fait cadeau de ces heures de liberté nocturne. Pourtant il doit se montrer prudent désormais. Il sent confusément que le père pourrait s'en prendre à lui, découvrir la supercherie dans la tombe creuse de Mette, même s'il accuse la malédiction, toujours, il ne voit que la sorcière et non la mère qui se meurt ou Finn et ses rêves de famille.

Le chemin du Mont produit ce bruit d'amorti propre aux résineux, invite et avertissement à la fois. Finn pénètre un territoire étranger, royaume végétal où sont admis ceux qui se présentent en sujets. Il n'en a jamais fait partie. Les sœurs sont des enfants de la Butte, comme le père. Mais lui s'occupe de la forêt dans un atelier, quand le bois est mort. Ce travail, il pourrait le faire aussi bien en ville. Les arbres ne se sont pas tous relevés après la dernière tempête, si bien que l'endroit sous la lune a des allures de champ de bataille, peuplé de spectres calcinés, noir de cendre et blanc de néant. Finn traverse le mélézin en se concentrant sur sa respiration, puis oblique à l'ouest vers la prairie. Enfin le rocher est en vue. Comme à l'ordinaire, il entreprend de transvaser le contenu de son sac dans celui qu'il laisse à l'abri de la roche. Ce dernier s'est aujourd'hui intégré à la végétation, sur ses parois de tissu ont poussé des lichens phosphorescents.

Il constate, encore une fois, que le sac a été vidé. Quelqu'un ou la sœur a récupéré les provisions. Finn veut en avoir le cœur net. Il s'éloigne et s'installe à l'écart, monte la tente qui lui permettra de faire le guet.

Il patiente longtemps avant que la benjamine ne se montre. Mais il n'est pas sûr que ce soit elle, car elle se déplace furtivement, genoux fléchis et mains au sol, à la manière d'un animal prudent. Il ne l'a pas vue arriver. Sous le ciel assombri, les pins alentour semblent s'être resserrés. Mette est certainement descendue du Mont, où d'un autre sommet voisin, a traversé la prairie avant d'entrer dans le sous-bois, a déjoué sa surveillance, profité de l'engourdissement qui commence à l'envahir. Finn attend alors qu'elle fourrage dans le sac, produisant de brusques cris, joyeux peut-être. Pensant lui faire plaisir, il a glissé du chocolat et diverses friandises parmi les vivres. Finn peine à interpréter les bruits derrière la roche. Il saisit son fusil et s'approche.

Elle se fige en l'apercevant, esquisse un mouvement de recul. Finn tend une main apaisante.

– C'est moi, Mette, c'est Finn !

La sœur retrousse étrangement les lèvres, découvre ses gencives roses, montre les dents. Finn ignore si elle sourit ou grimace, mais c'est bien elle. Tente-t-elle de parler ? Au bout de combien de temps désapprend-on les mots ? La sœur ne semble pas ravie de le voir, ne manifeste rien de la gratitude que Finn attendait. Instinctivement, il ramène le fusil sur son ventre, puis se raisonne. Il n'a pas affaire à un loup, ce n'est qu'une fille. Pourtant, elle se ramasse sur elle-même. Dans ses yeux rétrécis, il lit l'effroi et l'agression imminente.

– Non, non, Mette, c'est moi ! Le sac, c'est moi qui l'apporte, Finn !

Il lâche l'arme, mime le geste de manger, caresse son estomac. Puis il se laisse tomber à terre, répète plus bas son prénom, le sien, et celui de la sœur. Elle semble comprendre qu'il ne lui veut aucun mal. Elle recule et s'assied à son tour. Sans le quitter des yeux, elle plonge la main dans un bocal et enfourne son contenu. Le jus de la conserve barbouille son visage, son cou. Elle a les mêmes cheveux de laine que la sœur du bunker. Si longs qu'ils font sur son dos et son torse une pelisse beige. Dessous, les vêtements ont pris la couleur de la Butte. Sous la lune ils reflètent la terre noire et le lac de plomb, mais s'y dessinent également des nervures grises qui rappellent à Finn celles du bois sec. La sœur a trouvé le chocolat, et mord dans la tablette. Les mêmes cris que plus tôt sortent de sa bouche.

– Comment tu vas ? demande Finn.

Il s'entend poser la question pendant que la sœur continue à glapir, de joie ou d'excitation. Et la solitude le rattrape. Sans doute le père a-t-il raison, leur famille est le jouet d'une sorcière qui depuis les profondeurs des générations s'amuse à les maudire.

Maintenant, quand Finn s'endort, les images s'échappent. Les trois sœurs fixent sur lui leurs yeux de colère. Celle qu'il n'a pas eu le courage de tuer là-haut tourne vers lui son visage farouche. Elle était la plus petite d'entre eux, une fille, une sœur, une aide aux corvées, un compagnon du quotidien sur la Butte dans sa blouse grise, silhouette active à la cuisine, au potager. Une élève de Madame D. aussi, penchée sur les livres, répondant aux questions. C'est comme si le temps s'était précipité en arrière dans une préhistoire familiale parallèle, où Mette n'aurait jamais été Mette, n'aurait jamais parlé, n'aurait jamais été une sœur.

Sa transformation est sidérante. Pour ne pas y penser, Finn écourte ses nuits, se couche quand l'aube point. Il se réveille peu après, les idées engourdies, et s'absorbe dans le travail à l'atelier, qui ne réclame rien d'autre de lui que l'attention au bois, aux gestes.

Quand il a terminé, il éteint les machines, retire ses gants, verrouille la porte. Souvent, comme avant, il inspecte l'enceinte, laisse la main glisser sur les portillons façonnés. C'est du bel ouvrage. Il imagine que la clôture aurait pu tous les protéger, au lieu de semer le trouble dans l'esprit des filles et du père. Il passe devant la cabane de la sœur, s'attarde. Sous la bâche, les planches sont encore debout. Finn se penche pour se faufiler dans l'abri. Il a tout juste la place d'y tenir accroupi. L'obscurité qui règne là doit ressembler à celle des nuits dans le dortoir, de l'enfermement dans le bunker. Mais il pourrait aussi se croire à l'intérieur du tronc auquel le tipi est adossé, au cœur du cambium, où circule la sève brute. Un endroit sûr et solide, à distance de l'écorce fragile et du duramen sombre chargé en résine. L'air épais est moite, il y flotte la présence dense de la sœur. Alors qu'il s'habitue à la pénombre, il distingue contre les planches des formes. Toujours tassé sur lui-même, il tend précautionneusement la main. Ce sont des statuettes. Des ébauches, partiellement sculptées. Finn fouille l'espace du regard, à la recherche des outils qu'il a offerts à l'aînée. Rien. Il se remet à quatre pattes pour sortir, et son genou soudain s'enfonce, faisant craquer le tapis d'aiguilles. Un cadre de branchage recouvre un trou creusé grossièrement. Finn dégage le sol des éclats de bois, et retire de la cache un paquet de papier.

Il s'extirpe du tipi, s'installe contre la clôture. Il n'attend pas pour lire les lettres. Il y en a dix qu'il parcourt dans l'ordre où la sœur les a rangées. L'écriture de Dag suit une ligne brisée d'un bout à l'autre de la feuille, comblant tout l'espace. Derrière la grille de ce piège touffu, les images sont là. Les mêmes qui l'assaillent à toute heure du jour ou de la nuit. Épinglées comme dans un herbier. Finn les reconnaît.

Pour la première fois, il peut les contempler sans céder à la tentation de s'en détourner.

Depuis la dernière tempête, la poussière s'est installée dans ses bronches. Sur l'insistance de l'infirmière, Madame D. a consenti à consulter un médecin. Il a fallu ôter la bâche qui drapait la voiture depuis des années, ouvrir le capot avec l'aide du voisin et graisser quelques boulons, effectuer des essais de conduite dans le lotissement. Elle a roulé longtemps, jusqu'à la ville, les mains sur le volant serrées de détermination. Le rendez-vous médical n'est qu'un prétexte. Elle a prévu de visiter la tour des archives où sont répertoriés les registres concernant les naissances, les décès, et tous les événements notables touchant à la population locale.

La documentation qui l'intéresse peut être consultée au treizième étage. Madame D. presse le bouton de l'ascenseur. Le médecin lui a prescrit du repos, lui a recommandé de quitter ce village, d'emménager dans une résidence sécurisée, où l'air est filtré tout spécialement pour les personnes fragiles. Il a eu un sourire contrit. La vie est rude, en dehors de l'espace sécurisé de la cité. C'est pourtant celle qu'elle a choisie. Dans ce décor de béton, la montagne lui manque. L'exil a changé de sens.

Sur le palier, elle s'oriente facilement, présente sa requête à l'hôtesse. Elle voudrait consulter les registres concernant la Butte. Son interlocutrice ne trouve aucune trace d'un tel lieu-dit. Madame D. épelle le nom de la vallée, des communes environnantes, des cols et des sommets. Et puis, elle se souvient des listes d'habitants recensés dans les dossiers de la mairie. Du prénom aussi dont les enfants de l'école affublent la sorcière de leurs légendes. Elle dit : « Rafaëla Munez », et le visage de l'hôtesse derrière son écran s'éclaire. C'est le sésame qu'il lui fallait. Plusieurs heures durant, Madame D. compulse les documents qu'on a posés en pile sur la table où elle est installée. Y sont consignés des faits qu'elle connaît déjà pour les avoir découverts à la mairie. Sur la Butte, cinq générations se sont succédé jusqu'à la fratrie qui fréquente son école. Mais les calamités se sont abattues uniquement du vivant des premiers habitants, Rafaëla et Paulo. Inondation, incendie, tremblement de terre. La nature ne leur a rien épargné. Inexplicablement, les dommages ne sont pas descendus dans les vallées alentour. Sur le domaine de la Butte, en revanche, les troupeaux ont été décimés brutalement, foudroyés en quelques mois par un mal étrange, non répertorié. La vigne n'a pas pris. Le sol s'est ouvert, engloutissant la forêt. Pourtant, la famille a survécu. Pas tous. Sur le fichier des naissances et des décès, Madame D. constate que Rafaëla est morte jeune. À l'âge où une femme peut encore enfanter. La cause de sa mort est sommairement indiquée. Accident en montagne. Mais si cette Rafaëla est bien la sorcière des rumeurs de la Butte, si l'enseignante doit prêter foi aux histoires colportées dans la cour de récréation, alors Rafaëla aurait été tuée pour le bien de tous. N'est-ce pas ce que disent les villageois ? Que la sorcière pourrait bien revenir se venger du sort qu'on lui a réservé ? Son doigt descend le long des années de naissance. Teresa, Luis, Vincente, Julia, Mercedes, Gabriel, Marta, Rafaël. Le père de la Butte s'appelle Rafaël, se souvient-elle. Fait curieux, il manque les dates de décès pour chacune des filles de la famille née après Rafaëla. Madame D. vérifie. Oui, d'après les registres, les hommes de chaque génération sont nés, ont vécu, et ont achevé leur vie sur la Butte. Teresa, Julia, Mercedes, Marta sont nées, et leur destin a étrangement échappé aux archives.

Cette nuit-là, de retour de la ville, Madame D. ne dort pas. Dès qu'elle ferme les yeux, son esprit épuisé projette contre ses paupières les pires scénarios. Le registre des archives se déploie en décor macabre. Rafaëla est morte d'un accident en montagne. Comme Pihla. Mais si Rafaëla est la sorcière, et qu'elle a été assassinée ainsi que le sous-entend la rumeur, Madame D. ne devrait-elle pas s'alarmer des circonstances du décès de Pihla ? A-t-on tué son élève ? Et ces autres filles de la Butte, Teresa, Julia, Mercedes, Marta, sans destin archivé, que sont-elles devenues ? Se serait-on débarrassé d'elles « accidentellement » ? C'est une forme d'inquiétude familière qui tient Madame D. éveillée. Et ce n'est pas tout à fait désagréable. Il lui semble soudain que des perspectives s'ouvrent, un surcroît de vie, un soupçon d'exaltation, un appel. Tout de même, elle se lève. Devant le miroir de la salle de bains, après avoir avalé un comprimé, elle se raisonne. Les archives ne disent rien de tel, ni meurtre ni maltraitance avérée, elle doit résister à la tentation de les interpréter. Alors que le sommeil la gagne, que les images se confondent, entre la fiction construite par son esprit embrumé et la réalité des bleus de Dag, ses cheveux emmêlés, sa blouse sale, le corps alité de la mère, les squelettes sur les dessins de Finn, l'enseignante s'imagine au cœur de l'action, sauveuse de l'enfance en danger, elle sent dans la sienne la main abandonnée de Sven, et elle s'endort.

Des mois après la catastrophe, la poussière racle toujours ses bronches à chaque inspiration, produisant un bruit rauque comme le fœhn sur les roches friables. Madame D. s'y est habituée, le son rythme ses déplacements, chaque pas, chaque phrase. Quand même, la peur s'est insinuée avec ce vent rocailleux jusqu'à ses poumons. Avant, lorsqu'elle était enfant, les tempêtes s'abattaient plus rarement, elles finissaient par s'éloigner, la forêt reprenait le dessus, ne laissant rien paraître de ses désordres internes. L'enseignante lui supposait des ressources infinies. Aujourd'hui, elle voit qu'elle s'est trompée. La Butte de ses ancêtres et celle de son enfance ont cédé sous les assauts du ciel et de la terre, leur nature pure s'est troublée. Même si l'illusion du printemps, ses floraisons luxuriantes, l'éblouissement soudain des couleurs et des formes, reste vive, les signes sont là. Certains arbres poussent noirs, le torrent charrie des flots opaques les jours précédant l'orage. Des villageois ont rapporté que le nuage de cendres demeure accroché aux sommets, prêt à fondre sur eux de nouveau.

C'est la première fois que des cendres tombent sur le village, en même temps que les vents se déchaînent. L'école a été partiellement détruite. Madame D. a dû regrouper tous les élèves dans l'ancien réfectoire, faire classe à l'extérieur, organiser la reconstruction avec les habitants. Pour les enfants d'ici, la tornade fait partie des possibles, comme son retour imprévisible. L'été bat son plein. Vient la canicule qui durcit la terre en champs de poussière, puis les vents de grêlons sacrifient les cultures. La neige emprisonne la Butte, le dégel arrive, lent ou précipité. L'été brutal reparaît, ou bien les pluies encore. Tout cela, pour ses petits élèves, relève de l'ordre naturel des choses. Mais pour elle, non. Elle a lu dans les livres les saisons d'antan, le cycle de la Terre autour du Soleil, celui de l'eau depuis les hautes montagnes jusqu'à la mer. Pour elle, le bleu du ciel est acquis en été, les bourgeons sur le chêne de la cour au printemps, le froid en hiver, les stalactites aux fenêtres. Les tempêtes, qu'elles soient de glace ou de neige, sont pour elle des accrocs dans le tissu continu des saisons, des ruptures qu'on craint et auxquelles on se prépare.

À ses élèves, elle parle du big bang, de la matière dont sont constitués l'Univers, la Voie lactée, le système solaire, la Terre, le village, la Butte, l'école. Elle propose d'embrasser le vertige, de l'immensité à l'infime, en passant par ce que tous peuvent se représenter concrètement, leur maison, leur corps. En général, les enfants apprécient le voyage, quelque chose de prodigieux leur apparaît alors. Elle parle de l'azote de leur ADN, du calcium de leurs dents, du carbone de leur souffle, des atomes parvenus jusqu'à eux depuis l'effondrement des étoiles. Ce cours est bien rodé, voilà des générations qu'elle le déroule pour les classes du village. Pourtant aujourd'hui, tandis que sa règle pointe le ciel, que sur le boulier elle montre la Terre, ses certitudes vacillent. L'ordonnancement matériel si souvent décrit, le soleil lointain, les planètes sur leurs orbites, les amas scintillants des galaxies pourraient n'être qu'un artifice. Secouée par une nouvelle quinte de toux, Madame D. s'interrompt. Une élève prévenante apporte une chaise.

Qu'est-ce qui finalement lui appartient ? Jusqu'à présent elle a pensé les choses comme siennes. Sa vocation. Son école, ses élèves. Mais il suffit d'une tornade et son royaume est à terre. La Butte porte maintenant, après chaque incident climatique, les marques visibles du trauma qui abîme jusqu'au village. Contrairement à l'époque des ancêtres couchés dans les registres de la ville, leur vallée n'est pas préservée de ce qui se passe là-haut. Les plaies ne se referment pas. La Butte se transforme et les transforme avec elle. Dans ses poumons les cendres se fraient un chemin. Et si elle reste ici, elle retournera à la terre, redeviendra poussière d'étoiles bien plus tôt que prévu. Le nouveau traitement pour l'asthme n'y fera rien. Madame D. se sent seule, oppressée par un environnement auquel elle doute de pouvoir encore se fier. Le sol sous ses pieds se confond avec le ciel au-dessus de sa tête, les deux pourraient s'entendre pour engloutir l'espace, et la dissoudre avec. Les médicaments pris pour sa toux l'empêchent peut-être de voir clair. D'où lui vient cette inquiétude soudaine ? Est-ce parce que son corps n'a jamais pu produire la vie, lui laissant le néant pour descendance, que l'étreint de plus en plus fort ce pressentiment de la catastrophe ? Devrait-elle fuir encore, trouver une autre ville, une autre terre d'accueil ?

Madame D. n'est pas la seule à tenir ce raisonnement. Le nuage de cendres fait déguerpir plus de la moitié du village.

Les familles déménagent, viennent la remercier pour ses bons services pendant toutes ces années. Elle enchaîne les goûters d'adieux, dans l'école reconstruite, stocke les biscuits et le jus de fruits. Et les jours qui suivent les départs se collent les uns aux autres, composant un chant funèbre qui ne s'interrompt pas. L'enseignante a regroupé les petits, les moyens et les grands dans une seule salle. Elle n'a plus à faire des allées et venues dans le couloir entre chaque niveau. Les enfants qui suivent encore son cours sont ceux dont les parents rechignent à abandonner leur exploitation. Certains font du blé, d'autres des moutons. Bientôt il restera trop peu d'élèves. Ils s'inscriront à l'école de la vallée voisine. Lorsque ce jour arrivera, elle se le promet, elle partira. Le lotissement qu'elle habite, derrière le camping des vignes, s'est vidé lui aussi peu à peu de ses occupants. La nuit, quelques fenêtres éclairent encore le crépi des façades. Mais quand les dernières âmes humaines auront déserté, l'endroit sera rendu à sa condition minérale, mausolée abandonné à la forêt.

C'est l'infirmière du village qui le lui annonce un samedi. Par sa tante, elle a su qu'un poste se créait en ville, pour absorber les nouvelles populations. La cité en question se situe plus à l'ouest, loin des montagnes. L'infirmière lui parle du lac dont les bords sont aménagés pour la promenade. Il s'agit d'une école tranquille dans un quartier périphérique. L'enseignante serait logée sur place dans un appartement prévu pour le personnel. Ce n'est pas le grand luxe, mais l'air y est filtré. L'infirmière lui vante les mérites des infrastructures, l'accès aux soins, l'alimentation abondante et variée, la température régulée. Sa tante y est, selon elle, parfaitement heureuse. Ces arguments achèvent de convaincre Madame D. Il n'y a plus rien pour elle ici que des fantômes. Ses conditions de vie pourraient se dégrader encore, et elle veut partir avec des souvenirs doux qui se laisseront chérir. Se rappeler la forêt, son école avant les cendres. Fuir le pressentiment aussi, l'affreuse tumeur qui l'oppresse et se nourrit de tout. De la dernière tempête, du regard noir des filles de la Butte, du visage pourtant presque effacé de Sven dans le rétroviseur.

Autour du grand chêne, elle a installé deux planches de sapin sur des tréteaux, étendu les nappes de tissu fraîchement lavées. Tous l'ont aidée à accrocher les lampions de papier, à disposer les gâteaux, les fruits, les boissons apportées par l'épicier qui tient la buvette. Le portail de l'école est ouvert aux parents, aux villageois sans enfants aussi qui voudraient s'associer à la fête. Dans à peine un mois, Madame D. fermera sa classe. Elle ignore ce que deviendra le bâtiment. Hangar pour le grain ou abri renforcé contre les prochaines tempêtes. Les meubles seront répartis dans les maisons environnantes. L'enseignante a commencé à distribuer les livres, même si elle emportera la plupart. Mais elle a encore du temps avant les adieux définitifs, et le soleil prend part à cette fête de départ anticipée. Elle inspecte l'azur d'un bleu vierge. Il n'est plus habituel de bénéficier d'une météo stable, bien que le mois de mai reste le plus fiable.

Ses anciens élèves, devenus adultes, et parfois parents, sont venus aussi. Elle se souvient de tous, les voit toujours avec leur visage d'hier, entend leur voix qui se cherche en déchiffrant leurs premiers mots, ce miracle de la lecture qu'on s'offre à soi-même, auquel elle a assisté pour chacun d'eux.

Assise sur son banc à l'ombre du grand chêne, Madame D. compte dans la cour trois générations. Toute la vie de la vallée est là. Une mélodie s'échappe par les fenêtres ouvertes de la classe où ils ont branché la sono. L'enseignante lui trouve un air triste, mais c'est l'effet miroir de la musique sur les gens. On y entend ce qu'on est au moment où on écoute. Le soleil est masqué soudain par une silhouette haute. Dans le contre-jour, elle ne reconnaît pas l'homme mince qui lui fait face.

– Vous allez nous manquer, Madame D.

Ce n'est pas un homme, c'est Finn, le fils de la Butte. Madame D. porte sa main en visière pour s'adresser à la figure noire découpée dans le jour, désigne la chaise à côté d'elle.

– Tu es venu sans tes parents ?

Finn ne lui répond pas. Elle cherche dans la cour les silhouettes des sœurs. Un instant, les prénoms se dérobent avant qu'elle ne les retrouve vite. Dag, Mette. Leur éternelle blouse grise et leurs mines trop sérieuses.

– Et tes sœurs, comment vont-elles ?

– Elles se plaisent en ville. Dag est excellente élève. Elle veut devenir sculptrice. Elle se débrouille mieux que moi, c'est sûr. Elle sait y faire avec le bois, même sans outils.

– Et Mette ?

– Elle… elle va bien aussi. Elle a tout ce dont elle a besoin.

– Ah, oui, c'est ce qu'on m'a dit de la ville, on y trouve de tout ! Tu sais que c'est là que je m'installe, près du lac de T. ?

– Oui, j'ai su. Vous allez me manquer.

Il le répète. Pourtant, il ne vient plus beaucoup en classe. L'enseignante ne peut obliger personne à s'y rendre, une fois que les bases sont acquises. Elle n'ignore pas que les pères ont besoin de main-d'œuvre, et que les fils fournissent des bras gratuits. Finn en sait certainement plus qu'elle en matière de menuiserie. Quel âge peut-il avoir aujourd'hui, quatorze, quinze ans ? Dans sa voix grave, Madame D. reconnaît les intonations des hommes d'ici.

– Il paraît que l'affaire de ton père tourne bien depuis la tornade. Tu fais partie de l'entreprise maintenant, non ?

– On a eu de nouvelles commandes de la ville et de la vallée voisine. Des charpentes, beaucoup. Je fais ce que je peux, j'aide.

Un silence passe entre eux alors que la cour s'emplit de la cacophonie des discussions. Madame D. soupire, cherchant à évacuer la sensation de malaise qui l'a saisie, cette alarme qui résonne dès lors qu'elle est confrontée aux enfants de la Butte. Elle est incorrigible, il suffit que le fils réapparaisse pour que son imagination s'emballe et que les soupçons rejaillissent.

– Allez, va profiter de la fête, Finn, tu devrais tomber sur d'anciens camarades.

L'enseignante le pousse gentiment, même si elle sait que les enfants de la Butte ne se sont jamais liés aux autres. Aucun des villageois ne considère Finn comme un camarade possible. Il se lève et Madame D. aperçoit le paquet dans ses mains. Il hésite un moment puis tend le bras vers elle.

– Tenez, c'est pour vous. De la part de Dag, et… et de moi aussi. Cela explique tout, ce sont…

– Ah, non, non, laisse-moi la surprise ! Pose ton cadeau avec les autres sur la table. Je les ouvrirai quand je serai dans mon nouvel appartement, pour penser à vous. Comme ça j'emporte un peu de la montagne là-bas.

Le père, campé dans la clairière, inspecte l'horizon. Lui aussi a reconnu la nuée noire à l'ouest, en suspens au-dessus des sommets. Elle a encore enflé, difficile de marquer des repères dans un ciel mouvant, mais Finn voit bien que la masse a grossi. Elle se boursoufle, se densifie, irradie d'une lumière fuligineuse. Bientôt elle larguera sa matière interne. Peut-être des cendres, comme la fois précédente. Ce n'est pas la pluie, ni l'orage qui les attend, mais ce qui est resté accroché au Mont après la dernière tempête. Un rappel vibrant du passé récent. La montagne leur adresse un ultimatum.

Le visage du père trace les mêmes arêtes tranchantes et renfoncements sombres que les sommets au loin sur lesquels son profil se découpe. L'ombre creuse sur ses joues des anfractuosités du même bleu que les anciens glaciers. Tout en lui est dur et adapté à l'âpreté de la Butte. Pourtant, alors que Finn regarde les boucles brunes danser sur le front du père, il voit le petit garçon doux qu'il était dans les bras de sa mère. Avant la révélation, avant la trahison. Avant la haine transmise au fils, son destin de meurtrier à porter à la place des préoccupations légères de l'enfance.

Que sait Finn de la famille de son père, qui au fond est aussi la sienne ? Peu de choses en réalité, l'histoire qu'on lui raconte tient de la légende. Elle recoupe en des points épars les récits que partagent les villageois, des plus jeunes au plus vieux. La sorcière. La malédiction. Cette lignée infréquentable. Comment démêler le vrai du faux ? Depuis qu'il a lu les lettres de Dag, Finn a exhumé de sa mémoire tous les mots enfouis. Il en a conclu qu'il ne veut pas de cette transmission qu'on lui impose, il ne veut pas être un fils dans cette famille-là.

Finn n'a jamais connu ses grands-parents. Il est né sur la Butte alors que le père et la mère s'étaient déjà coupés du monde. Il ignore s'ils sont toujours en vie. Le père a déclaré s'être fâché avec eux car ses parents auraient choisi de quitter la montagne et d'habiter en ville, ils auraient cherché à échapper au protocole. Le protocole prescrit l'asservissement des filles et inclut la décollation, ce mot de sang pour dire la décapitation. Il a été institué par l'arrière-grand-père Luis afin de soutenir les fils et les pères de la famille dans l'exécution de leur funeste mission. L'aïeul Luis est quasiment un dieu aux yeux du père, sa parole a valeur de prophétie, sa vie sur la Butte est érigée en modèle. Pour Finn, il est le plus fou de tous. Il lui semble parfois que c'est Luis que craint le père, et non la sorcière elle-même. Luis n'a jamais quitté la Butte. Comme ses ancêtres avant lui, il a domestiqué la montagne, fait paître des moutons, planté du blé puis de la vigne. Comme ses ancêtres avant lui, il a obéi à la sorcière en sacrifiant les filles. Finn se le répète sans le comprendre vraiment. Pourtant, il sait ce qui est arrivé à Pihla. Elle est tombée dans le gouffre qu'ils appellent le chantoir, où siffleraient les esprits des filles de la lignée.

Non, elle n'est pas tombée, Finn l'a poussée. Il est donc mêlé à cette mascarade. L'idée l'indigne et le révolte. Mais comment faire autrement ? L'exaltation du père n'est peut-être qu'une forme de la terreur qui habite et paralyse le fils. Car à chaque heure du jour et de la nuit, Finn a peur. Il n'y a rien à faire contre cette peur-là, bouger le moins possible, disparaître, penser à autre chose, réinventer le monde sans en avoir l'air, à l'atelier, s'effacer dans les essences du bois. Obéir pour tromper l'effroi.

Le buste de Pihla dans sa chambre se moquerait, que craint donc le frère ? Le Mont ? Le noir ? L'orage ? Elle ne peut pas savoir, elle n'a pas vu ce qu'il a vu. Son corps décapité comme un chevreuil. Sa tête fumante. Le regard halluciné du père et sa bouche qui discourt toute seule alors qu'il accomplit ces gestes. Ce qui emplit Finn d'une épouvante sans fond, c'est la réalité de tout cela. Et si tout cela est vrai, la sorcière doit l'être aussi, voilà ce que se dit le fils. Il n'a pas pu parler à Madame D., mais il lui a remis les lettres de Dag. Il espère qu'elle comprendra ce qu'il y a comprendre. Il a vaguement conscience de lui avoir confié une histoire qui pourrait ne pas être vraie, ne sait plus tout à fait s'il y a participé et comment.

Le père le confirme, une tempête apocalyptique s'annonce. Il n'a pas dit tempête, il s'exprime encore par énigme. Depuis la fugue des sœurs, le père voit la sorcière partout. Il l'invective maintenant, le doigt pointé vers le nuage noir qu'elle laisse stagner au-dessus du Mont comme un avertissement qui lui serait destiné, parce qu'il n'aurait pas respecté le protocole. Finn tente de se montrer rassurant, bien sûr qu'ils l'ont suivi, ils ont sacrifié Pihla, Mette, et bientôt Dag. Le reproche muet du père lui est insupportable. Chaque confrontation renvoie Finn à son indignité de fils. Il ne fait pas le poids face à cet homme de la Butte.

– Ne perdons pas de temps, allons relever les pièges à lièvres, et le poisson dans les nasses du lac. Si nous devons nous terrer encore dans le bunker, autant être réapprovisionnés.

Finn n'est pas certain que l'ascension soit le meilleur choix dans l'immédiat. Il préférerait attendre que la menace disparaisse du ciel. Il ne comprend pas non plus ce qui pousse le père à provoquer ses dieux personnels. Pourquoi aller défier le nuage, s'il lui est destiné ? Mais les ordres du père ne se discutent pas, Finn n'a jamais trouvé en lui ou ailleurs les moyens de désobéir. Alors il récupère leurs fusils dans le cabanon, entasse quelques provisions, du pain, du fromage qu'il fourre dans leurs sacs à dos, et emboîte le pas au père.

Ils grimpent à la hâte le chemin du Mont, traversent la forêt de pins, le mélézin, poursuivent sans pause. Quand ils atteignent enfin la prairie, Finn prend la mesure des changements dans l'atmosphère. Elle semble s'être épaissie tout en se vidant de sa substance, s'être emplie d'un silence compact qui bouche tout l'espace, évacuant jusqu'au moindre grain de pollen. Plus rien ne flotte dans l'air et la pelouse a figé ses reflets dans l'attente. Sur un signe du père, Finn part relever les collets en aval. Tous les pièges qu'il inspecte sont vides. Ses pas font crisser les herbes trop fort, sa respiration résonne comme sous la voûte de l'église du village. Il y est allé une fois seulement, pour chanter avec les autres élèves de la chorale. C'était une messe de Noël, et Madame D. dirigeait le chœur. Finn se souvient d'avoir pensé que les prières ici ne valaient pas grand-chose, qu'elles n'étaient suspendues à aucune menace, aucun enjeu. Elles n'étaient pas réelles. Lui savait quelque chose des vraies prières.

Le père non plus ne rapporte pas de lièvre. Son front s'est plissé davantage et il tient à continuer jusqu'au lac. Selon Finn, l'entêtement du père précipite la catastrophe prochaine plus sûrement encore que le nuage de cendres. Ils reprennent le sentier qui serpente sur la prairie, le père devant, Finn derrière. Au sol, aucun insecte ne se presse ni ne paresse. Rien ne frémit. Quand il relève les yeux vers les jambes du père, elles s'évaporent en poussière grise, tout comme les contours de son corps devenu nébuleux. Puis un cri aigu, bref et familier s'élève, et l'illusion se dissipe.

À l'endroit où le lac rejoint le torrent, la roche se décroche en marches, formant une esplanade pour l'eau. Elle est accroupie nue dans les flots bouillonnants, tient dans sa bouche un poisson qui frétille, le déchire à pleines dents. Le père accélère le pas prudemment. D'ici, il ne l'a pas reconnue. Il veut simplement savoir qui lui vole sa pêche, pense Finn. D'ici, il ne peut pas l'avoir reconnue. Mais il vaut mieux anticiper le pire, alors le fils se met à courir, il dépasse le père, agite les bras pour la faire fuir. Comme la dernière fois, elle lui fait face, animal prêt à charger, dents dehors, lèvres retroussées. Elle a lâché son poisson, à demi redressée, ne prend pas la peine de couvrir son torse décharné sur lequel se dressent deux dards incongrus, son sexe embroussaillé et le duvet de ses cuisses.

Finn voit bien le problème maintenant. Son propre trouble et l'embrasement de ses sens soudain le lui signalent. La sœur est une femme. De celles qui hantent les histoires du père, par qui arrive le malheur. Ces femmes, dont la chair s'offre aux regards des hommes, plantent le désir dans leur tête, rouge comme le sang. Finn n'agite plus les bras, son souffle s'est raccourci, il cherche à résister à la congestion qui gonfle son sexe et son cœur. Tandis que les mots se mélangent aux cris d'intimidation de la sœur, il voit lui aussi la sorcière. Hirsute, dangereuse, nue, ruisselante sous l'eau du torrent. Il voit la sorcière de leur histoire, celle par qui les calamités ont asséché les récoltes et affaibli les fils. La première des femmes tuées dont le sang versé a regénéré la terre. Celle dont la mort est une preuve indiscutable, puisqu'elle a permis de reverdir la Butte. On n'assassine pas des sœurs, on supprime le mal à la racine. Que les filles soient sacrifiées, et le nom perdurera, et les récoltes prospéreront, et le malheur ne s'abattra pas. La sœur gronde, pousse des cris gutturaux. Le torrent la caresse et l'enlace, serpent noir dompté.

Les mots sortent de la bouche de Finn, et il entend la langue de la malédiction : « Recule sorcière, ne nous tente pas, laisse mon corps et mon désir tranquilles. Ravale ton venin. Tais-toi. Tais-toi. Baisse les yeux, sorcière. » Le père l'a rejoint et rugit :

– Qu'est-ce que tu as fait, fils ? Qu'est-ce que tu as fait ?

Finn se laisse secouer. Les gifles l'arrachent à son hébétement.

– Je n'ai pas pu la tuer…

– Tu veux donc notre mort ? Je ne te laisserai pas tout gâcher. La malédiction ne s'accomplira pas sans toi. Vas-y ! Descends !

Le père arme son fusil et le tient en joue.

– Descends, va la chercher. Maintenant !

– Quoi ?

– Bouge-toi, avant que le ciel ne s'ouvre.

Sans quitter la sœur des yeux, Finn contourne le lac. Elle se trouve à présent entre lui et le père, sur la roche calcaire. À moins de remonter la cascade, elle ne peut pas s'échapper. Elle l'a suivi du regard, et lui fait face, tournant le dos au père alors qu'il tient le fusil. Il avance doucement, murmure en tendant le bras vers elle.

– C'est moi, Finn, n'aie pas peur, c'est moi, Finn…

Elle recule imperceptiblement, mais son air de défi disparaît. Oui, elle le reconnaît. Lentement, Finn saisit la miche de pain qui dépasse de la poche latérale de son sac, la brandit devant lui. La sœur a compris, elle s'approche à présent. Il l'encourage : « Oui, c'est bien, viens Mette, c'est pour toi. » Puis, tout près, elle se fige. Il suffirait à Finn de bondir, et il refermerait les bras sur elle. Mais la surface de l'eau tremble soudain sous une brusque risée. D'un seul mouvement, le père, la sœur et Finn lèvent la tête. Le nuage noir s'est dilaté dans toutes les directions, il masque les sommets à l'amont, les falaises de l'est et s'apprête à engloutir la prairie, tombé si bas qu'on pourrait le transpercer à mains nues.

– Finn ! Maintenant ! hurle le père.

Alors, Finn plonge. Rencontre le corps de la sœur, ses griffes, ses pieds qui pilonnent son ventre. Il rabat les bras qui balayent l'eau et l'air dans son dos, tente de s'emparer du torse luisant qui glisse sous ses doigts. Elle le mord, crache et s'égosille. Mais dans sa gorge, les cris de la sœur se transforment, aigus, puis rauques, puis sourds sous la main de Finn, jusqu'à s'éteindre complètement quand sous la surface elle lâche prise.

Le père siffle. Il faut redescendre vite, devancer le brouillard noir qui rampe vers la forêt. Rentrer et se mettre à l'abri. Finn hisse le corps inerte de Mette sur son épaule et regagne la berge.

Les lettres sont toutes devant elle sur la table basse. Il y en a dix. Madame D. a commencé à déballer les présents des élèves dans la cuisine. Elle y a déposé un mug gravé, des colliers, une lampe de poche en forme de stylo, des terrines, du vin, des chocolats de la ville, un tablier à son nom. Elle a rangé les cadeaux, laissant celui de Finn pour plus tard.

Plus tard, c'est-à-dire maintenant. En découvrant les lettres, elle s'attendait à un poème maladroit, une chanson, une histoire peut-être, bien qu'il n'ait jamais été très doué en rédaction. Non. Dès les premières lignes, les mots réveillent le pressentiment. L'enseignante démêle rapidement les propos confus, répétés de page en page, car elle sait déjà ce qu'elle va lire. Au fond, elle a toujours su. Elle s'est déplacée là, sous l'éclairage ciblé de la liseuse, devant la table basse, pour mieux déchiffrer l'écriture détrempée de Dag.

Partout autour d'elle s'entassent les cartons que les déménageurs viendront charger dans leur camion la semaine prochaine. Elle s'est offert les services de professionnels qui effectueront les allers et retours nécessaires du village à son nouvel appartement. Son nouveau chez-elle est déjà meublé, aussi a-t-elle prévu de donner son lit, son armoire, le buffet du salon, la bibliothèque, aux habitants qui se sont montrés intéressés. Le reste attendra ici peut-être un prochain locataire. L'idée du déménagement a fait son chemin, Madame D. est prête à passer à autre chose, à vieillir au bord d'un lac auprès d'autres exilés. Et c'est le moment que choisissent les enfants de la Butte pour percuter sa mémoire et rallumer sa culpabilité. Lors de la fête, Finn a tenté de lui parler, non ? Qu'est-ce qu'il lui a dit, déjà ? Lui et ses sœurs portent une telle odeur de malaise qu'elle préfère toujours oublier, tromper ses intuitions, ignorer les signes, même ceux qui ressemblent à des appels à l'aide. Tout va bien, et de quoi se mêle-t-elle. Pourtant, il a essayé de lui dire, non ?

Les lettres décrivent un scénario dépassant ses craintes les plus folles. Certains passages sont soulignés, peut-être de la main de Finn. Dag évoque la séquestration et la brutalité du père dont elle serait victime, mais surtout la mort de Pihla. Madame D. repose les lettres. Elles racontent toutes la même chose, dans le désordre, et tiennent du film d'horreur. Tout cela n'est que la production d'un esprit confus. Le sien ou celui de Dag ? Rien de tout cela ne peut être vrai. Alors qu'elle ne sait plus quoi penser, l'enseignante se rappelle les dessins d'incendie de Finn après la disparition de Pihla, et les questions de Dag sur les règles. Elle décroche les clés sur le panneau de l'entrée, et ouvre le garage.

Elle se gare au plus près de la forêt, là où commence le sentier. C'est le chemin le plus court pour arriver jusqu'à la Butte. En grimpant à travers le sous-bois, l'enseignante regrette de n'avoir pas pris le temps de remplir un sac, d'emporter de l'eau au moins. Le dénivelé est tel qu'elle halète au bout de quelques minutes. Heureusement, l'air frais, le ciel bas et gris annoncent peut-être de la pluie. Elle progresse lentement, jusqu'à ce que le chemin se trouve barré par un portillon de bois, enserré dans une clôture qu'elle n'avait pas remarquée la dernière fois. Un cadenas condamnant la serrure, elle ne peut continuer par-là. Madame D. s'arrête et, s'interdisant de renoncer, entreprend de longer l'enceinte par l'extérieur. D'après ce qu'elle en aperçoit, la clôture n'a rien à envier aux installations militaires avec sa hauteur de grillage surmontée de barbelés. En plus d'enlaidir l'endroit, cette précaution n'était certainement pas nécessaire, se dit Madame D. Personne ne s'aventurerait jusqu'ici pour chasser sur les terres du père. Au bout d'un moment, elle tombe sur une deuxième porte, fermée elle aussi. À présent, Madame D. n'a plus aucune intention de faire demi-tour. Elle accélère le pas et parvient au troisième portillon, celui par lequel le père et Finn sont sortis plus tôt. Il est resté ouvert.

Dans la clairière, l'enseignante, se sentant somme toute intruse, appelle : « Il y a quelqu'un ? » Le ciel s'est brusquement assombri, c'est étrange d'ailleurs, en plein jour, et aucune lumière ne brille sur la façade. Elle traverse l'étendue silencieuse, contourne le bâtiment qui doit être la menuiserie du père, passe devant un cabanon de bois. Le long des tuteurs du potager, des lianes sèches pendent. Peut-être des tomates ou des courgettes, ravagées par la dernière tempête. À gauche, Madame D. aperçoit un espace qui ressemble à un petit cimetière. Elle s'approche. Oui, les croix ne laissent pas place au doute, il s'agit de tombes grossièrement creusées et recouvertes. Aucun nom cependant ne marque les sépultures. Probablement des animaux domestiques.

Elle frappe à la porte d'entrée, appelle une nouvelle fois, puis se hasarde à franchir le seuil. La maison semble aussi désertée que la clairière. L'intérieur est rutilant, le sol encore humide vient d'être lessivé. Les murs luisent sous le plafonnier allumé. Elle y porte la main, s'étonne qu'ils aient été lavés également. L'enseignante marche prudemment, ses pas laissent sur les tomettes des empreintes de terre. La paillasse de la cuisine brille de la même propreté éclatante. Quelqu'un, le père, Finn, les filles, a fait un grand ménage récemment. Madame D. monte l'escalier de bois, constate qu'il n'y a personne à l'étage non plus. Elle redescend, ouvre une pièce aveugle où traînent des matelas sales, puis s'avance vers la dernière porte. C'est une chambre. Celle de la mère décharnée. Dans la pénombre, derrière les volets clos, l'enseignante distingue d'abord le lit impeccablement bordé, la table de chêne, l'armoire monumentale, la commode. Elle contourne le lit et l'odeur de javel l'agresse. La mère est là, accroupie près d'une chaîne à gros maillons scellée dans le mur. Madame D. s'alarme, la pauvre femme est-elle attachée ? Elle s'agenouille. « Madame, madame ? » Mais la mère n'entend pas. Elle n'est pas enchaînée, comme l'enseignante l'avait craint. Les mains plongées dans un seau débordant d'eau savonneuse, elle marmonne des propos indistincts et relève soudain les yeux. Les deux femmes se font face. Quelques instants, la mère se tait, puis soliloque de nouveau. Plus fort maintenant. C'est presque un chant, une psalmodie. Brusquement, elle sort du seau une grosse lime avec laquelle, d'un geste ferme, elle frotte sa jambe découverte. Alors, seulement, Madame D. voit les épaules, les bras, les genoux de la mère. Et ce qui lui avait dans l'obscurité échappé. Le sang, la peau arrachée.

Elles se sont attablées dans la salle autour d'un café préparé par Madame D. La mère a meilleure figure, bien que son regard reste vide. Il a fallu lui arracher son instrument de torture et la faire revenir à elle-même sous une douche froide. Elle a hurlé sous le jet, puis s'est finalement tue. L'enseignante a composé avec les bandages et les pansements à disposition dans la petite commode. Puis elle l'a installée à la grande table de chêne. La femme, couverte de plaies, doit souffrir le martyre. Comment peut-on s'infliger cela à soi-même ? Mais Madame D. n'oublie pas l'urgence de sa mission. Aussi, elle sort les lettres de son sac, et les pousse vers la mère. Puis elle se lève, lui laisse l'intimité nécessaire pour lire les mots de sa fille. À l'extérieur, les nuages sont encore descendus. Il fait presque nuit en plein jour, la masse des pins au loin se confond avec le ciel et creuse autour de l'étendue grise de la clairière des douves profondes. Derrière elle, la mère est prise d'une quinte de toux. Le choc, évidemment. L'enseignante se précipite, remplit un verre au robinet de la cuisine dont sort, cela la surprend, une eau claire. Mais c'est le fou rire et non la toux qui secoue le corps maigre.

À nouveau, Madame D. doute d'elle-même. A-t-elle bien compris les lettres ? Qu'est-ce qui lui a pris de venir chez ces gens ? Mais l'état de la mère, tout de même, elle ne l'a pas fantasmé. On ne s'écorche pas ainsi sans raison. Elle ne se résout pas à repartir, même si les intempéries à venir l'exigeraient. Elle s'assied, et attend poliment que la mère se calme. Et son rire, en effet, s'épuise. Le rouge est monté à ses joues, lui donnant presque bonne mine. Elle finit par relever la tête :

– Pardon…

Elle prend une gorgée d'eau.

– Vous ne pouvez pas comprendre, bien sûr, elle lui a joué un tour. Je ne sais pas comment elle s'est débrouillée, mais il l'a bien cherché. Vous avez vu la clôture dehors ?

Le timbre est rauque. Les mots hésitent, avec des inflexions étranges, tentent de trouver la hauteur de voix nécessaire. Madame D. devine que la mère n'a pas l'habitude de parler autant. Mais elle n'a pas envie de faire la conversation, se rappelle les raisons qui l'ont fait venir jusqu'ici, les atrocités décrites par Dag.

– Oui… C'était ouvert, alors je me suis permis d'entrer.

– Vous ne vous demandez pas à quoi sert cette clôture ?

– Non. Écoutez, le contenu de ces lettres m'inquiète au plus haut point. Êtes-vous en état de me les expliquer ?

– Elle n'a rien à voir avec les loups, hein, cette clôture. Je sais que c'est ce qu'il dit aux villageois. Le père l'a construite pour les filles. Mais ça n'a pas suffi. Alors, quand elles ont failli s'échapper, il a enfermé la jumelle dans le bunker. Il a reconnu la sorcière, vous comprenez.

– Rafaëla ?

– Ah, vous aussi, vous savez.

Et c'est comme un sésame. La mère, enfin, se met à parler. Ses propos dévident les mêmes horreurs que les lettres. Madame D. entend s'entrechoquer la fureur, la haine et la sauvagerie. Tout est arrivé par la sorcière, dit la mère. Le mal qu'elle a fait au père, à sa lignée. Pourtant les ancêtres l'ont réduite au silence. Ils l'ont enfouie sous la terre de la Butte avec ses sortilèges. Ils ont coupé sa tête, ils l'ont brûlée, et sans la tête le corps ne peut plus rien, n'est-ce pas ?

« N'est-ce pas ? » répète la mère, et l'enseignante, sidérée, acquiesce. La mère poursuit sa litanie. Ils ont creusé. Ils ont creusé si profond pour déposer sa dépouille que la sorcière les a laissés tranquilles toutes ces générations, avec le prix du salut à payer depuis. Parce qu'il y a toujours un prix à payer. Les filles à tuer pour que Rafaëla ne s'insinue pas dans leur esprit de femme, pour qu'elle ne revienne pas empoisonner la forêt, faire pourrir le bois, causer leur perte à tous. Ils ont obéi. Elle, le père, Finn. Souvent, les filles visitent ses nuits, alors la mère cherche à les recoller, elle a presque l'impression parfois d'y parvenir. Elle sent entre ses mains encore les petits corps, ceux qui sont sortis d'elle quand elle a accouché de Pihla, puis des jumeaux et de Mette, il y a très longtemps. Mais les paupières des filles refusent de se desceller, et leurs ongles la griffent, et leurs bouches renâclent, crachent, mordent. Et maintenant, voilà qu'arrivent ces lettres marquées de la langue de la sorcière. Le père va être furieux, mais ça ne changera rien. Le destin est en chemin. C'est sur la famille de la Butte que s'abattra la malédiction, ils seront les derniers. Rafaëla a gagné.

La mère reprend son souffle. À présent, elle s'adresse à l'enseignante, semblant répondre à des objections non formulées. Le père, dit-elle, ne vaut pas mieux qu'elle. Il porte les armes, et conduit les filles au Mont, il accomplit les rituels, mais il est aussi faible qu'elle. Ils ne font pas le poids, voilà tout. Enfermée ou pas, la jumelle a gagné.

Madame D. coupe court aux divagations.

– Qui est enfermée ?

– Le père a raison finalement, la sorcière est revenue par la fille rebelle, poursuit la mère.

L'enseignante la saisit par les épaules, approche son visage du sien, insiste.

– Vos filles sont enfermées ?

– Il n'en reste plus qu'une. Justement celle qui vous a écrit d'après ce que je lis.

– Mette et Dag sont en ville, chez des parents à vous.

Alors qu'une partie rationnelle en elle tente de démêler ces propos délirants, Madame D. sent la panique monter. Oui, le délire a changé de camp, car c'est manifestement cette pauvre femme qui ne sait plus ce qu'elle dit. Jamais l'enseignante n'a entendu parler de jumeaux dans cette famille. Quant à l'évocation de la sorcière, elle réveille le pressentiment habituel. Derrière la fiction, elle entrevoit une réalité effroyable.

– Ils ont sacrifié la dernière. Et pour l'autre, ils attendent les conditions favorables. Mais si vous voulez mon avis, c'est déjà la fin pour nous. Le père a échoué.

Madame D. se lève, tire la chaise de la mère vers elle, pose ses deux mains sur ses épaules, cherche dans son regard vide un signe d'intelligence.

– Faites un effort, madame. Où est Dag maintenant ?

– Eh bien, comme je vous l'ai dit, dans le bunker.

– Un bunker ? Quel bunker ?

L'enseignante élève la voix à présent, supposant que les circonstances valent bien qu'on oublie toute bienséance. Elle force la mère à se mettre debout, répète fermement, tout près de son visage. Et quand finalement elle entend parler de trappe, elle la lâche, et fonce. Oui, sous l'appentis adossé à la maison, il y a bien une trappe. Elle s'accroupit, frappe, appelle :

– Dag ? Tu m'entends ? C'est Madame D., Dag, je vais te sortir de là !

Rien dessous n'indique la présence de la petite, et la trappe est fermée. Elle retourne auprès de la mère. Cette fois, elle la gifle. La pauvre femme se met à geindre. L'enseignante insiste, et la mère finit par se traîner jusqu'à sa chambre où elle lui remet une clé.

De la poix se détache maintenant de l'air en une pluie sèche et noire. Madame D. a ouvert la trappe, mais il fait soudain si sombre, dehors comme dedans, qu'elle peine à distinguer l'intérieur. À tâtons, elle trouve les premières marches et descend.

– Dag, tu es là ?

L'endroit dégage une odeur épouvantable. Une main couvrant son nez, l'autre tendue devant elle, Madame D. avance jusqu'à rencontrer un mur, des interrupteurs. Bien entendu, aucun n'actionne la lumière. Se rappelant le stylo-lampe de poche offert par ses élèves, elle fouille son sac pour en extraire l'objet. Elle éclaire une pièce de béton percée de deux ouvertures. Elle se dirige vers celle du fond, découvre un garde-manger, des étagères métalliques, un congélateur qui émet un ronronnement intermittent. L'autre porte ouvre sur un espace rectangulaire où se dressent des lits superposés. Personne n'est enfermé ici. L'enseignante soupire de soulagement, revient sur ses pas, et aperçoit alors le banc contre le mur. Dessous, une masse réagit sous le faisceau de sa lampe.

– Dag, c'est toi ?

Le corps se déplace, produit un bruit métallique. Elle éclaire les cheveux drus, le nez cassé, la blouse grise, les pieds nus. La petite est méconnaissable, mais c'est bien elle, recroquevillée sous ce banc. L'enseignante sent son cœur se serrer à la vue de la lourde chaîne qui maintient la cheville de la gamine. Dieu, quelles horreurs se sont commises ici ?

– Dag, tu peux te lever ? Tu me reconnais ? Il faut que nous partions d'ici tout de suite. Tu viens avec moi.

La voix de la fille, comme celle de la mère, sort rauque. Dag désigne son pied entravé.

– La clé. Dans la poche du père.

– Ton père n'est pas là. Il n'y a que ta mère en haut… Est-ce que des outils quelque part me permettraient de t'enlever ça ?

– L'atelier. Dehors.

Madame D. ne perd pas une minute. Elle a compris que Dag mentionne le bâtiment qu'elle a contourné plus tôt, la menuiserie du père. Elle traverse la clairière en courant, trouve l'atelier, saisit une pince et un marteau, se ravise, laisse la pince, prend un tournevis. Le vent s'est levé et fait claquer la porte derrière elle. Serrant les outils sur son ventre, l'enseignante lutte contre les rafales jusqu'à l'appentis. Elle insère le tournevis entre le bracelet de fer et la cheville de Dag, abat le marteau sur le manche. Au troisième coup, le métal cède.

Elles se hissent en haut des marches, Madame D. soutenant le corps frêle de son élève, les os de son dos sous sa main. Sa voiture les attend au parking, il suffit qu'elles descendent le sentier. Mais l'enseignante s'oriente mal dans cette pénombre. Elle peine à respirer, aussi.

– Par où ?

Dag, en appui contre elle, s'engage déjà vers le sous-bois. Créature à deux têtes, à quatre jambes, elles titubent dans le vent. Sous leurs pieds, Madame D. croit sentir le sol trembler. Elles doivent avoir quitté la clairière, car des rameaux entravent à présent leur progression. Les aiguilles et les feuilles lévitent, se collent à leurs bouches, à leurs fronts. Des claquements se répercutent sur la roche tout près. Dag soudain s'affaisse et Madame D. s'affole.

– Par-là, Madame D., le grillage est ouvert.

À plusieurs reprises dans la pente, Finn manque de tomber. La terre tremble, on perçoit son râle qui remonte des profondeurs, cherche une voie pour expirer. Bientôt, le sol s'ouvrira sous leurs pieds. Il se presse, encombré de son sac, du corps sur son épaule. Le père, devant, n'est plus visible. Mais il le devine qui attend, inquiet à l'idée de perdre encore la fille. Perçant la brume poisseuse, il entend son cri affolé. « Finn ! »

Finn réaffirme sa prise sur les hanches glissantes de la sœur. Sa main s'y enfonce comme dans la chair d'un poisson chaud, aux écailles soyeuses. Il ne doit pas se laisser distraire par l'apparente douceur de sa peau. Toutes les urgences viennent cogner contre son crâne. Trouver un abri avant le cataclysme. Gagner l'indulgence du père. Différer ses prochaines directives concernant le meurtre de celle-ci. Le mot meurtre s'est invité à la place de sacrifice, Finn croit que la terre s'ouvre, mais c'est le vertige qui le prend. Il s'appuie contre un pin noir, le temps d'effacer les milliers de points qui piquettent l'intérieur de ses paupières. « Finn ! »

Le ciel tombe si bas sur la Butte que la canopée a disparu. Seules les frondaisons les plus proches restent visibles. Rien ne distingue plus les espaces si ce n'est l'inclinaison de la pente. À la crispation de son pied, à l'effort que ses genoux opèrent pour amortir tout son poids entraîné, Finn devine qu'ils sont entrés dans le mélézin, bientôt ils atteindront les premiers pins à crochets. L'air autour de lui semble se comprimer à mesure qu'il perd la possibilité de voir à travers. Il est seul avec son souffle, les coups sourds de son cœur, ses muscles tendus à l'extrême. Les contours de son corps englobent celui de la sœur, le vent qui s'est levé refroidit ensemble leurs sueurs mêlées. « Finn ! »

Oui, il arrive. Il songe à laisser glisser ici la sœur. Elle est encore vivante. Il dira que la sorcière l'a enlevée, l'a arrachée à ses bras, que la lutte était vaine. Invoquer les chimères du délire familial pourrait offrir une butée à la rage folle du père. Peut-être. « Finn ! »

– Je suis là.

– La sœur ?

Finn tourne l'épaule vers le père. La tête de Mette pend contre son dos, le sang suinte de sa tempe. Cela suffit à rassurer le père. Ils sont au portillon, tout près de la clairière, lorsqu'au-dessus d'eux le nuage s'ouvre, délivrant une pluie de particules sèches. Sans la protection des arbres, elle se déverse dru, fouettant la peau découverte. Finn rétracte son cou, baisse la tête, quelques pas encore le séparent de l'appentis.

Il heurte soudain le père. Celui-ci crie quelque chose d'une voix inconnue, s'agrippe à lui. Finn alors comprend que ce n'est pas le père qui lui serre le poignet trop fort. Il croit rêver quand il reconnaît Madame D. Elle hurle, mais le vent ne lui permet pas d'entendre. Et puis elle s'effondre dans ses bras, se dédouble, l'ombre du père derrière elle, le poing encore levé. La voix du père, la chemise battant le vent, visage noir de suie, titan de la Butte, remplit son oreille.

– Je les descends au bunker ! Va chercher la mère !

Finn a laissé les corps inertes de Madame D. et de Mette à la garde du père pour entrer dans la maison.

Il est surpris de trouver la mère dans la salle, assise droite à la table, les cheveux trempés, les jambes enserrées dans des bandages blancs. Elle attend en silence, pour une fois occupée de rien. C'est presque la mère d'avant, digne et froide. Mais la peau de ses bras, et ses joues affreusement rougies rappellent à Finn l'entreprise de purification en cours. Car la mère ne se contente plus de récurer les carreaux des tomettes, elle cherche à présent à faire disparaître la saleté invisible sur son corps à elle. Le père a essayé de l'en empêcher, mais il n'est pas à son chevet comme les sœurs manquantes. Et puis, d'autres obsessions l'accaparent. Quand les crises arrivent, il dit : « Laisse-la ! » Sur le visage de la mère, Finn ne décèle plus d'ombres. Peut-être le reconnaît-elle. Peut-être voit-elle autre chose qu'un fils raté.

La mère se sert du café, comme si la fin du monde n'était pas en train d'advenir. Il entend la vaisselle chuter et se briser sur le sol derrière elle. La charpente craque et, au moment où le café se renverse de la tasse de la mère, le mur s'entrouvre. La roche à laquelle est adossée la maison de l'arrière-grand-père, proue tranchante, avance dans la pièce. La vibration s'arrête. La salle est fendue, de part et d'autre de ce qui fut la cheminée. Il faut faire vite avant la prochaine secousse, pense Finn, en entassant à la va-vite des provisions dans un sac.

La mère demande où est le père. Finn s'agenouille près d'elle, réajuste une mèche de ses longs cheveux. Ils pourraient s'entendre, si elle y mettait du sien.

– Il faut nous mettre à l'abri, la terre tremble. Tu dois marcher, me suivre dans le bunker.

– Et le père, il revient le père ?

La mère s'est tout à fait redressée sur sa chaise. Finn sent l'inquiétude dans sa voix, sous l'agressivité manifeste.

– Oui, il est dans le bunker. Il t'attend. Il m'a chargé de te prévenir…

La mère ne bouge pas. Comme souvent son regard vide renvoie Finn à sa solitude, à sa lassitude, à cette honteuse soif d'amour qui le taraude.

– Tu as entendu ce que j'ai dit ? C'est un tremblement de terre, il faut se mettre à l'abri…

– L'institutrice sait tout. Elle est venue ici, figure-toi, avec des lettres de la sœur. Elle m'a forcée. Je l'ai vue, elle a fait sortir la sorcière du bunker. Elles n'ont pas pris le chemin du Mont, elles vont s'enfuir par la vallée voisine.

Le destin est donc en marche, pense Finn. Celui du père, le sien, celui de Dag. Peut-être qu'il n'y en a pas qu'un seul et unique, peut-être qu'une échappée est possible.

– Allez, viens, la mère, laisse-toi faire !

Il la soulève par l'aisselle, et tous deux boitillent vers l'appentis. Elle a retrouvé sa figure habituelle, sous sa peau blême, les ombres de spectres se bousculent.

– Si la sœur reste en vie, le malheur va nous tomber dessus. La montagne va tous nous prendre. Il n'y aura plus de fils pour porter le nom.

– Le malheur est déjà là, la mère, tu ne le vois pas ?

Finn ouvre la trappe, y fait descendre la mère, l'allonge sur le banc qu'il a recouvert d'un matelas improvisé avec des couvertures. Lui parvient de très loin un grondement sourd. La lampe à huile posée sur la dalle vibre et cliquette. La mère ne cesse de marmonner, empêtrée dans ses divagations.

Il scrute l'obscurité de la pièce principale, n'aperçoit pas Dag. La mère a raison, elle s'est enfuie. Le père est occupé dans la chambre attenante. Il bricole une attache pour maintenir les corps de Madame D. et de Mette aux pieds scellés de la banquette. Il paraît lui aussi hagard, absent, le délire dicte ses gestes. Il répète tout haut des directives connues de lui seul, soufflées par la voix des générations. Que Finn et la mère soient sains et saufs semble n'avoir que peu d'importance. Si la fille s'est enfuie, ou pire, si elle est morte sous la roche, ils sont perdus, ressasse-t-il. La malédiction aura gagné. La fille ne peut pas s'être échappée. Comment est-ce possible ? Comment est-ce possible ? Elle est la sorcière. Ils ont enfanté la sorcière. La sorcière est sortie du ventre de la mère.

Le père a terminé. Il recule, ferme la porte de la chambre, la verrouille, se tourne vers lui.

– La sœur s'est sauvée.

– Je sais, le père. C'est Madame D. qui l'a libérée. Elle est dans la montagne, tu ne la rattraperas pas.

Le père dévisage Finn, interdit.

– La montagne, je la connais. Elle ne peut pas me la prendre. Prépare les sacs et rejoins-moi dans le cabanon, on va la chercher !

– Sur la terre qui tremble ?

– Je ne laisserai pas la sorcière gagner, tu m'entends ? Nous allons l'arrêter, c'est notre devoir.

– …

– N'as-tu donc rien appris ? Oublierais-tu notre devoir ?

– …

– Finn !

Le père s'avance vers lui, ordonne encore, « Finn ! » les poings serrés, ramassé en une rage que le fils reconnaît. Quand il frappe Dag, il a ce même regard fou, ces mêmes veines gorgées d'un sang mauvais battant contre ses tempes. La confrontation dure à peine quelques secondes, leurs épaules sur la même ligne car Finn fait désormais la taille du père. Mais le fils ne bouge pas, campé là avec sa certitude nouvelle. Il est un homme de la lignée lui aussi.

– Si tu as peur, reste ici !

Les poings se desserrent et le père s'agite, bouscule Finn pour se ruer vers l'extérieur. Finn se garde bien de le suivre. Il entend la trappe qui claque une fois, puis un bruit sourd de chute. La trappe s'ouvre à nouveau. La tempête est à la verticale de la Butte, le père capitule. Il retourne sous terre. L'eau remonte des profondeurs, trouve des chemins libérés par les secousses. Bientôt le bunker sera inondé.

Finn a rompu leur alliance. Alors le père prend la mère à partie. « La mère, la mère, aide-moi ! » Il n'a plus qu'elle au monde à présent. Mais elle ne réagit pas. Peut-être a-t-elle renoncé elle aussi. De désespoir, il se précipite vers le banc où Finn l'a allongée, il agite le corps inerte, le gifle, l'étreint. Il dit son prénom sur tous les tons pour finir par celui d'une folle tendresse. Au-dessus de l'épaule du père, le visage rougi de la mère fixe le fils, la bouche se plisse et se déplisse en un sourire léger qui ne lui est pas adressé. La mère est ailleurs. Son corps abandonné aux bras du père, elle s'est soustraite définitivement au vacarme.

Elle a laissé Madame D. de l'autre côté du grillage, où le mur de soubassement s'est effondré. Derrière elle, l'enseignante crie : « Cours ! Sauve-toi, Dag ! » Et cela lui rappelle une autre fois, une autre tentative, où c'est elle qui criait à Mette de courir. Tenir debout réveille une douleur fulgurante dans ses hanches, son dos, si bien qu'elle renonce et reste courbée, les mains se projetant sur le sol, pareilles à des jambes, avalant les aspérités du terrain. Plus rien ne compte que la fuite. Elle va retrouver son père dans la vallée voisine, et tout ira mieux. Elle refermera ce cauchemar béant, elle en scellera à jamais les bords de gouffre. Son père lui fera couler un bain dans l'appartement de la ville. Elle dormira dans sa chambre, sur le lit comme un trône au milieu. Et le lendemain, son père préparera pour elle un repas, car c'est dans ce sens-là que cela se passe chez elle. Son père la sert. Elle ne sert personne. Elle montera dans la voiture, à côté de lui, ils diront des choses banales qu'on se dit les matins sur le chemin de l'école. Il la déposera devant la grille, lui souhaitera une bonne journée, et elle se réjouira de le revoir le soir. À la sortie des classes, il lèvera le bras dans la foule des parents. Il appellera : « Amir ! » Elle le reconnaîtra.

Elle n'a plus dix-sept ans, mais dix, huit ou trois ans. Elle est une enfant de la Butte qui rêve de cabane et d'école. Dag court vers la vallée voisine, avec cette idée en tête : retrouver son père. Le tapis forestier défile sous ses yeux, désert, il y manque le petit peuple habituel du sous-bois. Vers, fourmis, termites, arachnides et myriapodes ont disparu, et sans eux le décor semble irréel. Est-elle Amir, le garçon de la ville qui bientôt va retrouver son père ? Ou est-elle cet insecte qui fuit l'humus sec, migre vers les profondeurs, vers la roche mère, trouve refuge dans les galeries des vertébrés ? Les questions la traversent alors que la brume noire s'épaissit au-dessus d'elle. Mais son corps-carapace préserve sous elle un espace clair, fait barrage. Ses mains agrippent et poussent les racines, s'appuient sur les roches, absorbent les chocs, endurent griffures et entailles, incorporent l'organique et le minéral. Elle avance comme un arbre si celui-ci pouvait marcher.

Le long de ses jambes-tronc remontent les vibrations du sous-sol, son corps tremble sous l'impulsion de la montagne, fend l'air dense à chaque souffle. Elle est Amir, elle est la fourmi qui migre, la roche excoriée, l'arbre martyrisé par la dernière tempête, la Butte elle-même, et soudain l'ombre qui la suit et la rejoint. Un renard qui détale et troue sa solitude. Elle n'est plus seule.

Elle s'adosse au talus formé par les racines d'un pin. La renarde, car c'est une femelle, elle le voit à la malice plissant ses pupilles ovales, à l'arrangement gracieux de sa queue touffue contre son flanc, a filé au loin, s'est assise à bonne distance en amont et la contemple, les oreilles dressées. Elles sont toutes les deux sur la Butte, et ce n'est pas un rêve.

Dans la poche de sa blouse, son couteau fétiche dont le manche dur la rappelle à la réalité de sa fugue. Elle est femelle comme la renarde, elle est Dag, la sorcière, la fille, la sœur, la dernière. Elle pourrait s'ouvrir le ventre avec la lame, tarir définitivement la source du sang maudit, de la vie. Décider de ne pas être une femme. En finir maintenant. C'est ce qui lui arrivera le lendemain si elle ne fait rien. Elle le sait, depuis qu'ils ont trouvé le sang. Le père la conduira jusqu'au Mont. Ce sera sa première et sa dernière randonnée. Ensuite, quand elle sera morte, le père la décapitera, ira brûler sa tête entière dont les cendres nourriront les sphaignes. Son corps, si elle est chanceuse, finira dans la terre, avec ou sans cercueil. Qui pour se recueillir sur sa tombe ? Qui pour fleurir la croix ?

Le poil roux de la renarde flamboie sur la roche. L'animal lui montre le chemin. Il faut monter encore. Mais elle est si fatiguée. Si elle n'est pas Amir, à quoi bon continuer ? Elle pourrait attendre là que la terre l'engloutisse.

Dag ne ressent pas le soulagement et la gloire qu'elle s'était promis, juste une immense lassitude, et une terrible impuissance. Il est possible qu'elle n'y arrive pas, pense-t-elle. On retrouvera son corps dévoré par les loups. Comment a-t-elle pu imaginer qu'elle gravirait d'un pas assuré la montagne, elle qui n'est jamais allée plus loin que la tourbière ? Elle s'encourage. Elle n'a plus le choix, même si elle est prise par l'envie abjecte d'y retourner. De s'attacher la cheville au banc du bunker avec la chaîne. Elle ne bougera plus, elle se fera oublier. Mais le père, s'il apprend qu'elle a fugué, ne la reprendra pas. Elle n'a vraiment plus le choix. Il lui faut avancer, se redresser, refuser l'idée que la mort serait une solution facile.

Bientôt, le soleil descendra derrière la montagne. Elle dispose de peu de temps, avant le froid et l'humidité. Ses pieds sont en sang. Elle s'arrête devant un sorbier dont elle arrache les feuilles les plus larges. Elle les empile, en confectionne une semelle de fortune qu'elle glisse dans ses chaussures.

Le sol accidenté la contraint de ralentir à nouveau, alors que les premiers mélèzes s'accrochent à la pente. Les feuilles de sorbier contre la plante de ses pieds diffusent leur fraîcheur revigorante. Devant elle, bientôt, apparaissent les roches où Finn a déposé les vivres. La renarde patiente, un peu plus haut encore. Dag contourne l'amas rocheux, tombe sur les genoux et fouille le sac. Il est encore plein. Elle le hisse sur son dos, relève la tête vers l'animal, et toutes les deux se remettent en marche.

Elles ont traversé la prairie le long du torrent, sont remontées sur le versant du Mont le moins exposé. Mais le soleil est piégé entre le jour et la nuit, dans un filet de poussière serré que le vent gonfle avec toujours plus de force. Seuls ses pieds, ses genoux, et la surface du sentier sont encore visibles. Au-dessus tout est chaos. En dessous, la roche profonde prolonge son râle sourd. Par quel miracle le déchaînement ambiant des éléments les épargne-t-il, l'animal et elle, deux fétus de chair dans un monde de cendres ?

L'angle de la montée s'adoucit bientôt en un replat. Le vent ici s'engouffre dans une direction unique, sifflant entre deux parois abruptes, poussant Dag si fort qu'elle se redresse soudain. Elle s'engage ainsi dans la curieuse gorge, ne quittant pas des yeux le point roux devant elle, dont l'éclat intermittent perce l'obscurité.

Elle progresse un moment, jusqu'à ce que la flamme de la renarde se fige. Elle grandit à mesure que Dag se rapproche, se tient devant un renfoncement dans la roche. Dag y est. L'endroit ressemble à une caverne, peu profonde, à l'entrée tapissée de fougères sèches. Elle s'avance, constate avec surprise des traces d'aménagements, signalant ici une présence humaine récente. Contre la paroi, un amas de vêtements compose un matelas sommaire. Des déchets alimentaires pourrissent dans un coin. Elle s'enfonce encore, habitue son regard à la pénombre, distingue une forme, s'approche. C'est un sac. Le sac de Mette. Pas de doute, Dag reconnaît les courroies élimées, et l'écusson qu'elles ont cousu sur la poche, pour boucher le trou. Il servait aussi à la sœur de cartable. Dag se retourne vivement, scrute la caverne, appelle : « Mette ? » À l'entrée de la grotte, la renarde s'efface, son pelage s'éteint, et soudain elle n'est plus là. Dag est de nouveau seule.

Elle entreprend de trier les affaires de Mette, car elle en est sûre maintenant, la benjamine a survécu. C'est elle qui dort sur ce lit, mange le contenu des conserves vides et des boîtes entassées. Les vivres que Finn a déposés en haut du mélézin étaient destinés à la sœur. Combien de temps Mette est-elle restée dans cette tanière ? Va-t-elle revenir ? A-t-elle réussi à s'enfuir ? Dag doit-elle l'attendre ici ? Car c'est sa faute à elle si Mette est allée au Mont. Dag savait pour le sang, elle savait pour les dents, elle savait et elle ne les a pas sauvées.

Alors Dag décide de rester. Si cette nuit, Mette n'est pas rentrée, elle partira. De toute façon, impossible de reprendre la route maintenant. Elle se rencogne au fond de la caverne, y déplace le tas de vêtements puant qui a appartenu à Mette. Malgré la protection de l'abri, les projections de pierres l'atteignent presque. Ses jambes dénudées se couvrent de la poussière qui filtre du plafond de la grotte. Dehors, il pleut des roches, la terre gronde. Miraculeusement, le sol lisse et calcaire de son refuge ne s'ouvre pas.

La nuit n'est pas encore tombée, et ce noir de suie bouchant l'horizon n'est qu'une émanation de la tempête d'un genre nouveau qui s'abat sur la Butte. Dag assiste depuis les hauteurs du Mont à son premier tremblement de terre. Et parce que la moiteur de son refuge minéral, les échos étouffés du dehors, l'obscurité d'outre-tombe, les relents de pisse et d'excréments laissés par la sœur lui rappellent l'atmosphère familière du bunker, elle finit par s'endormir, la tête sur ses genoux.

Cette nuit qui n'en est pas une dure longtemps, peut-être plusieurs jours. Dag en perd le compte. Les roches pleuvent encore, des morceaux de falaise se décrochent. L'entrée de la caverne est partiellement obstruée, seule une lucarne en haut à droite offre un passage à l'air. Dag espère toujours le retour de Mette, tant qu'elle est coincée là, elle peut y croire. Elle dort et se réveille, dort et se réveille, vérifiant que les conditions n'ont pas changé, que la nature n'a pas décidé. Enfin elle ne se réveille plus, confie au jour le soin de renaître, quand il sera temps.

C'est l'air qui la fait revenir à elle, ses effluves de pin brûlé et de caoutchouc chaud, de bruyère détrempée et de craie. L'air ne sent plus la poussière. Dag ouvre les yeux. La lumière des étoiles tombe sur elle, baigne le fond de la caverne d'une aura laiteuse. L'heure est donc venue. Elle rassemble les provisions dans le sac, récupère un pull et un pantalon peu souillés, escalade le mur de pierre jusqu'à l'ouverture étroite.

Madame D. respire difficilement, la poussière emprisonnée dans ses bronches rend ses inspirations douloureuses et sonores. Sa salive se mêle à la terre d'un sol froid. Elle se redresse, porte la main à l'arrière de son crâne où un liquide poisseux colle ses cheveux. Elle a beau écarquiller les yeux, l'obscurité qui l'environne ne se dissipe pas. Elle se souvient. La Butte. Les propos fous de la mère. Dag dans le bunker, son corps cassé, son air hagard, l'odeur aigre de crasse et de pisse sur elle. L'odeur qui flotte ici aussi. Où est-elle ?

Quelqu'un geint plus loin. Madame D. tâtonne, cherche à reconnaître les lieux, trouve la chaîne à sa cheville, la banquette à son extrémité. Suit les montants métalliques, découvre une autre banquette. Ce sont les lits superposés du bunker que sa lampe a éclairés plus tôt. Elle est donc enfermée, comme Dag auparavant. Plus précisément dans la pièce étroite qui sert de chambre. « Dag, tu es là ? » chuchote-t-elle, en direction de la plainte, une voix de petite fille quelque part dans le noir. Aussitôt les geignements enflent, deviennent des cris d'animal effrayé. Madame D. tente de garder son calme, se prépare mentalement à d'autres horreurs. Quels sévices se trament sur le domaine de la Butte ? Comment ont-ils pu passer à côté, au village ? Sa main heurte un corps recroquevillé, une cheville entravée comme la sienne, des membres transis, tremblant, des cheveux longs emmêlés. « Dag ? » reprend-elle. Elle cherche le visage, retire ses doigts vivement. La fille l'a mordue. Ses cris contiennent une menace sourde maintenant.

Madame D. réfléchit. Sa codétenue est l'une des filles de la Butte, à moins que le père ne pousse le vice jusqu'à chasser l'enfant. Si ce n'est pas Dag, alors peut-être Pihla ? Mette ? Ses tempes la lancent, la migraine bat à l'arrière de son crâne. Elle doit rester tranquille ou, bientôt, elle ne sera plus en mesure de penser. Avant de se réveiller ici, elle se tenait dans la clairière, s'apprêtait à retrouver le portillon par lequel elle était entrée, pour regagner le parking. Il était temps d'avertir la police. Le ciel avait pris une affreuse teinte de fin du monde, le vent balayait la pluie de cendres en tous sens. Elle était remontée dans la clairière, laissant Dag s'échapper. L'enseignante ne pouvait pas se glisser avec la petite par la brèche dans le mur d'enceinte, son corps rond manquait d'agilité, il lui fallait ressortir par la porte. Mais elle tenait à peine debout sous les rafales chargées comme des obus de mitraille noire. Et puis Finn avait surgi du brouillard, elle avait voulu l'avertir, lui avait dit à l'oreille : « Sauve-toi ! » ou « Aide-moi, Finn », elle ne savait plus. Ensuite, rien. Et le bunker.

Leurs chaînes tressautent sur le sol, prises d'une autonomie soudaine. Les montants métalliques des banquettes vibrent, transmettent leur stridulation aux murs dont Madame D. craint qu'ils ne se fissurent sous le choc sonore. Derrière la porte métallique de la chambre, elle devine une dispute, le chahut humain d'une altercation, et puis au loin, plus fort, incomparable, la rage de la tempête. Le craquement de la terre qui révèle ses profondeurs, l'affaissement du terrain, le déferlement des flots, le vent emportant dans son souffle les arbres, les tuiles, la charpente. Le froid arrive par le sol qui soudain devient humide, puis boueux. Quand elle réalise qu'elle est assise dans l'eau, Madame D. se jette sur la porte. La chaîne lui permet tout juste de l'atteindre.

– Au secours, ouvrez-nous ! Finn ? Finn ?

Madame D. frappe sur le métal longtemps, jusqu'à ce que les voix s'éteignent de l'autre côté. Jusqu'à ce que son cœur descende de ses tempes à ses poings. L'eau lui arrive à présent aux chevilles. Elle se hisse sur la banquette la plus basse, bientôt rejointe par la fille. Chacune à un bout du matelas d'abord, et puis de plus en plus près, serrées maintenant, peau contre peau.

Des heures plus tard, alors que plus aucun bruit ne leur parvient, si ce n'est le léger clapotis au sol sous leur radeau de fortune, la porte s'ouvre soudain, et l'eau se déverse dans la pièce d'à côté. Finn, tenant une lampe à bout de bras, s'avance jusqu'à elles.

– Madame D., vous êtes vivante ?

Madame D., éblouie, porte la main à ses yeux. La question étouffe toute revendication. Elle pourrait donc être morte, selon Finn ? Il pose à côté d'elle une miche de pain et une bouteille d'eau dont elle s'empare. Puis il éclaire la fille qui se recule.

– Mette, c'est moi, Finn, n'aie pas peur… J'ai apporté à manger.

Mette. Évidemment. La plus jeune, la plus craintive, la plus fragile aussi. La seule qui n'a pas hérité de sa famille cette dureté de caractère lui apparaissant à présent comme une condition de survie sur la Butte. Survivre. Madame D. se reprend, retrouve l'énergie de dire l'essentiel.

– Finn, fais-nous sortir d'ici ! Regarde dans quel état est ta sœur. Il faut prévenir la police ! Ne nous laisse pas ici, Finn, c'est inhumain. Détache-nous, tout de suite !

– Ne parlez pas si fort, Madame D. Vous risquez d'alerter le père. Je ne suis pas censé être ici. S'il savait, le pire pour vous arriverait, croyez-moi. Mais j'ai apporté de quoi vous délivrer.

Finn dévoile une clé à la lumière de sa lampe. Puis il s'affaire sur les cadenas des chaînes, et libère leurs chevilles.

– Maintenant, écoutez-moi, c'est important. Demain, ou après-demain, le père viendra chercher Mette pour la conduire au Mont. Moi, je n'ai pas réussi, et il ne me fait plus confiance. Alors il va s'en charger lui-même, et il la sacrifiera.

À côté d'elle, le corps de la petite tremble, elle a recommencé à geindre aussi. Machinalement, l'enseignante passe un bras autour de ses épaules, l'attire dans sa chaleur. « Chut, chut. Ça va aller, Mette, je suis là. » Finn soupire, jette des coups d'œil vers la porte ouverte. Madame D. se crispe, elle sait que le fils a l'intention d'aider, mais son agacement soudain l'inquiète. Et s'il changeait d'avis ? Que connaît-elle vraiment de ce gamin ? A-t-il participé à ces macabres épisodes ?

– Le père ne va pas revenir tout de suite. Ce soir ou demain, le temps de conduire la mère à l'hôpital. Elle a fait une nouvelle crise. Peut-être même qu'elle ne peut plus rester sur la Butte, les médecins pourraient décider de la garder. Donc, voilà, Madame D. Je serai en ville avec le père dès cette après-midi. Tenez, c'est la clé de la trappe. Quand nous serons partis, sortez d'ici, allez où vous voulez.

Il débite ces mots d'une voix égale et désaffectée qui fait presque frémir l'enseignante quand il attrape son poignet. Il dépose la clé plate sur sa paume, replie les doigts de sa main doucement. Elle le retient. Elle a besoin de savoir.

– Finn, qu'est-il arrivé à Pihla ?

Finn se redresse avec la lampe. Elle croit qu'il va partir, mais il ne bouge pas. Il fixe le mur, et les ombres qu'y projette l'ampoule.

– La vérité, Madame D., est pire que la légende... La vérité c'est que je l'ai tuée. Le père l'a conduite en haut du Mont, et je l'ai poussée dans le gouffre. La légende ensuite dit vrai. Le père a obéi à la sorcière. Il a suivi le protocole. Pour ne pas que l'esprit de Pihla revienne nous maudire, il a tranché sa tête, et l'a brûlée. J'ai ramassé les restes, ceux que Dag a retrouvés dans la tourbière. Elle n'est pas folle Dag, vous savez. Elle a vu des choses. Moi aussi. J'ai vu le père décapiter Pihla, j'ai vu ses yeux se racornir dans les flammes, j'ai vu...

– Stop. S'il te plaît, tais-toi, Finn.

Finn s'interrompt, ne bouge toujours pas.

– Il faut que tout cela finisse maintenant. Mette est vivante, tu es vivant, et Dag s'est enfuie. Peut-être qu'elle est arrivée au village à l'heure qu'il est. Elle va alerter quelqu'un, et on arrêtera ton père.

– Si vous faites cela, le malheur s'abattra sur la Butte.

– Finn… tu dois avertir les gendarmes !

– Je sais, Madame D., je sais. Mais je connais le père. Quand nous reviendrons, nous conduirons Mette sur le Mont, parce que c'était la prochaine à sacrifier, et qu'il faut retrouver le chemin du protocole. Ensuite, il ira chercher Dag. Le père est furieux qu'elle se soit échappée. Il pense que le tremblement de terre, les crises de la mère, la survie de Mette, tout ça, c'est à cause d'elle. Alors après Mette, il ira la chercher.

– Elle s'est sauvée. Elle est descendue au village.

L'enseignante tente de s'en convaincre, Dag est à l'abri, elle l'a vue s'enfuir, mais la panique n'est pas loin de la gagner, car le fils parle comme la mère, comme les lettres de Dag. Tous dans cette famille parlent la langue de la folie. Et elle, c'est certain maintenant, n'est pas folle. Il faut qu'elle sorte d'ici.

– Non, Dag n'a pas pu aller loin. La tempête est arrivée, les arbres barrent le chemin, il y a de nouveaux gouffres partout. On a commencé le repérage avec le père, mais on ne l'a pas trouvée. Avec beaucoup de chance, elle en aura réchappé. Il veut retrouver le corps. Même morte, il lui tranchera la tête. Parce que le corps sans la tête n'est rien. L'esprit de la sorcière ne peut plus y circuler. J'ai affûté la hache, moi aussi je sais le faire, je l'ai déjà fait sur le gibier. Pas sur Pihla, mais sur le gibier. Ensuite, le père va…

– Finn ! Tu dis que les sentiers sont barrés. Par où devons-nous passer pour regagner le village ? Ma voiture est sur le parking en bas.

– Elle n'y est plus. Il n'y a plus rien sur le parking. Mais vous pouvez vous y rendre par le chemin de la tourbière qui descend au camping. Il est dégagé jusqu'au bout. Je dois y aller, le père m'attend. Bonne chance, Madame D. Je ne sais pas si je vous l'ai dit déjà, mais vous allez me manquer.

Elle serre Mette contre elle et fixe dans l'obscurité l'endroit où elle a vu Finn apparaître et disparaître pour la dernière fois. Elle se répète les gestes en silence, se lever, traverser la pièce, passer la porte entrebâillée, longer ensuite le mur sur la droite, jusqu'à l'escalier. Attendre sur la dernière marche, vérifier que Mette est bien derrière elle. Guetter les sons par la trappe, de l'autre côté, sous l'appentis. Puis glisser la clé dans la serrure, tourner, pousser la trappe. Vérifier encore, s'habituer au jour revenu sur la Butte. Cette fois, elle va sauver cette enfant. Elle va réparer l'erreur qu'elle a commise.

Madame D. pense à Sven et serre Mette contre sa poitrine, l'odeur de la petite ne la dégoûte plus. Elle prend de la force dans sa chaleur, et chuchote pour elle. Elles vont s'échapper, elles vont sortir d'ici, Mette sera en sécurité, elle va alerter la police, ils s'occuperont du père, il ne fera plus jamais de mal. Elle va la sauver, oui, voilà, elle va la sauver.

Des paroles étouffées lui parviennent du dehors. Elle reconnaît l'inflexion plate de Finn et celle, plus rude, du père. La clé tourne dans le bunker, une fois, deux fois. Un poids tombe sur la trappe, dont le métal résonne. Et puis les voix s'éloignent. Elle attend encore, elle veut être sûre qu'ils ne vont pas revenir. Elle dit à Mette : « Allez, on compte jusqu'à mille deux cents. Cela fait vingt minutes, parce qu'il y a soixante secondes dans une minute, tu te rappelles ? » Elle se met à compter, berçant la petite, imprimant à chaque chiffre une légère pression sur son dos.

À mille cent cinquante, Mette elle-même s'est dégagée de l'étreinte. Elle a compris, elle se tient prête.

Alors, toutes deux se lèvent. La gamine s'accroche aux hanches larges de l'enseignante qui laisse traîner ses pieds dans l'eau lentement, bras tendus devant. Elles se faufilent par la porte, progressent à pas timides jusqu'à buter sur la première marche.

En haut de l'escalier, malgré leurs efforts, elles ont beau pousser et pousser encore, s'y prendre avec les épaules, la trappe pourtant déverrouillée, ne bouge pas. Les minutes passent, raccourcissant le temps de leur fuite. Mette soudain dégringole les marches. Madame D. restée seule entend la petite, oublieuse de toute prudence, fourrager à grand fracas dans le fond du bunker. Quand elle la rejoint, c'est pour lui tendre une tige métallique qui doit être un pied de biche. En l'utilisant comme levier, l'enseignante parvient à soulever sans peine la trappe alourdie par le père d'une plaque de bois.

La clairière dévastée sous l'azur limpide leur offre un tableau saisissant. Derrière elles, la maison a perdu son toit. L'atelier s'est effondré sur lui-même, formant un fagot géant en attente de feu. Elles avancent en évitant les crevasses qui zèbrent le sol retourné, escaladant les roches tombées du ciel. Dans le sous-bois, il faut enjamber les troncs, parfois les contourner sur des dizaines de mètres avant de retrouver ce qui fut le sentier de la tourbière. Partout les cendres recouvrent les aiguilles. Quand la pente s'amorce, après la tourbière, le chemin devient aussi glissant que la boue. Madame D. imite alors Mette, descendant sur les fesses les passages trop raides.

En bas, le torrent stoppe leur fuite. L'accès au camping a disparu. À la place, un lac sur lequel flottent les épaves éparses de caravanes, un camping-car, une cuvette de toilettes, des planches de l'ancienne guérite du gardien à l'entrée, et des troncs d'arbres, encore. Et plus loin, sur la rive opposée, un attroupement, des hommes et des femmes qui s'affairent, une chaîne humaine pour repêcher les intérieurs retournés des campeurs.

L'enseignante se hisse sur le talus, agite les bras, crie, bientôt secondée par Mette.

Ils attendent sur les chaises de plastique dans une salle au plafond de néon. Les médecins ont emporté la mère, derrière les portes battantes. À chaque chuintement de caoutchouc, quand les battants s'ouvrent, Finn se redresse, espère la voir apparaître, debout à nouveau, la flamme revenue dans son regard bleu. Mais rien. On dirait qu'on les a oubliés. Voilà plusieurs heures qu'ils patientent à l'hôpital de la ville, dans l'aile réservée aux urgences.

Les blessés ne cessent de se présenter devant le guichet où les accueille l'infirmier de service. Ils prennent leur ticket, choisissent une place à leur côté. Beaucoup boitent, soutenus par un proche. D'autres arborent un bandeau sur le crâne. Ils viennent des environs, des villages comme le leur frappés par le séisme. Ici, d'après ce que Finn a pu en voir depuis le pick-up, la terre a été épargnée. Les immeubles sont encore debout, la suie ne macule pas les rues. Mais le vent a fait tomber les rares arbres isolés lui offrant une prise insolente.

La mère ne porte ni plâtre ni attelle. La fracture est intérieure, Finn le sait. En lui aussi, la dislocation est imminente. Il suffirait d'un mouvement infime pour que l'équilibre se rompe et que son être entier parte en morceaux. Il devine que c'est ce qui est arrivé à la mère. Sans bruit, à partir d'une fêlure profonde, le trou s'est agrandi dans son âme, et sans bruit, elle s'est vidée de sa substance.

Pourtant, alors qu'ils attendent, dans ce décor si réel et si normal qu'il en devient étrange, Finn espère voir la mère passer les portes battantes. Prostré depuis leur arrivée, le père, pour une fois, ne dit rien. Il ne ressasse pas les mots habituels qui se déversent quand l'adversité les malmène.

Ils relèvent la tête ensemble alors que la porte émet son bruit de soufflet. Cette fois, un homme s'avance vers eux, en combinaison de papier vert, masque, bonnet et chaussons intégrés. Ils sont invités à le suivre, à se couvrir de la même façon pour traverser un couloir infini. Et maintenant, les voici devant le brancard où repose la mère. Ses paupières closes, sa respiration tranquille, sa peau écorchée. Et plus personne à l'intérieur.

– Nous l'avons sédatée en attendant de la transférer.

– La transférer ?

Le père semble tout juste réveillé de son hébétude. Les mots s'ébrouent sous son crâne et Finn craint le pire.

– Comment ça, la transférer ? Où vous voulez la transférer ?

– Monsieur, je suis désolé, mais votre épouse a souffert d'un traumatisme majeur. Elle présente un état de catatonie avérée. Nous lui avons trouvé un lit dans le département voisin. Le psychiatre passera la semaine prochaine pour autoriser ou non la sortie. Nous en saurons plus alors.

– Le psychiatre ? Ma femme n'est pas folle. Vous ne comprenez pas. J'ai besoin d'elle sur la Butte. Elle doit y retourner.

– Monsieur, que lui est-il arrivé exactement ? D'où proviennent ces plaies sur son corps ?

Le médecin a ôté ses lunettes, et les fixe tour à tour, l'air concerné. Finn intervient :

– Les secousses… Le choc.

La colère monte sur le visage du père.

– Non, vous ne comprenez pas, la sorcière est revenue. Le nuage noir, la terre qui s'ouvre, la boue dans le village, tous les blessés ici, c'est son œuvre ! Vous ne le voyez pas, et vous nous mettez en danger. Rendez-moi ma femme ! Elle doit retourner sur la Butte, assister avec moi aux derniers sacrifices. Et tout rentrera dans l'ordre. Rendez-la-moi !

Le médecin a replacé lentement ses lunettes sur son nez, et levé une main discrète en direction de son collègue.

Finn reprend :

– Mon père ne sait plus ce qu'il dit. Sur la Butte, le choc a été rude. Je vais le reconduire chez nous, faire passer l'infirmière.

Finn prend le père par les épaules, tente de le pousser à l'écart. Il dit : « Viens, le père, viens, la mère doit se reposer. » Le père se dégage, hausse le ton, le poison des mots commence à couler, et les combinaisons vertes s'agitent. Ils sont soudain quatre ou cinq autour d'eux. Finn recule, regarde le père se débattre dans le cercle vert. Il recule encore. Il pourrait le laisser là, rentrer seul sur la Butte, s'éloigner définitivement. Mais le père crie maintenant, et force le barrage humain. Il se presse dans le couloir, vociférant comme un dément, se retourne, fait de grands gestes dans sa direction. « Finn ! »

Finn suit.

Le père prend le volant dans un état second. Les embardées du pick-up pour éviter les obstacles sur la route du village, branches, éboulements, crevasses de la chaussée manquent plusieurs fois de les projeter dans le vide. Enfin, ils aperçoivent sur ce qui reste du parking un champ de décombres où s'engouffre l'eau. Abandonnant le pick-up, le père se rue dans la forêt.

Quand Finn le rejoint dans la clairière dévastée, le père, assis sous l'appentis, fixe la trappe béante. Finn se précipite. Il peut le raisonner maintenant qu'il n'y a plus personne. La réalité a gagné. Il faut partir, oublier, abandonner la malédiction là où elle s'est accomplie. Il s'accroupit, approche son visage de celui du père.

– C'est moi, le père, qui les ai libérées. Elles sont loin à présent, comme Dag. Tout est fini. Tu n'as plus rien à craindre. La sorcière… la sorcière ne te hantera plus. Je vais venir avec toi, on trouvera une autre vallée, des forêts préservées, il y en a encore. Plus au nord, avec du bois de sapin, et des sols gras pour faire prendre le blé. Le père… Le père, tu m'entends ?

Finn n'a plus de mère depuis longtemps sans doute, mais il lui a vraiment dit adieu devant le brancard de l'hôpital. Il ne veut pas perdre le père maintenant. Ils peuvent encore être une famille, à condition d'oublier l'horreur. Il existe bien un endroit où ce sera possible. La montagne est si vaste qu'ils peuvent y disparaître s'ils le désirent ensemble. Mais le père ouvre la bouche, et ce sont toujours les ténèbres que répand sa voix.

– Je t'entends, et tu ne sais pas ce que tu dis. Ce n'est pas toi qui les as libérées, c'est la sorcière. Ne la sous-estime pas. Je sais, moi, de quoi elle est capable. Tu fais un piètre fils, mais je vais pourtant avoir besoin de toi. Nous allons chercher la sœur rebelle pour la sacrifier. Si cela ne suffit pas, nous devrons retrouver la dernière.

Le père pose la main sur sa joue.

– Peut-être que j'ai échoué, mais tout n'est pas encore joué. Je te dois d'aller jusqu'au bout. Si le malheur s'abat sur nous, sur toi, nous aurons fait ce qu'il faut.

Finn se sent englué dans un cauchemar éveillé. Il y a la douceur de la paume rêche sur sa peau. Et l'accompagnant, les mots infâmes, la réalité tordue par l'horreur. Il n'a même plus les moyens de fermer les yeux, de respirer les effluves des pins, de pénétrer les histoires qu'elles secrètent, leur refuge immémorial. Le fils saisit un fusil, son sac, des vivres, agit en automate derrière le père. Il a reproduit tant de fois déjà ces gestes.

Ils marchent, l'un derrière l'autre. Le père, son fusil sur le dos, la hache battant sur sa hanche, guette les traces. Et soudain, il les repère. Des empreintes de pas. Une seule personne, petite, mal chaussée. Dag. Dans la suie, sa fuite est visible. Ses débuts, rapides et assurés. Ses atermoiements quand le chemin bute sur des obstacles, revient sur lui-même, hésite et reprend. Ils traversent la forêt vers le mélézin, arrivent au plateau rocheux où Finn avait l'habitude de déposer les vivres pour Mette.

Les traces continuent, plus appuyées, marquent la pelouse, contournent le lac, s'égrènent sur le Mont, sa façade ombragée. Tout est trop facile, et Finn s'alarme. Dag se trouvera au bout de la piste, et quoi ? Le père l'obligera-t-il à la capturer comme il l'a fait pour Mette ? Aura-t-il à la tuer pour qu'enfin la folie familiale s'épuise ? La nausée remonte soudain. Non, il ne croit pas qu'il sera capable d'un nouveau meurtre. Les sacrifices se mélangent, le sien, celui de la sœur, celui du père, celui de la sorcière, noircissent tout l'horizon.

Le père s'engage dans le gouffre étroit fendant le haut du versant. Les empreintes les conduisent jusqu'à la grotte. Et pour Finn, c'est comme s'ils avaient atteint la limite du monde, l'extrémité obscure qui signe l'achèvement de toutes choses, les confins dont on ne revient pas. Seuls les soubresauts de son estomac lui rappellent qu'il est encore vivant.

Dans la caverne où il est entré, le père flaire la présence récente des deux sœurs. Il s'empare du linge sali qui traîne sur le sol, y porte ses naseaux mobiles, respire par petites goulées, se redresse. La flamme qui allume son regard est insoutenable. « Par là ! Elle est partie par là ! Finn ! »

Il ne peut pas y aller. Il ne bougera pas, d'ailleurs, les confins l'ont rattrapé, c'est sa fin aussi, il ne bougera pas, il ne veut plus rien. Il ignore s'il dit non, si sa bouche s'ouvre pour libérer des mots. Il voit le père devant lui armer le fusil. « Finn ! »

Le père le met en joue. Il crie, mais les sons parviennent à Finn, à travers l'espace obstrué de la fin du monde, étouffés, petits, anodins. « Avance, Finn, ou je tire ! » Il n'avance pas. Et le père tire. La détonation lacère ses tympans. La balle l'atteint sur la face externe de l'avant-bras gauche, Finn porte instinctivement la main à son muscle, là où le tissu est maintenant déchiré. Le son est arrivé comme l'éclair, avant l'orage de la douleur. Quand celle-ci fuse, le fils agrippe son bras et tombe. « Debout, mets-toi debout, et avance ! » crie le père, maintenant très distinctement. Alors Finn obéit, la brûlure a fait repartir le temps, sa vie n'est pas finie.

Le ciel clair révèle un panorama dégagé sur la vallée voisine. Le bleu saturé de l'air contre le noir du sol et des cimes s'expose telle une fantaisie insolente de la nature, après les déchaînements des jours passés. D'ici, ils ne l'aperçoivent pas. Sa silhouette ne produit aucune tache de lumière incongrue sur la pente. Mais les traces indiquent qu'elle est descendue le long de ce versant. Selon le père, elle ne peut être que dans la forêt qui s'étale jusqu'à la vallée voisine, son village, ses habitants. Il faut l'arrêter avant qu'elle n'alerte quelqu'un. Elle en serait capable, maugrée le père. La sorcière, la perfide, la traîtresse. La fille. La femme. Elle est devenue femme quand ils avaient le dos tourné et maintenant c'est trop tard.

Finn se traîne à la suite du père. Son bras dégorge sur le sol, y laissant un sillon humide. Il se sent de plus en plus faible, au bord du malaise bientôt, mais aussi allégé de la tension interne habituelle. Il s'envole, et réintègre son corps. Il niche avec la chouette au-delà du jour, celle qui était là hier, qui reviendra ce soir hululer à la lune. Et puis, il est avec la douleur à nouveau, derrière le père, la main plaquée sur la plaie de son muscle.

La forêt clairsemée par la récente pluie de roches n'offre pas de refuge possible. La partie de cache-cache s'en trouve abrégée. Très vite dans le sous-bois, ils la rattrapent. Le père n'a pas un regard pour lui alors. Finn comprend aussitôt qu'il ne va pas lui demander de la capturer, non. Le père ne veut plus prendre de risques et s'avance, sur le bord de la crevasse où se tient la sœur. Ils sont si proches d'elle que Finn peut voir son souffle soulever sa poitrine enfoncée, les cheveux collés sur son crâne, le sang séché sur son front. Elle fixe le père, ne cille pas, se redresse même, croit-il, imperceptiblement. Le père lève le fusil, insère une cartouche dans la culasse, la pousse, épaule. Il va la tuer, voilà ce que doivent dire à la sœur les poils dressés sur ses bras noirs. Voilà ce que dit la chouette à Finn, depuis la nuit où elle est tapie. « Finn ! » dit la chouette.

Le fils a la tête qui tourne à l'idée de l'effort à accomplir, mais il ne pense plus. Il lève les mains vers le père, se jette en avant. Le coup part, le fusil tombe, sa chute métallique résonne dans la crevasse.

Le père se tient devant elle, sa silhouette trapue, la hache sur le flanc, poings, gorge et mâchoire serrés, tel qu'il l'a soumise maintes fois. En haut de la trappe, devant les murs de la salle avant de la frapper, au-dessus de l'anneau qui l'attache au mur. Mais cette fois, Dag restera debout, il ne l'atteindra pas. D'abord, il y a cette brèche dans le sol par laquelle vient de tomber son fusil, cette fissure de la roche qu'il faudrait franchir pour se rejoindre. Mais surtout, elle lit l'effroi dans ses yeux. Le père a peur d'elle. Alors Dag se redresse encore, ose le dévisager, sonde la haine, la rage, et puis le désespoir, une tristesse si aride qu'elle ne connaîtra jamais la consolation du chagrin. La souffrance de la forêt décimée, la confusion des éléments, le déracinement, la solitude et l'abandon. Dans le regard du père, il y a toute cette matière dont est faite la Butte, dont Dag est constituée aussi. Elle se reconnaît.

Sans lâcher les yeux du père, Dag recule. Un grand pas, deux, puis trois. C'est l'élan nécessaire pour franchir le gouffre. Elle court, inspire et saute. La voilà maintenant de l'autre côté, face au père, à portée de son poing. Qu'il se déchaîne donc, s'il ose, pense-t-elle.

Finn se relève péniblement. Il est blessé au bras, son visage pâle transpire. Sa voix, à peine audible, trouble leur tête-à-tête.

– Va-t'en ! S'il te plaît Dag, va-t'en !

Dag a entendu Finn, mais c'est au père qu'elle s'adresse :

– Tu as prévu de me faire quoi ? Sans ton fusil, maintenant, souhaites-tu me noyer dans le torrent, m'étrangler, m'ouvrir le ventre avec ta hache, m'enterrer vivante ? Le père, quel sort réserves-tu à tes filles ?

– Tais-toi, sorcière, laisse-moi ! C'est donc notre perte à tous que tu fomentes !

Le désespoir et la tristesse se sont retirés. Reste en elle cette passion violente qu'elle sent danser dans les veines du père. Elle voudrait fondre sur lui, le déchirer à pleines dents, mais le dégoût la retient, et autre chose aussi qui la fait plus humaine, moins folle que lui. Elle est Amir, elle est le frère mort dont elle arbore le prénom, sur le ferment duquel elle prospère. Elle est ce trait d'union entre les hommes et les femmes de sa famille. Elle est la sorcière que le père fantasme. Elle est l'irruption du changement, la fin de la répétition, la possibilité de la révolution. Le fardeau est bien lourd à porter, pourtant Dag l'endosse depuis sa naissance, elle n'a pas eu le choix.

Peut-être le père veut-il la poursuivre encore entre les troncs noirs, la voir s'échapper et réapparaître au gré du relief accidenté.

Alors elle bondit, oubliant toutes les douleurs qui la déchirent. Ce n'est pas la joie, mais sa version infernale qui l'anime. Qu'il vienne, qu'il entre dans la danse des démons avec elle ! Le père s'est figé, un instant, puis elle le devine en mouvement derrière elle. Le jeu continue, donc. Elle ne s'arrête pas, zigzague entre les pins, droit vers la pelouse. La distance entre eux se réduit. Finn a dû rester plus bas, elle ne distingue plus son corps dans le sous-bois.

Devant elle maintenant la prairie d'après la tempête, ses cratères gris, son vent de cendres. Elle se laisse attendrir par la bruyère qui a péri, encore accrochée à la roche, par les cadavres d'une famille mulot, éjectés de leur abri. Et l'idée de sa propre mort la percute, en même temps que la peur qui revient, ranime la fulgurance dans son épaule, ses hanches, et fait pulser le sang contre ses tempes. Non, elle ne veut pas mourir maintenant. Ni par la hache du père ni par son poing.

La course de Dag se brise, elle halète, panique. Elle recule vers un pin isolé. S'appuie contre l'arbre qui fuit comme elle, tronc incliné, houppier en drapeau figé sous les vents. Et soudain, le père est sur elle, son corps massif bouche le ciel, la comprime et dans le dos de Dag l'écorce se hérisse en herse. Mille pointes la perforent. Le père saisit son cou et serre. Son visage est si près du sien maintenant, que la montagne entière est entrée dans son iris verdoyant. Les couleurs de la prairie y chatoient. Le bleu des ancolies, l'oranger de l'arnica, le rose de l'anémone, le vert frais du trèfle et l'asphodèle blanc. Derrière, le décor que font les baies de genièvre et les fruits du sorbier dans les sous-bois, le chant souterrain de la tourbière, les glissades aériennes du pipit des arbres, les plongées du merle d'eau, les neiges éternelles accrochées aux arêtes tranchantes. Sa vision se brouille sous l'afflux des larmes, mais elle distingue la cabane perchée en haut de son épicéa. Elle remonte la corde jusqu'à son refuge de bois, enveloppée par la chaleur de miel du soleil et du sapin blond. Seule à présent.

Les mains du père serrent toujours. Coudes tendus maintenant, il la regarde de plus loin, laisse de l'espace entre eux peut-être pour que l'esprit de la sorcière s'échappe. L'étau broie la gorge de Dag, son souffle brûle dans sa poitrine. Ses bras dégagés griffent le père, agrippent un bout de veste, ne le lâchent plus. Elle voudrait donner des coups de pied, mais n'en a plus la force. Il faut qu'elle reste debout, encore. Elle ne pliera pas. Elle se retient au père, elle ne tombera pas. Où est la sorcière qui pourrait mettre fin à ce jeu macabre ? En Dag, il n'y a rien. L'odeur du pin l'a quittée, effacée par le goût du sang dans sa bouche. Elle a le temps de se dire qu'elle a perdu le jeu, perdu la course, perdu la vie. Puis, la lame de la hache scintille au-dessus de leurs têtes. Elle ferme les yeux, le jour s'éteint.

Le son lui parvient à nouveau. C'est la voix de Finn qui l'appelle, mêlée aux hurlements du père. Dag peut maintenant toucher son cou dégagé. Sous ses doigts le cartilage meurtri semble une chair étrangère. L'air revient par à-coups piquants dans sa gorge incendiée. Elle s'étouffe, tousse. Tombe au pied du pin. Tente de se remettre en mouvement. À quatre pattes Dag se traîne plus haut dans la prairie, échoue sur les bruyères.

Finn se tient entre elle et le père. Entre elle et les rugissements du père. La hache au bout de son bras est rouge démon. Le père apparaît entre les jambes du frère, il titube, mugit encore. Il agrippe son poignet de sa main valide.

L'autre est à terre, tranchée net par sa propre hache, par son propre fils. Il tombe à genoux. Autour de lui la cendre s'élève en volutes sonores. Dans le ciel de la prairie, un oiseau anthracite surgit, faisant vrombir ses hélices à la verticale. Un hélicoptère. Finn serre toujours la hache, mais il se rapproche d'elle, l'aide à se lever, la soutient fermement.

Tous les deux laissent le père où il s'est effondré, et marchent vers l'engin, têtes en butée contre les rafales qu'il crée sur la pelouse. Du corps de l'oiseau, soudain, Dag voit descendre une meute d'ombres bleues. Des gendarmes, armés, casqués, harnachés. Ils passent devant eux sans s'arrêter, crient des instructions qu'elle n'entend pas. Finn leur répond, mais elle n'écoute pas. Car son attention est captée par la petite silhouette floue au loin qui s'approche, luttant comme eux contre le vent. Et quand elle est certaine de reconnaître les contours ronds de Madame D., Dag lâche la main de Finn, et s'élance vers elle.

ÉPILOGUE

La chambre sent la lavande et l'eucalyptus. Il n'y a pas de fleurs, Dag n'en apporte jamais. Elle suppose que les odeurs proviennent des produits d'entretien, ou du parfum de l'infirmière qui quitte maintenant les lieux, la laissant seule avec la mère.

Les cheveux blonds de la mère ont blanchi. Ils éclairent son visage de part et d'autre d'une raie parfaitement dessinée, lui donnent l'air d'un ange ou d'une statue d'albâtre. Assise dans le fauteuil, la mère contemple par la fenêtre la cour de béton où se dresse une haute façade, percée d'autres fenêtres. Sans aucun barreau. Ce n'est pas une maison d'arrêt ici, juste une maison de santé. Contrairement à Finn, qui dort dans la prison de la ville, la mère est libre. Si elle le pouvait, elle mènerait sa vie à sa guise. Mais son esprit persiste à errer dans un monde connu d'elle seule, la coupant de la réalité aussi sûrement qu'une geôle. Depuis longtemps maintenant, elle ignore comment parler, marcher, manger, s'habiller. Le personnel de la clinique la nourrit, la change, la coiffe, pose sur ses lèvres et ses joues ce rose trompeur les jours de visite.

Dag vient une fois par mois. La mère est l'unique membre de sa famille qu'elle honore de sa présence. Elle ne va jamais voir Finn en prison. Quant au père, il y est mort hier. Elle doit l'annoncer à la mère, c'est pour cela qu'elle est là ce matin. Pour une fois, elle aura quelque chose à lui dire qui la concerne directement.

Dag n'a pas revu le père depuis qu'il a été arrêté par les gendarmes. Elle a appris qu'il était malade par Madame D., qui accompagne parfois Mette au parloir.

Souvent, au moment de s'endormir, elle a imaginé les derniers instants du père, visualisé la souffrance déformant ses traits, la défaillance interne de ses organes, ce qui finalement le tuerait, de l'hémorragie, de l'asphyxie ou de la crise cardiaque, l'état dans lequel on le trouverait, après, quand il aurait rendu les armes. Maintenant il est mort, et ses angoisses d'enfant, la violence et la haine dont elle a hérité n'ont pas disparu avec lui. C'est même comme si, à présent que le père est mort, elle se découvrait plus seule que jamais. Personne ne sait les remous qui l'habitent, pas même Madame D. qui vient régulièrement à la boutique.

L'herboristerie qu'a montée Dag n'est pas la cabane de son enfance, mais c'est son refuge. Elle retrouve la Butte dans la manipulation de ses tisanes, hydrolats et macérats. Enkystés dans les feuilles de framboisier ou de myrtille, dans la bruyère ou l'achillée sauvage, se trouvent les coups du père et l'odeur du bunker, mais aussi le grand épicéa, le goût de pierre du torrent, la prairie en fleurs, l'horizon de promesse de la montagne, les nuages étirés au-dessus des neiges éternelles, la renarde rousse de ses rêves éveillés.

Quand Madame D. vient la voir, elles discutent de tout et de rien. De Mette surtout. La sœur n'a pas tout à fait retrouvé la parole. Elle en déroule peu à peu le fil avec Finn, à la prison où celui-ci expie ses crimes. Le frère lui raconte encore et encore leur histoire. Mette est sur le chemin du pardon, dit Madame D. En attendant, comme Dag, elle donne le change. Elle sourit, elle aide, elle continue sa vie de service auprès de l'enseignante, l'assiste dans son quotidien, à la maison. Elles habitent ensemble, au nord de la ville, où poussent quelques arbres, des feuillus isolés.

Dag contourne le fauteuil, se cale contre le rebord de la fenêtre. Le regard de la mère la pénètre, perdu à travers elle dans le béton de la cour.

– Le père est mort hier.

Sur le visage de la mère, elle guette un signe de conscience. Mais rien. L'énigme entretenue jusqu'au bout. Quel désordre personnel, quelle vérité intime cache la mère ? Et que vient chercher Dag, tous les mois dans cette chambre qui lui rappelle celle de la Butte, la forêt en moins ? Un peu d'elle-même sans doute. La mère est la famille qui lui reste. Sa mémoire, son origine, sa dette. On ne se défait pas si facilement de ceux qui vous ont enfanté. Elle le sent bien, mais n'y peut rien. Alors, elle parle :

– Il n'a pas souffert. Les gardiens l'ont retrouvé dans son lit. Il s'est endormi et ne s'est pas réveillé. Partir dans son sommeil, c'est la plus belle mort. Le domaine de la Butte t'appartient maintenant. Je sais que tu n'y retournerais pas, même si tu le pouvais. Alors j'ai apporté ce papier. Il faut juste que tu signes là, tu vois, et je m'occupe de tout.

Dag fait pivoter la tablette fixée au bras du fauteuil, elle dépose la lettre de donation devant la mère. Elle laisse passer un moment, mais la mère n'esquisse pas un mouvement.

Elle saisit son bras, agrippe son poignet. Un instant, tandis que leurs fronts se frôlent, le regard de la mère accroche le sien. Le cœur de Dag manque un battement. Elle attend, espère que surgira du fond de l'abîme bleu une ultime offrande. Pourtant, le vide revient. Dag le murmure pour elles deux.

– Pardon.

Elle resserre la main de la mère sur le stylo, et signe.

Merci à Marie Eugène, éditrice auprès de laquelle j'ai contracté une dette infinie, qui a cru dans ce texte et a su y déceler ce que je n'y voyais pas encore.

À mon compagnon, pour ses encouragements indéfectibles, ses critiques toujours justes et son regard de *script doctor*.

À mes fils, pour leur façon bien à eux de me rappeler d'avancer.

À mon chat, qui a dormi tout le long – et ce faisant, m'a été d'une grande aide.

À tous les enfants qui survivent à leur famille.

Et au magnolia en fleur, dans la rue voisine.

Cet ouvrage
a été mis en pages par Nord Compo
reproduit et achevé d'imprimer
en décembre 2025
dans les ateliers de Normandie Roto Impression s.a.s.
61250 Lonrai
N° d'imprimeur : 2504155

Imprimé en France

Dépôt légal : janvier 2026